Roadtrip
To Your Heart

M.J. Langer

Impressum

1. Auflage, 2024
©M.J. Langer – alle Rechte vorbehalten. Das Werk darf –
auch teilweise – nur mit Genehmigung des Verlags
wiedergegeben werden.

Mirjam Langer
Edisonallee 16
14473 Potsdam
Deutschland

Cover und Umschlaggestaltung: SunayaART
Lektorat und Korrektorat: Melina Coniglio
Buchsatz: Wolftribe Autorenservice

Verlag: BoD • Books on Demand GmbH, In de
Tarpen 42, 22848 Norderstedt
Druck: Libri Plureos GmbH, Friedensallee 273,
22763 Hamburg
ISBN: 978-3-7597-7582-5

ROAD TRIP

to your

Heart

Für alle, die das Gefühl kennen, dass alles zu viel wird und die Angst einen zu erdrücken droht. Ein Schritt nach dem anderen. Du schaffst das!

Vorwort

Liebe Leserin, lieber Leser,
schön, dass du zu diesem Buch gegriffen hast. Ich
möchte die Gelegenheit nutzen, um auf die
Inhaltswarnung hinzuweisen. Es werden nämlich
Themen angeschnitten, erwähnt oder explizit
beschrieben, die auf manche Menschen triggernd
wirken können. Eine Liste dieser findest du hinten
im Buch.
Nun bleibt mir nichts weiter, als dir viel Spaß beim
Lesen zu wünschen.

M.J. Langer

Playlist

Winter Sun – Neelix
Beat Of Your Heart – Purple Disco Machine, Ásdís
Make You Mine – PUBLIC
Red Flag – Billy Talent
80 Years – Dúné
Hotel California – Eagles
Overthinking – Mabel, 24kGoldn
Lose This Feeling (Dimension Remix) – Armin van Buuren
Crush – Jennifer Paige
In The End – Linkin Park
Fight The Start – Kilians
Dizzy – Olly Alexander (Years & Years)
Automatic – Tensnake, Fiora
The Letter – The Box Tops
if you want – Elan Rud
When The Sun Goes Down – Arctic Monkeys
Strangers – Kenya Grace
Feelings After Dark (Kiko Franco Remix) – Michael Calfan, HARBER, NISHA, Kiko Franco
Otherside – Red Hot Chili Peppers
I Shot Cupid – Stela Cole

Die ganze Playlist zur Geschichte findest du, wenn du dem QR-Code folgst.

Prolog

Nancy hatte sich die ganze Woche auf den Freitagabend gefreut. Endlich war das große Projekt beendet, mit dem sie sich auf der Arbeit hatte herumschlagen müssen, und sie würde zum ersten Mal seit Wochen ihr Wochenende genießen können. Entspannung, ohne an die Arbeit zu denken – das war ihr Plan für die nächsten zwei Tage.

Als sie sich gerade mit einer flauschigen Decke auf die Couch gekuschelt hatte, um sich die neue Staffel ihrer Lieblingsserie anzuschauen, klingelte es an der Tür. Einen kurzen Moment überlegte sie, ob sie einfach so tun sollte, als wäre sie nicht zu Hause. Schließlich war es Freitagabend. Es wäre gar nicht so abwegig, dass sie mit Freunden in irgendeiner Bar unterwegs war. Die Person vor der Tür konnte ja nicht wissen, dass sie statt gestylt in einem Club zu tanzen, mit einem Dutt und in bequemen Klamotten auf dem Sofa lümmelte.

Als die Klingel nochmals schellte und die Person jetzt auch noch wie wild an die Tür hämmerte, gab sich Nancy einen Ruck und schlurfte mit der Decke um die Schultern geschlungen zu der Wohnungstür. Sie spähte durch den Spion und bekam einen Schreck. Ihre beste Freundin Rose stand vor der Tür. Hatte sie etwa eine Verabredung vergessen? Im Schnelldurchlauf ging sie im Kopf ihren Kalender durch. Nein, sie waren erst am Sonntag zum Brunch verabredet.

Als Nancy die Tür öffnete, erkannte sie sofort, dass etwas mit ihrer Freundin nicht stimmte.

»Tut mir leid, dass ich einfach so vor deiner Tür stehe. Hast du ein paar Minuten Zeit? Ich brauche jemanden zum Reden«, fragte Rose mit verzweifelter Stimme.

Nancy zog ihre Freundin in eine feste Umarmung. »Ja klar, was ist denn los?«

»Ich habe Scheiße gebaut!«, rief Rose und kämpfte mit den Tränen.

»Komm erst mal rein.« Nancy schloss die Tür und führte Rose zum Sofa.

Plötzlich stoppte Rose und drehte sich wieder zur Tür um. »O Shit, du wolltest deinen Serien-Marathon machen, oder?«

»Ja, aber ist schon gut«, beschwichtigte Nancy ihre Freundin und meinte ihre Worte ernst.

»Nein, ich werde nicht auch noch deinen Abend versauen.«

»Rose Hill, du bleibst hier. Du wolltest reden, also setz dich gefälligst auf das Sofa und erzähl, was los ist. Denkst du, eine Serie ist mir wichtiger als meine beste Freundin?!«

»Vielleicht willst du aber gleich gar nicht mehr mit mir befreundet sein«, murmelte Rose kryptisch und senkte ihren Blick.

»Jetzt machst du mir Angst. Sag mir endlich, was los ist!«, forderte Nancy nun energischer.

»Okay ...«

Nancy zog Rose mit sich auf die Couch und hielt ihre Hand, um sie zu ermutigen. Erst jetzt merkte sie, dass Rose am ganzen Leib zitterte.

»Nancy, ich habe Marc betrogen«, eröffnete sie Nancy.

Ihr entglitten ihre Gesichtszüge. »Was? Aber du hattest doch vor, ihm einen Antrag zu machen ...«

Kapitel 1

Mit den zwei Kaffeebechern in der einen Hand und dem Griff des kleinen Rollkoffers in der anderen stolperte ich die Straße entlang. Wie ich später die Tür aufschließen sollte, wusste ich nicht, aber darüber würde ich mir Gedanken machen, wenn es so weit war.

Ich stellte mir Marcs Gesicht vor, wenn ich plötzlich vor ihm stehen würde. Einen Tag früher als geplant. Ich hatte ihm nichts davon erzählt, dass mein letzter Gig spontan abgesagt worden war und ich nun doch seinen freien Donnerstag mit ihm verbringen konnte. Es sollte eine Überraschung werden. Und irgendwie auch eine Entschuldigung.

Obwohl wir uns längst wieder per Telefon vertragen hatten, steckte der Streit vor meiner Club-Tour mir noch in den Knochen. Marc fühlte sich vernachlässigt und hatte mir vorgeworfen, dass mein Job mir wichtiger sei als unsere Beziehung. Insgeheim wusste ich, dass er recht hatte; dass ich ihm weniger Aufmerksamkeit schenkte als früher. Doch es lief gerade so gut mit den DJ-Aufträgen. Diese Chance wollte ich nutzen. Ich hatte es satt, mich mit Kellner-Jobs über Wasser zu halten.

Als meine letzte Auftraggeberin mir erklärt hatte, dass mein Gig abgesagt werden würde, war ich zunächst geknickt gewesen. Aber als sie mir angeboten hatte, Zweidrittel meiner Gage zu zahlen, hatte ich damit leben können. Es war quasi eine Win-win-Situation: für mein Konto und meine Beziehung.

Ich musste grinsen, denn ich wusste, wie schlecht gelaunt Marc sein würde, wenn ich ihn an seinem freien Tag so früh weckte. Gleichzeitig hoffte ich, dass der mitgebrachte Kaffee es wiedergutmachen würde.

Ich ließ mir ein wenig Zeit und betrachtete im Vorbeigehen die Dinge, die in den Schaufenstern ausgestellt waren. Mit meinem Gepäck kam ich ohnehin nicht sonderlich schnell voran.

Kein Wölkchen war am Himmel zu sehen, und es versprach ein weiterer heißer Sommertag zu werden. Ich musste dringend aus der langen Jeans raus. Schon am zweiten Abend der Tour hatte ich es bereut, nicht genügend kurze Sachen mitgenommen zu haben.

Der Gedanke an eine kalte Dusche ließ mich nun doch einen Zahn zulegen. Vielleicht würde Marc ja mit unter die Dusche kommen. Er wollte mehr Aufmerksamkeit von mir; die würde ich ihm in diesem Fall garantiert schenken. Ich musste über meine eigenen schmutzigen Gedanken lachen.

Zügig bog ich um die letzte Ecke und war überrascht, dass der Kaffee es bis hierher unbeschadet überstanden hatte. Kurz vor der Haustür ließ ich den Griff des Koffers los, während ich die beiden Kaffeebecher weiter in meiner anderen Hand balancierte. Umständlich fischte ich meine Schlüssel aus meiner kleinen Tasche.

Als ich in den kühlen Hausflur trat, war ich wie in jedem Sommer erleichtert, dass unsere Wohnung in einem Altbau lag. Ebenso froh war ich über den Fahrstuhl, der mich ächzend in den dritten Stock beförderte. Aber immerhin: Er fuhr.

Gleich hätte ich es geschafft und würde das restliche

Wochenende entspannen können. Ich liebte es, in Clubs und auf Hochzeiten aufzulegen, der durcheinandergeratene Schlafrhythmus war jedoch etwas, auf das ich gut und gern verzichten könnte. Doch daran würde ich erst am Montag wieder denken. Jetzt war erst einmal Entspannung angesagt.

Als ich den Schlüssel in das Schloss der Wohnungstür steckte, freute ich mich darauf, mit Marc endlich diesen Taco-Imbiss auszuprobieren. Er schwärmte schon lange davon, weil er jeden Morgen auf dem Weg zur Arbeit daran vorbeikam. Gefühlt jeder, den er kannte, war begeistert von dem Laden. Ich hatte Marc bisher immer vertrösten müssen. Nun würde ich mein Versprechen endlich einlösen können.

Ich öffnete so leise wie möglich die Tür und betrat unsere Wohnung. Der alte Holzboden war vor etwa einem Jahr durch Teppichboden ersetzt worden, sodass er mich durch sein Knarzen nicht mehr verraten konnte.

Als ich meinen Koffer am Eingang abstellte und meinen Schlüssel auf die große Kommode legte, die im Flur stand, hörte ich ein Geräusch. Ich dachte zuerst, dass Marc einfach laut schnarchte. Aber eigentlich tat er das nur, wenn er erkältet war. Und irgendwie klang es rhythmischer. Eher wie schweres Atmen. Hatte er mal wieder die fixe Idee gehabt, jeden Morgen Sport machen zu wollen, die ihn alle paar Monate befiel?

Grinsend öffnete ich die Tür zum Schlafzimmer und merkte in diesem Moment, wie naiv ich gewesen war. All die Kraft wich aus meinem Körper, und ich merkte, wie die Kaffeebecher mir aus der Hand glitten. Doch ich konnte nichts dagegen tun. Ich war zu sehr damit beschäftigt, zu realisieren, was ich sah.

Kapitel 2

Kaum hatte Lesley ihre Wohnungstür geöffnet, rollten die ersten Tränen über meine Wangen. Auf dem Weg hierher im Bus hatte ich sie noch zurückhalten können. Nun brachen sie sich jedoch Bahn.

Meine Freundin sagte nichts, sondern zog mich sofort an sich heran. Es tat gut, ihre Wärme zu spüren und zu wissen, dass sie mich festhalten würde. Denn augenblicklich fühlte es sich so an, als wäre meine ganze Welt aus den Fugen geraten.

Nach einer viel zu kurzen Zeit löste Lesley die Umarmung und zog mich an einer Hand mit sich in das Innere ihres Hauses. Ich folgte ihr schluchzend und versuchte, nicht zu stolpern, während die Tränen meinen Blick verschleierten.

Wir durchquerten den langen Flur, der den Eingangsbereich von dem Wohnzimmer trennte. Er war in einem Mintgrün gestrichen, und an der Wand hingen einige bunte Bilder. Alles Geschenke von Lesleys ehemaligen Patienten. Sie hatte als Kinderkrankenschwester gearbeitet, bevor sie angefangen hatte, Medizin zu studieren. Zurzeit arbeitete sie als Assistenzärztin in einer Klinik, mit dem Ziel, sich als Kinderärztin zu spezialisieren.

Wir hatten uns vor drei Jahren auf einer Uni-Party kennengelernt, ganz klischeemäßig in der Schlange vor dem Klo. Ich erinnerte mich nicht mehr daran, wie wir ins Gespräch gekommen waren, es hatte jedoch sofort zwischen uns gefunkt. Jedenfalls auf einer freundschaftlichen Ebene. Ich hatte von Anfang an geglaubt, dass es Schicksal gewesen sein musste. Schließlich war ich nie an einer Hochschule eingeschrieben gewesen, sondern verdiente mir etwas zu meiner Kellnerei dazu, indem ich auf Studi-Partys auflegte.

Als ich Lesley zum ersten Mal zu Hause besucht hatte, war ich von der Größe eingeschüchtert gewesen. Sie war mit ihren zweiundzwanzig Jahren stolze Besitzerin eines zweistöckigen Hauses in einem Vorort von London gewesen, während ich noch bei meinen Eltern gewohnt hatte.

»Das ist ein Erbstück meiner verstorbenen Großeltern. Meine Eltern haben während ihrer Scheidung beschlossen, dass ich es bekommen soll. Die einfachste Lösung, damit sie sich nicht darum streiten mussten. Ich bin ein verwöhntes Einzelkind«, hatte sie mir damals mit einem sarkastischen Unterton in der Stimme erklärt.

Einmal hatte sie gesagt, dass sie gut und gern auf das Haus verzichtet hätte, um dafür wieder eine intakte Familie zu haben. Mittlerweile war Lesley aber darüber hinweg und ihr war bewusst, welches ungeheure Privileg sie genoss.

Durch ihre Arbeit mit todkranken Kindern hatte sie gelernt, dass im Leben nichts selbstverständlich war. Jedes Mal, wenn sie jemandem zum Geburtstag gratulierte, sagte sie, dass nichts so wichtig sei wie die eigene Gesundheit.

Jetzt führte mich Lesley in das Wohnzimmer und drückte mich mit einer sanften Berührung auf das Sofa. Dann machte sie sich auf den Weg in die Küche und rief mir zu: »Willst du Tee oder lieber etwas Stärkeres?«

»Tee ist gut«, sagte ich zwischen zwei Schluchzern.

Nachdem ich aus Marcs und meiner Wohnung gestürmt war, war ich zunächst ziellos durch die Straßen gelaufen. Erst als mich Lesley zufällig angerufen hatte, war ich aus meiner Trance erwacht. Kurz hatte ich ihr erklärt, was passiert war, dann war ich in den nächsten Bus in ihre Richtung gestiegen.

Zweimal atmete ich tief durch und versuchte auf diese Weise, meinen Heulkrampf zu stoppen. Ich konnte mich nicht erinnern, wann ich das letzte Mal so heftig geweint hatte. Niemals hatte ich erwartet, dass mich mit fünfundzwanzig Jahren überhaupt noch etwas so umhauen konnte. Marc war der lebende Beweis, dass es möglich war.

Um mich abzulenken, schaute ich mich in dem Raum um. Lesleys Einrichtung bestand aus zusammengewürfelten Möbeln, die ihren Großeltern gehört oder die sie auf Flohmärkten gefunden hatte. Trotzdem passte alles auf überraschende Weise zusammen.

Ich erinnerte mich noch gut daran, wie wir das Sofa, auf dem ich saß, von einem nahe gelegenen Markt hierhergeschleppt hatten. Sie war zu geizig für einen Leihwagen gewesen, und zugegebenermaßen hatten wir unsere Kräfte auch ein wenig überschätzt. Aber wir hatten es letztendlich geschafft.

Gegenüber der Couch stand ein großer Fernseher auf einer kleinen Anrichte, die mit weißen Schnörkeln verziert war. Rechts von mir befand sich ein schwerer Tisch aus dunklem Holz mit passenden Stühlen, die sich darum versammelten. Ein Stuhl war ein wenig weggerückt und erweckte dadurch meine Aufmerksamkeit.

Ein Sweatshirt hing über der Lehne. Lesley war sehr sorgfältig, was das anging. Alles hatte seinen Platz und wurde nach Benutzung wieder dorthin geräumt. Auf den zweiten Blick sah das Kleidungsstück auch nicht wie eines von Lesleys Teilen aus.

Ich scannte mit meinem Blick weiter den Tisch, auf dem zwei Gläser und eine Karaffe mit Zitronenwasser standen.

Jemand ist hier!

Ich sprang auf und lief in die Küche. Lesley stand mit dem Rücken zu mir und holte gerade zwei große Tassen aus einem der Küchenschränke. Dank der guten Pflege durch Lesleys Großeltern hatte sie die im Landhausstil gehaltene Einrichtung übernehmen können. Ich mit meiner kleinen Kochzeile in der Ecke des Wohnzimmers konnte von so einer gut ausgestatteten Küche nur träumen.

Bei dem Gedanken an Marcs und mein Apartment traten mir abermals Tränen in die Augen. Ich ballte meine Hände zu Fäusten, schluckte die Tränen hinunter und sprach Lesley an.

»Hast du Besuch? Im Wohnzimmer liegt ein Sweater.«

Lesley drehte sich erschrocken um. Anscheinend hatte sie mich nicht hereinkommen hören. »Ja, mein Vater ist hier. Wir wollen morgen den ganzen Tag meinen Keller zusammen entrümpeln, und da wir früh anfangen wollen, ist er schon heute Abend gekommen und übernachtet hier.«

»Dein Vater? Wieso hast du mir das nicht gesagt?«, fragte ich und versuchte, nicht zu geschockt zu klingen.

»Ich lass' dich doch nicht durch die Straßen irren,

nur weil mein Papa zu Besuch ist«, erklärte Lesley in ruhigem Ton.

Ich schaute mich panisch um. War er etwa nur kurz auf Toilette und würde gleich hereinkommen? Ich hatte wenig Lust, ihm in diesem Zustand zu begegnen.

»Ist schon okay. Ich trinke den Tee und verschwinde dann wieder.«

Nichts war okay, doch das wollte ich Lesley nicht so deutlich zeigen.

»Ach, Quatsch, mein Papa ist gerade einkaufen, weil er für uns kochen will. Ich habe ihn aber schon angerufen und vorgewarnt, dass es einen Notfall gibt. Er wird sich diskret im Hintergrund halten«, beschwichtigte sie mich, während sie beruhigend über meine Arme streichelte.

Einen kurzen Moment war ich sauer auf Lesley, da ich nicht wusste, was sie ihrem Vater über meine Situation erzählt hatte, doch die Wut verpuffte schnell, da ich ihre Fürsorge zu schätzen wusste. Das linderte allerdings nicht meine Schuldgefühle ihr gegenüber.

»Das ist doch blöd. Ich will euren Abend nicht verderben.«

»Ach was, mein Vater versteht das. Du bleibst heute Nacht hier, und morgen sehen wir weiter. Wir setzen uns jetzt erst einmal ins Wohnzimmer, und du erzählst mir, was genau passiert ist.«

Dagegen konnte ich nichts sagen. Denn ehrlicherweise hatte ich nicht wirklich Lust, wieder zu gehen und mir einen neuen Schlafplatz für heute Nacht zu suchen. Außerdem wollte ich endlich mit jemandem darüber sprechen, was Marc getan hatte.

Lesley drückte mir eine Tasse voll dampfendem Tee in die Hand und scheuchte mich zurück auf das Sofa.

Als sie mich fragend anschaute, seufzte ich und begann zu erzählen.

»Ich kam vorhin nach Hause. Einen Tag früher als erwartet. Und da habe ich Marc in flagranti mit einer anderen Frau im Bett erwischt. Wie in einem schlechten Film. Ich weiß nicht, was ich schlimmer finde: dass er mit einer anderen Frau geschlafen hat oder dass er es in unserem gemeinsamen Bett getan hat. Verdammt, ich war so naiv. Ich hatte überlegt, ihm einen Antrag zu machen. Er sollte wissen, wie sehr ich ihn liebe und dass er mir wichtiger ist als meine Karriere.«

»Stopp, stopp! Dich trifft dabei gar keine Schuld. Wie hättest du denn ahnen sollen, dass er dich betrügt?«

»Er fickt sie schon seit Monaten, Lesley! Ohne dass ich etwas davon bemerkt habe. Natürlich mache ich mir Vorwürfe«, schrie ich Lesley entgegen, als könnte sie irgendetwas für die Situation.

Statt mir böse zu sein, zog sie mich wieder zu sich heran. Sie drückte mich so fest an sich, dass ich kaum noch Luft bekam. Auf wundersame Weise bewirkte es, dass sich mein Puls beruhigte.

»Es tut mir so leid, meine Süße«, flüsterte sie mir ins Ohr.

Ich nickte nur, konnte aber nicht verhindern, dass meine Tränen ihr Oberteil durchnässten. Ihre warmen Hände streichelten über meinen Rücken, und meine Atmung regulierte sich.

»Was willst du jetzt tun?«, fragte Lesley zwischen zwei meiner Schluchzern.

Der Stoff ihrer Bluse hemmte meine Stimme, als ich antwortete. »Keine Ahnung. Ich denke, dass ich eine Weile zu meinen Eltern ziehen und mir von dort aus einen Plan machen werde.«

»Das klingt doch gut. Du kannst auch jederzeit hier übernachten, das weißt du hoffentlich.«

»Danke. Fürs Erste reicht die heutige Nacht.«

Nicht zum ersten Mal war ich froh darüber, Lesley meine Freundin nennen zu dürfen.

»Wirst du dich noch mal mit Marc treffen?«

Jetzt richtete ich mich auf und griff nach einem Taschentuch aus der Zupfbox, die Lesley auf den Couchtisch aus Glas gestellt hatte. »Ich werde nicht darum herumkommen. Schließlich habe ich noch alle meine Sachen bei ihm ... uns ... in der Wohnung.« Ich schnäuzte meine Nase, um einen erneuten Schwall aus Tränen zurückzuhalten.

»Du willst ihm also keine zweite Chance geben?«, fragte sie mit ihrer sanften Stimme, die so typisch für sie war.

Ich war irritiert von ihrer Frage. »Sollte ich denn?«

»Ich weiß es nicht. Es gibt Menschen, die ihrem Partner einen Betrug verzeihen können. Ich weiß nur, dass ich das nicht könnte«, sagte sie geradeheraus.

»Ja ... so sehe ich das eigentlich auch.«

»Komm her.« Mit diesen Worten zog sie mich noch einmal an sich und signalisierte mir, dass ich nicht weiter über das Thema reden musste.

Während ich an ihre Schulter gedrückt so dasaß, hörte ich, wie die Eingangstür aufgeschlossen wurde. Ich erwartete schon, dass Lesleys Vater gleich vor mir stehen und mich als gerupftes Huhn kennenlernen würde. An diesem Punkt war mir aber alles egal. Er hatte in seinem Leben sicher auch schon einmal eine Trennung durchgemacht oder Liebeskummer gehabt. Schließlich hatte er eine Scheidung von Lesleys Mutter hinter sich.

Zu meiner Überraschung hörte ich nur eine Zimmertür auf- und zugehen. Danach war es wieder still und ich nahm nur meinen eigenen schweren Atem wahr, der gegen die immer wieder aufkommenden Schluchzer ankämpfte.

Kapitel 3

Ich kuschelte mich in die gemütliche Bettwäsche und fühlte, wie ich mich langsam entspannte. Nachdem ich noch eine Weile an Lesleys Schulter geweint hatte, war ich nun in einem ruhigeren Zustand.

Es wird schon alles wieder gut werden, redete ich mir wie ein Mantra ein.

Morgen könnte ich mit einem kühleren Kopf entscheiden, wie es mit Marc und vor allem meiner Wohnsituation weitergehen würde. Feststand für mich nur: Ich würde Marc den Betrug nicht verzeihen. Bei der ganzen Grübelei versuchte ich, nicht zu sehr darüber nachzudenken, dass es dabei um meine Zukunft ging.

Mit geschlossenen Augen konzentrierte ich mich auf die bauschige Bettdecke, die mich wie eine Schutzhülle umschloss. Lesleys einzigartiger Duft nach Aloe vera ging von dem Stoff aus.

Es ist schon verwunderlich, dass jeder Mensch seinen unverwechselbaren Geruch hat.

Ich hatte einmal gelesen, dass das etwas mit dem Waschmittel zu tun hat, das die Person benutzt. Ob das stimmte – keine Ahnung. Ich sog in diesem Moment jedenfalls alle Geruchsnuancen wie eine Süchtige auf, weil es mir ein Gefühl von Geborgenheit gab.

Das Gästezimmer, in dem ich mich befand, lag im ersten Stock des Hauses – gleich neben Lesleys Zimmer. Bis auf das Öffnen der Haustür hatte ich nichts von ihrem Vater mitbekommen. Und darüber war ich auch sehr froh. Es war nicht so, dass ich ihn nicht gern mal kennengelernt hätte, nur eben nicht in diesem Zustand und zu diesem Zeitpunkt in meinem Leben.

Gerade als ich das Gefühl hatte, in die Traumwelt zu gleiten, hörte ich Schritte auf der alten Holztreppe. Ich nahm die Decke von meinen Ohren und horchte. Lesley sprach mit jemandem. Zuerst dachte ich, sie würde telefonieren, doch dann hörte ich eine männliche Stimme antworten. Allerdings konnte ich nicht verstehen, was sie beredeten. Dann waren wieder Schritte auf der Treppe zu hören und kurz darauf klopfte es an meiner Tür.

Ich öffnete die Augen und richtet mich im Bett auf. Den Blick auf die Tür gerichtet, sagte ich mit kratziger Stimme: »Herein.«

Lesley betrat das Zimmer. Auf ihrem Gesicht lag ein seltsamer Ausdruck, den ich im ersten Moment nicht einordnen konnte, weil sie gleichzeitig mit ruhiger Stimme fragte: »Hey, Süße, habe ich dich geweckt?«

Ich schüttelte den Kopf, rieb mir jedoch die Augen. »Keine Sorge, ich habe nur ein bisschen gedöst.«

Sie lächelte traurig. »Es tut mir so leid. Ich habe eben einen Anruf aus dem Krankenhaus bekommen und muss für einen Kollegen einspringen.«

Sofort war ich hellwach. »Wann musst du los? Ich zieh' mich nur schnell an, dann gehe ich mit dir aus dem Haus.«

»Ach, Quatsch, du kannst natürlich hierbleiben. Ich wollte dir nur Bescheid geben«, beruhigte sie mich und trat einen Schritt näher ans Bett.

»Sicher? Ist das nicht seltsam für deinen Vater, wenn ich hierbleibe?«

»Optimal ist es für euch beide nicht, doch so ist es jetzt leider. Tut mir leid«, entschuldigte sie sich.

»Kein Problem. Wahrscheinlich werde ich sowieso nur etwas fernsehen und früh schlafen gehen.«

»Okay. Wie ich meinen Vater kenne, wird er das Gleiche machen. Also wirst du ihn gar nicht bemerken. Bediene dich gern am Kühlschrank. Mein Papa hat ihn übervoll gemacht, als würde ich ohne ihn verhungern«, sagte sie gespielt genervt.

»Okay, ich schau' mal. Gerade habe ich gar keinen Hunger.«

Lesley gab mir einen Kuss auf die Schläfe und ließ mich wieder allein.

Nachdem sie die Tür hinter sich geschlossen hatte, ließ ich mich zurück in die Kissen fallen. Der Gedanke, dass ein Fremder im Haus war, war seltsam. Wobei, genau genommen war ich eigentlich die Fremde. Lesleys Vater war sicher schon öfter hier gewesen als ich. Aber ich wollte sowieso gerade nur schlafen und diesen schrecklichen Tag hinter mir lassen.

Trotz meiner Müdigkeit kam ich jedoch nicht mehr zur Ruhe. Ich wälzte mich hin und her, machte mir eine geführte Meditation auf meinem Handy an und zählte sogar langsam bis hundert. Nichts half, sodass ich nach der Fernbedienung griff, die auf dem Nachttisch lag, und den Fernseher auf der anderen Seite des Zimmers einschaltete. Etwas zu laut ging er an und zeigte ein Musikvideo auf einem dieser Musiksender, die Oldies spielten.

Erschrocken drückte ich auf die Volumentaste. Inständig hoffte ich, dass Lesleys Vater das nicht gehört hatte und nun aufmerksam auf mich geworden war.

Selbst wenn, aus welchem Grund sollte er hochkommen?

Ich zappte eine Weile, bis ich bei einer Dokumentation über den Amazonas hängen blieb. Der Sprecher erklärte, dass die dortigen Regenwälder die grüne Lunge der Erde und für alle Lebewesen auf der Welt lebenswichtig seien. Das läge daran, dass sie den Sauerstoff produzierten, den wir bekanntlich zum Überleben brauchten.

Als es um die Unterwasserwelt des Amazonasgebietes ging, hörte ich nur noch mit halbem Ohr hin. Ich scrollte lieber durch meinen Instagram-Feed, um mich abzulenken und nicht zu viel nachzudenken. Über Marc oder die klimatische Zerstörung unserer Erde. Doch auch das brachte mir nicht die gewünschte Zerstreuung. Wie auch, wenn anscheinend jeder, dem ich folgte, entweder seine Verlobung, seinen Uniabschluss oder irgendeine andere tolle Errungenschaft feierte?

Seufzend schloss ich die App und warf mein Handy vor mich auf die Matratze. Ich gab mir einen Ruck, stand auf und ging in das angrenzende Badezimmer. Eine Dusche würde mich entweder noch wacher oder schläfriger machen. Einen Versuch war es allemal wert.

Trotz der sommerlichen Temperaturen draußen war das heiße Wasser auf meiner Haut eine Wohltat. Ich ließ mir viel Zeit und probierte mich durch Lesleys Duschgele und das nach Wasserlilie riechende Shampoo. Tatsächlich fühlte ich mich etwas besser, als ich frisch gepampert aus der Duschkabine stieg. Als wären Schweiß, Schmutz und auch ein Teil meiner Sorgen mit dem Wasser in den Abfluss gespült worden.

Ich trocknete mich mit dem Handtuch ab, das Lesley für mich auf die Badezimmerkommode gelegt hatte. Es war so weich, dass ich mich nicht beherrschen konnte und es länger an meine Wange hielt, als es nötig gewesen wäre.

Wieso waren einige Dinge bei anderen Leuten immer besser? Die Handtücher waren flauschiger, der Käse schmeckte besser.

Ich genoss den weichen Stoff auf meiner Haut. Als ich mich im Spiegel betrachtete, realisierte ich erst, wie lang meine Haare mittlerweile geworden waren. Ich musste dringend wieder zum Friseur und das Honigblond nachfärben lassen. Außerdem hasste ich es, wenn nasse Haare auf meiner Haut klebten. Meinen Bob würde ich also auch noch mal durchstufen lassen.

Ich musste schmunzeln. Sagte man nicht, dass viele Menschen nach einer Trennung für eine Typveränderung zum Friseur gingen? Aber hatten Marc und ich uns wirklich getrennt? War das jetzt das Ende unserer fünfjährigen Beziehung? Einfach so?

Als ich die Augen schloss, hatte ich wieder das Bild von Marc im Kopf. Das Bild meines Partners mit einer anderen Frau im Bett. Ich atmete tief durch, um dem erneuten Schwall an Tränen Einhalt zu gebieten.

Dann klopfte es plötzlich an der Zimmertür.

Kapitel 4

War Lesley wieder da? Das konnte nicht sein, sie hatte sich erst vor einer Stunde verabschiedet.

Ich schlang das Handtuch um meinen Körper und ging mit langsamen Schritten aus dem Bad in mein Zimmer. Es klopfte noch einmal, und eine tiefe Stimme sagte meinen Namen. Damit war die Frage hinfällig, ob Lesley schon zurück war.

Soll ich so tun, als wäre ich eingeschlafen?

Nein, das wäre unhöflich. Und vielleicht hatte Lesleys Vater ja ein wichtiges Anliegen.

Ich ließ das Handtuch fallen und schlüpfte schnell in meinen Pyjama, den ich mir vor dem Duschen herausgelegt hatte. Dann atmete ich tief durch und öffnete die Zimmertür.

Dort war ... niemand. Erst als ich mich nach vorn beugte und in den Flur blickte, sah ich ihn. Er hatte sich schon zum Gehen gewandt.

Nun drehte er sich mit einem Lächeln auf den Lippen um. »Ah, hallo, Rose. Ich bin Leon. Endlich lernen wir uns mal kennen. Lesley erzählt so oft von dir.« Mit diesen Worten kam er wieder einige Schritte auf mich zu und streckte mir seine von der Sonne gebräunte Hand entgegen.

Ich war überrascht von dem Anblick, der sich mir bot. Wie bei den meisten in meinem Alter hatte ich erwartet, dass Lesleys Eltern älter seien. Da fiel mir wieder ein, dass sie mir erzählt hatte, dass ihre Mutter noch ein Teenager gewesen war, als sie Lesley bekommen hatte.

Zögerlich ergriff ich Leons Hand. Er hatte ein freundliches Gesicht mit leuchtenden honigbraunen Augen. Immer, wenn er lächelte, zeigten sich Grübchen auf seinem Gesicht. Seine schwarzen welligen Haare hatte er gekonnt nach hinten gegelt. Er trug einen leichten Bart auf der Oberlippe und an den Wangen.

»Ebenfalls schön, dich kennenzulernen«, erwiderte ich, auch wenn das ein bisschen gelogen war. »Ich hoffe, sie hat die peinlichen Geschichten ausgelassen.«

Er lachte ein schallendes Lachen, das jedoch nicht unangenehm in den Ohren war. »Nein, keine Sorge. Sie spricht in den höchsten Tönen von dir.«

Sein Lächeln hatte eine ansteckende Wirkung, sodass sich auch meine Mundwinkel ein wenig hoben. So standen wir uns ein paar Sekunden schweigend gegenüber, und ich wusste nicht so recht, ob er erwartete, dass ich etwas sagte. Aber was auch? Schließlich war er es gewesen, der an meine Tür geklopft hatte.

»Lesley sagte, du willst deine Ruhe haben, dennoch wollte ich fragen, ob du Hunger hast? Ich habe Pasta gekocht«, ergriff Leon endlich das Wort.

Tatsächlich hatte ich bisher meinen Hunger unterdrückt, um nicht in diese Situation zu kommen. Doch ich hatte seit gestern Abend nichts mehr gegessen, was mein Körper mir mit leichten Kopfschmerzen zu signalisieren versuchte. Andererseits hatte ich keine Lust auf Konversation und würde Small Talk führen müssen, wenn ich Leon Gesellschaft leistete.

Als hätte er meine Gedanken gelesen, versicherte er

mir: »Du musst dich auch nicht zu mir setzen. Nimm dir doch einfach etwas mit aufs Zimmer.«

Das klang nach einem attraktiven Angebot.

Ich nickte. »Gern. Ich habe wirklich Hunger.«

»Wusste ich's doch.« Es war wirklich erstaunlich, welch positive Stimmung Leon ausstrahlte.

Ich zog die Zimmertür hinter mir zu und folgte ihm die Treppe hinunter in die Küche. Es roch lecker nach Knoblauch und Gewürzen, und mein Magen begann zu knurren.

»Wie gut, dass ich nach dir geschaut habe, sonst wärst du womöglich verhungert«, kommentierte er die Beschwerde meines Bauchs.

Ich konnte nicht anders, als in sein Lachen einzustimmen. »Mein Lebensretter, ich danke dir!« Ich machte einen angedeuteten Knicks vor ihm.

Er antwortete mit einer Verbeugung. »Stets zu Diensten, Mylady.«

Stopp! Flirte ich gerade mit Lesleys Vater?

Ich lachte unsicher und griff nach einem der zwei Teller, die neben dem Herd bereitstanden. Mit der Nudelzange angelte ich mir zwei große Batzen Spaghetti aus dem Topf. Den dritten hob ich in die Höhe und deutete auf Leons Teller.

Er hechtete schnell neben mich und hielt ihn mir hin. »Danke schön. Die Sauce ist ein bisschen scharf; ich hoffe, das stört dich nicht.«

»Ich liebe scharfes Essen.« Als Beweis dafür gab ich einen besonders vollen Löffel von der Sauce über meine Nudeln.

»Harte Woche gehabt? Lesley meinte, dass es dir nicht so gut geht«, fragte Leon, während er Parmesan über das Essen rieb.

Ein Hauch von Erleichterung durchflutete mich, als ich hörte, dass Lesley ihm nichts Genaueres über meine Situation erzählt hatte. Ich wollte nicht, dass ein Fremder solch intime Details meines Lebens kannte. Um es dabei zu belassen, hielt ich meine Antwort so allgemein wie möglich.

»Ja, eine anstrengende Tour ist heute zu Ende gegangen, und das Wochenende läuft leider nicht so, wie ich es geplant hatte.«

»Das tut mir leid. Hätte ich das gewusst, hätte ich etwas Besseres als Nudeln mit Tomatensauce gekocht, um deinen Freitagabend aufzuwerten«, sagte er in einem entschuldigenden Ton. Ich bekam keine Gelegenheit, darauf zu antworten, denn er plapperte weiter. »Du bist Musikerin, oder? Lesley hat mir mal etwas in die Richtung erzählt, aber ich erinnere mich nicht mehr genau. Sorry.«

»Kein Ding. Du hattest ja bisher auch kein Gesicht zu meinem Namen. Ich bin DJ und versuche gerade, mir einen Namen zu machen. Meine Miete bezahle ich allerdings hauptsächlich durchs Kellnern«, gab ich einen kurzen Abriss meiner Lebenssituation. Marc ließ ich bewusst aus – ich hatte keine Lust, bei unserem ersten Treffen in Tränen auszubrechen.

»Spannend. Ich höre zwar eher Rock und Pop, doch manchmal braucht man auch etwas Tanzbares.«

»Ach, ich habe eigentlich alles auf Lager. Ich lege ja hauptsächlich auf Hochzeiten und Geburtstagen auf. Da ist eine große Bandbreite von Vorteil. Bei mir darf man sich auch Lieder wünschen«, erklärte ich und grinste.

»Das sind die besten DJs! Hat Lesley mal erzählt, dass ich gelernter Tontechniker bin?«, hielt Leon das Gespräch am Laufen.

»Nein, das hat sie mir verschwiegen«, erwiderte ich gespielt entrüstet. »Da muss ich später wohl mal mit ihr schimpfen.«

Wieder dieses ansteckende, warme Lachen von ihm. Während wir sprachen, war ich Leon unbewusst zu dem großzügigen Esstisch in der Küche gefolgt. Vergessen war mein Plan, allein im Gästezimmer zu essen.

»Ich hatte eine Zeit lang eine eigene Firma und habe kleine Indie-Bands auf ihren Touren begleitet. Die großen Aufträge haben natürlich das meiste Geld eingebracht, aber die kleinen Club-Touren haben am meisten Spaß gemacht.«

»Das kann ich mir vorstellen. Welche Bands waren deine Kunden?«

»Die bekannteste war wahrscheinlich The Roletts, doch der beste Job war mit einer Band, die sich Dunes nannte. Ich weiß gar nicht, ob es die noch gibt. Die hat auf jeden Fall tollen Synthie-Pop gemacht. Sehr cool und noch richtig handgemacht, nicht so Krach aus der Büchse.« Als er realisierte, was er gerade gesagt hatte, schaute er mich zum ersten Mal verunsichert an. »Oh, entschuldige. Ich wollte deine Arbeit nicht schlechtmachen.«

Mit vollem Mund grinste ich ihn an und sah, wie er sich wieder entspannte. »Kein Problem. Geschmäcker sind verschieden. Was ist mit deiner Firma passiert?«

Noch bevor ich den Satz komplett ausgesprochen hatte, merkte ich, was für eine blöde und unangebrachte Frage das gewesen war. Er hatte ja bewusst in der Vergangenheitsform darüber gesprochen.

Leon nahm eine große Gabel voll Nudeln in den Mund und kaute eine Weile, als müsste er zuerst überlegen, was er sagen wollte. Dann räusperte er sich und begann zu erzählen. »Kurze Antwort: Ich hatte einen Burn-out. Die nicht gerade gesunden Arbeitszeiten, zu viel Alkohol und die Scheidung von Lesleys Mutter führten dazu, dass ich irgendwann nicht mehr konnte. Ich hätte schon viel früher eine Pause einlegen müssen, aber ich habe die Anzeichen ignoriert. Tja, und dann hat mein Körper einfach den Stecker gezogen. Eine meiner Mitarbeiterinnen hat mir die Firma abgekauft und die Führung übernommen.«

Ich musste schlucken, denn eine so ehrliche Antwort hatte ich nicht erwartet. Vor allem dem Fakt geschuldet, dass wir uns nicht einmal eine Stunde kannten. Ich wusste nicht recht, was ich darauf erwidern sollte.

»Das tut mir leid. Wann ist das passiert?«, fragte ich – unsicher, ob er überhaupt darüber reden wollte. *Warum bin ich nur so neugierig?!*, schalt ich mich innerlich.

»Sorry, ich sollte nicht so neugierig sein«, schob ich schnell hinterher, weil ich das Gefühl hatte, ihn zu drängen.

»Keine Sorge, wenn du zu aufdringlich wirst, sag' ich schon Bescheid.«

Da war es wieder: dieses ansteckende Grinsen, das diesmal auch seine honigbraunen Augen erreichte.

Ich überlegte, ob die kleinen Fältchen um seine Lider davon kamen, dass er in seinem Leben schon viel gelacht hatte. Seiner Geschichte nach zu urteilen, würden sicher auch Sorgenfalten darunter sein. Während er weitererzählte, beobachtete ich seine Gesichtszüge genauer und prägte mir ihre Details ein: die etwas nach vorn gekrümmte Nase und der leichte Ansatz eines Oberlippenbartes.

»Das war vor drei Jahren. Ich bin bei der Arbeit einfach umgekippt. Als ich im Krankenhaus aufgewacht bin, habe ich beschlossen, etwas zu ändern. Eine Therapie und Abstand zur Arbeit haben mich wieder fit gemacht. Oder besser gesagt stabil genug, damit ich langsam wieder anfangen kann, etwas zu tun. Auch wenn das Lesley nicht gefällt. Sie hat Angst, dass ich es wieder übertreibe«, erklärte er und runzelte dabei unwillkürlich die Stirn.

»Kannst du es ihr verübeln? Es war schwer für sie, dich so leiden zu sehen.«

Lesley hatte mir mal erzählt, dass sie sich um die Gesundheit ihres Vaters Sorgen machte. Sie war allerdings nie ins Detail gegangen.

»Da hast du recht. Ich hätte ihr das nicht antun dürfen. Als Vater wäre es meine Aufgabe gewesen, für sie stark zu sein. Ich habe manchmal das Gefühl, in dieser Rolle versagt zu haben«, gab er zu.

Plötzlich verschwand sein Lächeln, und Leon fuhr sich mit seinen Händen durch das wellige schwarze Haar. Ich zwang mich dazu, meine Hand nicht auf seinen Arm zu legen, da es mir unangemessen vorkam. Bestimmt wollte er in solch einem Augenblick nicht von irgendeiner fremden Freundin seiner Tochter angefasst werden. Noch dazu von jemandem, der keine eigenen Kinder hatte. Ich wusste, wie sehr Lesley ihren Vater liebte. Sie hatte durchweg positive Dinge über ihn berichtet. Sicher würde sie widersprechen, wenn sie wüsste, dass Leon ein so schlechtes Selbstbild von sich hatte.

»Nur weil du mit deiner Psyche zu kämpfen hast, bist du doch nicht automatisch ein schlechter Vater. Väter dürfen auch mal traurig sein und Fehler machen.«

»Du klingst wie meine Psychologin«, erwiderte er.

»Das nehme ich jetzt mal als Kompliment.« Ich lehnte

mich auf meinem Stuhl zurück und verschränkte die Arme vor der Brust.

»Absolut. Sie ist eine kluge Frau und hat wie du natürlich recht. Manchmal ist es aber einfach schwer, diese Dinge zu verinnerlichen. Oder zu akzeptieren, dass man Geschehenes nicht rückgängig machen kann.«

»Das verstehe ich sehr gut. Ich habe in meinem Leben auch schon einige Dinge bereut.«

»Was denn zum Beispiel?«, fragte er interessiert und beugte sich über den Tisch. Leon schien froh darüber zu sein, dass wir nicht länger über ihn redeten.

»Zum Beispiel, dass ich nicht zu meinem Abschlussball gegangen bin, weil mich niemand gefragt hat. Ich war ›die Dicke‹ an unserer Schule«, erzählte ich, während ich Gänsefüßchen in die Luft malte, »und keiner der Jungs wollte mit mir gesehen werden.«

»Wow, Kinder sind manchmal richtige Arschlöcher.«

Ich zuckte mit den Schultern, um zu zeigen, dass ich mittlerweile damit abgeschlossen hatte. Mein ganzes Leben lang war ich dick gewesen, und auch im Erwachsenenalter war ich den ›Babyspeck‹ nicht losgeworden. Doch ich fühlte mich schon eine ganze Weile nicht mehr unwohl in meinem Körper: Wem nicht gefiel, dass ich nicht der sogenannten Norm entsprach, der musste ja nicht hingucken. Ich war schließlich nicht auf der Welt, um jemand anderem zu gefallen.

Unvermittelt stand Leon auf und ging zum Kühlschrank. »Die wollte ich eigentlich mit Lesley trinken, doch vor morgen früh wird sie sicher nicht wieder da sein. Möchtest du ein Gläschen?« Mit diesen Worten holte er eine Flasche Weißwein hervor.

Der Plan, den Abend allein in meinem Zimmer zu verbringen, hatte sich wirklich erledigt.

Kapitel 5

Aus einem Gläschen Wein waren drei geworden, und wir waren mittlerweile auf die Couch im Wohnzimmer umgezogen. Dort, wo ich vor ein paar Stunden noch heulend gesessen hatte. Jetzt kicherte ich und musste mir den Bauch halten, weil ich so sehr über Leons Geschichten lachen musste. Und vielleicht auch, weil ich es nicht gewohnt war, Weißwein zu trinken.

Ich war froh über dieses warme Gefühl, das sich langsam in mir ausbreitete. Es ließ mich die Geschehnisse von heute Morgen vergessen und wie sehr mein Herz eigentlich gebrochen war. Wenigstens heute Abend wollte ich diese Wärme in vollen Zügen genießen.

Mit vollem Körpereinsatz erläuterte Leon mir, wie er bei einem seiner Aufträge während der Show möglichst unbemerkt ein Kabel hatte verlegen müssen, weil es vom Gitarristen mit dem Fuß aus dem Verstärker herausgezogen worden war.

»… das letzte Stück kroch ich auf dem Bauch vorwärts, in der Hoffnung, dass mich das Publikum nicht sehen konnte.«

»Wieso passieren solche lustigen Sachen nicht bei meinen Auftritten?«, fragte ich immer noch halb lachend.

»In dem Moment war das gar nicht lustig. Aber ich merke schon, es ist eine gute Geschichte für die nächste Party.«

»Ich weiß nicht, ob ich nach drei Gläsern hiervon ein guter Maßstab bin.« Vielsagend schwenkte ich den letzten Schluck Wein in meinem Glas. »Doch mich konntest du zum Lachen bringen. Danke dir.«

»Das ist meine leichteste Übung«, trällerte er ebenso angeheitert wie ich.

»Nein, wirklich. Ich wäre ohne dich wahrscheinlich allein im Gästezimmer in meinem Selbstmitleid ertrunken«, sagte ich nun etwas ernster.

Plötzlich wich auch das Lächeln aus Leons Gesicht und machte Besorgnis Platz. »Möchtest du darüber reden, was passiert ist?«

»Nein«, antwortete ich ein bisschen zu bestimmt. »Ich genieße das gerade sehr und will mir meine Stimmung nicht verderben.«

»Okay«, erwiderte Leon und beobachtete mich, während ich mein Glas leerte. Sein intensiver Blick verunsicherte mich.

»Was ist?«, fragte ich ihn peinlich berührt.

Er antwortete nicht direkt, sondern rückte ein Stück näher an mich heran. Ich hatte keine Gelegenheit, darüber nachzudenken, was er vorhatte. Ein Schauer lief mir über den Rücken, während ich mich in seinen honigbraunen Augen verlor.

»Darf ich dich küssen?«

Das hatte ich nicht erwartet. Doch ich nickte, denn in diesem Moment wurde mir klar: Ich wollte nichts mehr, als von ihm geküsst zu werden.

Ich schloss meine Augen und wartete darauf, dass seine Lippen auf meine trafen. Aber ich war nicht auf die Intensität dieses Kusses vorbereitet.

Leon gab uns keine Zeit, uns aneinander zu gewöhnen. Er knabberte an meinen Lippen und forderte

Einlass in meinen Mund. Als ich ihm diesen gewährte, massierte er meine Zunge mit der seinen. Ein Glücksgefühl durchfuhr meinen Körper, und ich wollte mehr davon. Wie in einem Rausch wünschte ich mir, dass all der Schmerz durch die Lust vertrieben wurde, die ich in diesem Moment empfand. Und vor allem wünschte ich mir, Marc so sehr zu verletzen, wie er mich mit seinem Betrug verletzt hatte.

Ich hob mein Bein und schwang mich auf Leons Schoß. Dort nahm ich das Ruder in die Hand und forderte immer wildere Küsse von ihm. Je mehr ich von ihm bekam, desto mächtiger fühlte ich mich. Als würde ich Stück für Stück die Kontrolle über mein Leben zurückerlangen.

Doch Küsse reichten mir nicht. Ich wollte, dass mich Leons Augen voller Verlangen anschauten. Wollte von ihm, einem anderen Mann als Marc, begehrt werden. Und ich wollte nicht nur seine Lippen auf meinen fühlen, sondern ihn *in* mir spüren.

Als ich ungeduldig an seinem Shirt zog, löste er seinen Mund von meinem und schaute mich mit seinen wunderschönen Augen an. »Wollen wir das lieber in eines der Gästezimmer verlegen?«

Einen kurzen Moment überlegte ich, ob das wirklich eine gute Idee war. Aber schnell drängte ich die Zweifel beiseite und nickte.

Leon schob mich sanft von seinem Schoß, dann führte er mich an seiner Hand an der Küche vorbei und zu einem weiteren Raum, der vom Flur abging. Die Tür fiel von innen mit einem lauten Knall ins Schloss, weil ich Leon mit einer solchen Kraft gegen diese drückte. Ich wollte ihn in diesem Moment so sehr und konnte meine Erregung nicht länger zügeln.

Diesmal war ich es, die unsere Lippen voneinander trennte, um mein Top auszuziehen. Nun stand ich nur noch mit meiner Schlafanzughose bekleidet vor ihm. Ich genoss seinen gierigen Blick, der über meinen Körper schweifte; das Lächeln, das seinen Mund umspielte, als er meine Brüste betrachtete. Nur um mich danach noch wilder zu küssen als zuvor.

Ich stöhnte leise auf, als er anfing, meine Brüste in kreisenden Bewegungen zu massieren. Es fühlte sich gut an, als wüsste er genau, was mir gefiel.

Ich zog sein Shirt über seinen Kopf, um gleiche Verhältnisse zu schaffen. Nun war ich diejenige, die ihn musterte. Er war nicht trainiert, doch seine muskulösen Arme zeugten davon, dass er auch in seiner Auszeit körperlich arbeitete.

Ich spielte mit seinen dunklen Brusthaaren, während er mich in Richtung Bett drängte. Während ich mich auf die Matratze fallen ließ, beobachtete ich ihn dabei, wie er sich seine Jeans auszog.

Statt sich zu mir auf das Bett zu legen, kniete er sich vor mich und zog auch meine Hose aus. Dann begann Leon von meinem rechten Knie aus, meine Beine zu küssen. Mit jedem Kuss bewegte er seinen Kopf immer näher an meine Innenschenkel heran. Wieder konnte ich ein Stöhnen nicht zurückhalten. Der Druck in mir baute sich stetig auf.

Er schaute mit einem Lächeln auf den Lippen zu mir hoch. »Darf ich?«

Ich nickte aufgeregt ob der Dinge, die wir nun tun würden. Die er mit mir tun würde.

Nun entledigte er mich auch meiner Unterhose und streichelte die Stelle, die eben noch von Stoff bedeckt gewesen war. Ich hob mich ihm entgegen, dann küsste er sich weiter seinen Weg nach oben. Er berührte mit seinen Lippen meinen Bauch, liebkoste jede einzelne Falte und spielte dabei mit meinen Brüsten. Schließlich lag er gänzlich über mir, und unsere Lippen berührten sich wieder.

Ich griff in seine Unterhose und entlockte ihm ein Seufzen. Er genoss meine Berührungen sichtlich.

»Warte kurz …«, flüsterte er mir ins Ohr, als ich meine Beine um seinen Körper schlang.

Ich nickte und war froh über die kurze Verschnaufpause.

Leon rollte sich zur Seite und kramte in der Tasche seiner Jeans. Nach ein paar Sekunden beförderte er ein Kondom aus seinem Portemonnaie. Auf dem Rücken liegend, zog er sich die Unterhose aus und das Kondom über. Dann wandte er sich wieder mir zu und drang in der Missionarsstellung in mich ein.

Es war ein fantastisches Gefühl, das ich schon lange nicht mehr so intensiv gespürt hatte. Sein Stöhnen an meinem Ohr spornte mich noch mehr an. Ich spürte mit jedem seiner Stöße, dass er sich dem Höhepunkt näherte. Als er kam, war ich noch nicht so weit, genoss es jedoch, ihn dabei in mir zu fühlen.

Er seufzte in mein Ohr und begann dann, mich mit den Fingern von außen zu verwöhnen. Ich kam einige Minuten später mit einem zittrigen Aufschrei. Zufrieden rollte sich Leon neben mich aufs Bett und entsorgte das Kondom. Wir küssten uns wieder – diesmal jedoch langsamer.

Leon schlief kurz darauf ein, doch ich blieb noch eine Weile liegen. Erst als sich meine Blase meldete, stand ich auf und schlich mich auf die Toilette auf der anderen Seite des Flurs.

Als ich auf dem Klo saß, musterte ich mich im Spiegel, der gegenüber der Toilette über dem Waschbecken an der Wand hing. Meine Haare waren zerzaust und klebten an der schweißnassen Stirn, und meine geröteten Wangen ließen erahnen, was ich gerade getan hatte. Weil ich nur das schwache Spiegellicht angeschaltet hatte, um etwas zu sehen, erschienen meine hellgrünen Augen dunkler als sonst.

Als ich mich so betrachtete, erwachte ich wie aus einer Trance und realisierte, was ich in meinem Rausch getan hatte.

Ich hatte mit Lesleys Vater geschlafen!

Verdammt, ich sitze in der Scheiße.

Kapitel 6

Jetzt

Kurze Zeit später saß ich bei der zweiten Freundin an diesem Abend und heulte mich aus.
Nancy sagte erst einmal gar nichts, nachdem ich ihr erzählt hatte, was an diesem Tag passiert war. Ich konnte ja selbst nicht glauben, dass sich das alles innerhalb weniger Stunden abgespielt hatte. Sie schien ihre Gedanken zu sortieren, doch damit verunsicherte sie mich noch mehr.

Hält sie mich jetzt für einen schlechten Menschen?

Ich wartete darauf, dass sie mich hochkant rausschmeißen würde. Verübeln könnte ich es ihr jedenfalls nicht. Als sie nach einer gefühlten Ewigkeit Luft holte, hielt ich den Atem an.

»Die Situation ist etwas verzwickt, das gebe ich zu. Feststeht: Du bleibst erst einmal hier. Morgen sehen wir weiter, was die beste Lösung ist«, sagte sie in ihrer typisch analytischen Manier.

Voller Erleichterung fiel ich meiner Freundin um den Hals. Sie rieb mit ihrer Hand über meinen Rücken, und ganz plötzlich, als hätte ihre Berührung etwas in mir angestoßen, kullerten große Tränen über meine Wangen. Die Anspannung der letzten Stunden hatte sich in mir angestaut und brach sich nun Bahn. Wie ein mit Wasser gefüllter Ballon, den jemand mit einer Nadel angestochen hatte.

Ich schluchzte und durchnässte Nancys Shirt. Doch

das störte sie nicht. Sie hielt mich einfach im Arm und streichelte abwechselnd meinen Rücken und meine Arme.

»Wieso habe ich das getan? Ich liebe Marc doch!«, rief ich zwischen zwei Schluchzern.

»Sch, alles wird gut.«

Ich konnte meine Lider nicht geschlossen halten, denn vor meinem inneren Auge sah ich abwechselnd die gleichen Bilder: Marc über der anderen Frau, Leon über mir, Marcs geschockter Gesichtsausdruck, Leons erregter Blick.

Ich löste mich aus der Umarmung, stand auf und begann, hektisch vor Nancy auf und ab zu laufen. Alles, um mein Kopfkino auszuschalten. Ich wollte nicht mehr an all das denken.

»Ich muss mit Marc reden«, verkündete ich nach einer Weile.

»Solltest du nicht vorher mit Leon sprechen … oder mit Lesley?«, gab Nancy zu bedenken.

»Spinnst du? Lesley darf auf keinen Fall von dem One-Night-Stand erfahren. Bitte versprich mir, dass du das für dich behältst!«

Sie hob entschuldigend die Hände. »Okay, okay, ich verspreche es. Aber schuldest du Leon nicht wenigstens eine Erklärung? Schließlich bist du einfach abgehauen. Und Lesley wird sich sicher auch wundern, wieso du einfach wieder gegangen bist.«

Nancy hatte recht. Ich hatte in meiner Panik nur meine Kleidung wieder angezogen, meinen Koffer aus dem oberen Gästezimmer geholt und mich aus dem Staub gemacht – noch bevor Leon aufgewacht oder Lesley von ihrer Schicht im Krankenhaus zurückgekommen war.

»Lesley habe ich auf dem Weg hierher schon geschrieben und erklärt, dass ich zu meiner Familie gefahren bin. Sie wird es sicher erst nach ihrer Schicht lesen.«

»Also noch eine Lüge, bei der ich dich decken muss«, stellte Nancy fest.

Autsch, das hatte gesessen. Doch sie hatte recht.

»Es tut mir leid, dass ich dich da reinziehe, Nancy«, entschuldigte ich mich.

»Mach dir keine Gedanken um mich. Ich habe nur Sorge, dass du dich da in etwas verrennst.«

»Hältst du mich für eine schlechte Person?«, fragte ich sie geradeheraus.

»Ach, Quatsch. Ich denke, du wurdest sehr verletzt und hast dir in einer Kurzschlussreaktion Rache verschafft. Auge um Auge und so.«

Ich nickte und war froh über ihre Worte, erwähnte allerdings nicht, dass ich mich in Leons Gegenwart zum ersten Mal seit Langem gesehen gefühlt hatte.

Aber echte Gefühle sind das ja noch lange nicht, oder?

Ich schüttelte den Gedanken ab und kramte mit einer Hand mein Smartphone aus meiner Handtasche. Erschrocken stellte ich fest, dass Marc mehrere Male versucht hatte, mich anzurufen. Schweigend hielt ich Nancy das Display vor die Nase.

»Schlag ihm vor, dass ihr euch morgen in einem Café trefft. Auf neutralem Boden sozusagen. Davor gehst du ausgiebig duschen und schläfst dich aus«, riet sie mir.

Ich nickte und begann, die Nachricht an Marc zu verfassen. Schon nach ein paar Sekunden kam die Antwort in Form eines Daumen-hoch-Emojis und mit dem Text: ›Im *Hartley's* um zwölf Uhr?‹

Die Anzeige auf meinem Handy zeigte halb zwei morgens an. Er war noch wach.

Bestimmt denkt er über seinen Fehler und unsere Beziehung nach, schoss es mir durch den Kopf.

Auf dem Weg zu Nancy hatte ich mir Gedanken darüber gemacht, ob ich Marc den Betrug doch verzeihen sollte. Mittlerweile war ich schließlich nicht mehr in der Position, um sein Verhalten zu verurteilen. Dass er mich nicht nur einmal betrogen hatte, sondern mehrfach, blendete ich in diesem Augenblick geflissentlich aus.

Ich schickte ein schnelles ›Okay‹ und machte mich auf den Weg in Nancys Badezimmer.

Sie räusperte sich. »Hast du nicht etwas oder besser gesagt jemanden vergessen?«

Erwischt!

Ich wusste sofort, wen sie meinte, hatte aber gehofft, dass *sie* es vergessen hatte.

Ertappt drehte ich mich zu ihr um. »Ich habe Leons Nummer nicht. Wie soll ich mich bei ihm melden?«

»Du kennst aber jemanden, der seine Nummer hat. Schreib Lesley morgen einfach eine Nachricht und frag sie. Lass dir eine Notlüge einfallen. Dass er dir einen besonderen Verstärker empfehlen wollte und du noch einmal nachfragen wolltest – oder so«, half Nancy mir aus.

Ich seufzte. »Na gut …«

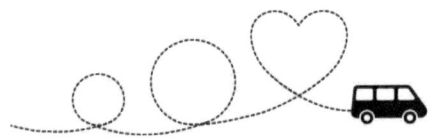

Das heiße Wasser dieser zweiten Dusche tat ebenso gut wie das der ersten. Es wusch den Schweiß und die Tränen von meinem Körper. Doch aus irgendeinem Grund entfernte es nicht Leons Geruch – sosehr ich auch mit den Händen und der Seife über meinen Körper schrubbte.

Ich hatte seinen Duft nach Minze immer noch in der Nase. Auch dann noch, als ich mich nach dem Duschen in Nancys Bett legte und sie sich von hinten an mich kuschelte. So als wollte mich mein Unterbewusstsein mit diesem Geruch an den Fehler erinnern, den ich begangen hatte.

Ich war erleichtert, dass ich in dieser Nacht nicht allein sein musste und dass Nancy mir keine Vorwürfe wegen meines Verhaltens machte. Ohne es verhindern zu können, fing ich wieder an zu weinen, schlief aber irgendwann unter dem ununterbrochenen Streicheln meiner Freundin ein.

Als ich am nächsten Morgen aufwachte, hatte ich eine Nachricht von Lesley auf dem Handy.

> Danke, dass du Bescheid gegeben hast. Ich hoffe, du kannst dich bei deinen Eltern etwas entspannen und ablenken. Wenn du etwas brauchst, melde dich!

Ich spürte einen Stich im Herzen. Lesley war so eine gute Freundin, und ich log sie dreist an. Jedoch war ich mir sicher, dass sie nicht länger meine Freundin sein würde, wenn sie erfuhr, dass ich mit ihrem Vater geschlafen hatte.

Was habe ich mir nur dabei gedacht?

Ich gab mir einen Ruck und schrieb zurück, inklusive der lügenbehafteten Frage nach Leons Nummer. Nancy schlief noch, daher schlüpfte ich langsam aus dem Bett und verließ das Schlafzimmer. Ich konnte nicht mehr einschlafen und kochte uns Tee.

Während der Wasserkocher lief, schaltete ich den Fernseher ein und ließ mich von den Nachrichten berieseln. Ich hörte nicht wirklich hin, sondern starrte nur auf die schnell wechselnden Bilder vor mir. Währenddessen zermarterte ich mir das Hirn darüber, was ich Marc sagen sollte. Er hatte mich sehr verletzt, aber ich war ebenso untreu gewesen.

Nancy riss mich aus meinen Gedanken, als sie aus dem Schlafzimmer kam.

»Habe ich dich geweckt?«, fragte ich voller Schuldgefühle.

»Nein, nein, neun Uhr ist sowieso meine gewohnte Aufstehzeit.« Sie streckte sich und goss das heiße Wasser in die von mir vorbereitete Teekanne.

Nachdem sie neben mir Platz genommen hatte, kündigte mein Handy eine neue Nachricht an. Es waren Leons Kontaktdaten.

> Mein Dad sagt, ihr hättet euch ganz gut verstanden. Ich hatte schon Angst, dass es unangenehm für dich sein würde.

Mir wurde ganz heiß, als ich die Zeilen las.

»Meinst du, er hat Lesley etwas erzählt?«, fragte ich Nancy, der ich das Handy hinhielt.

»Das glaube ich nicht, sonst hätte sie das nicht so geschrieben. Aber recht hat er ja: Ihr habt euch gut verstanden. Er hat lediglich ein paar Details ausgelassen«, sagte sie und konnte ein kurzes Lachen nicht unterdrücken. Schnell wurde sie wieder ernst. »Nun kommt allerdings der schwierige Part. Was willst du ihm schreiben?«

Ich tippte etwas in meine Notizen-App und hielt Nancy das Telefon erneut vor die Nase.

»Hey, es tut mir leid, dass ich einfach gegangen bin. Danke für den schönen Abend. Rose«, las sie laut vor und schaute mich ungläubig an.

»Was soll ich denn sonst schreiben?«, verteidigte ich mich.

»Zum Beispiel, dass du ihn benutzt hast, um dich an deinem untreuen Freund zu rächen.«

»Das kann ich nicht schreiben!«

»Wieso? Weil es die Wahrheit ist?«

»Nein ... Ja«, gab ich kleinlaut zu.

»Rose, ich verstehe, dass du Lesley nichts von dem Sex erzählen möchtest, doch zu Leon solltest du schon ehrlich sein.«

»Ja, du hast recht ...«

Sie griff nach meinem Handy, löschte die Notiz, schrieb ihre eigene Version der Nachricht und zeigte sie mir. Nach einer kurzen Diskussion einigten wir uns auf folgenden Text.

> Hey, Leon, es tut mir leid, dass ich gegangen bin, ohne mich zu verabschieden. Ich habe einfach Panik bekommen. Aber ich will ehrlich mit dir sein: Ich wollte mich an meinem untreuen Freund rächen. Es war falsch von mir, dich zu benutzen. Bitte verzeih mir! Alles Liebe, Rose.

Mein Herz klopfte wie wild, als ich auf Senden drückte.

Nancy und ich schauten wie gebannt auf den Bildschirm, als kurz darauf das Symbol auftauchte, das anzeigte, dass der Empfänger etwas schrieb. Mir wurde ganz schlecht, weil ich Angst vor Leons Reaktion hatte.

Dann endlich kam die Antwort.

Danke für deine Ehrlichkeit.

Mehr nicht.

Ich wusste nicht, ob ich erleichtert oder besorgt sein sollte. Hatte ich ihn verletzt oder war es für ihn womöglich auch einfach eine einmalige Sache gewesen? Schließlich kannten wir uns nicht wirklich.

Nancy schien die Nachricht zufriedenzustellen. »Das lief ja besser als erwartet.«

»Ja«, antwortete ich abwesend und musste an die honigbraunen Augen und das Grinsen auf Leons Gesicht denken.

Ich fragte mich, ob ich ihn jemals wiedersehen würde.

Kapitel 7

»Fuck.«

»Was ist denn los?«, fragte Nancy, während sie von außen durch die Balkontür trat.

Ich wedelte mit meinem Handy, das mir gerade eben die Hiobsbotschaft überbracht hatte, in der Luft herum. »Max ist krank geworden. Er hat 'ne Lebensmittelvergiftung und schreibt, dass er übermorgen auf gar keinen Fall fit genug sein wird, um mit auf Tour zu gehen.«

»Das klingt nicht gut.«

»Meinst du seine Gesundheit oder die Tour?«, fragte ich sarkastisch.

Sie zuckte mit den Schultern. »Beides irgendwie.«

Ich warf mein Handy auf den kleinen Holztisch vor mir und vergrub das Gesicht in den Händen.

Wieso muss das gerade jetzt passieren?

Einige Auftritte auf dieser Tour waren wirklich groß, und ich hoffte, dass vielleicht ein Produzent oder eine Musikagentin auf mich aufmerksam werden könnte. Dann würde ich meinem Traum ein Stückchen näher kommen, von dem Musikmachen zu leben.

Nancy setzte sich neben mich auf das Sofa. »Rose, wir finden schon eine Lösung.«

»Ach ja, kennst du zufällig jemanden, der sich mit Tontechnik auskennt? Und ich meine *wirklich* auskennt. Bei diesen Aufträgen darf ich mir keine Fehler erlauben«, erwiderte ich schärfer als beabsichtigt.

»Spontan fällt mir da niemand ein, aber schreib doch mal in unserer Sportgruppe. Vielleicht findet sich ja ein Freund oder die Freundin einer Freundin«, schlug sie vor.

Ich zuckte mit den Schultern, während ich meine Tour immer weiter in die Ferne rücken sah. Selbst wenn ich jemanden finden würde, der ansatzweise Ahnung hatte, wer hätte schon so spontan Zeit?

Die WhatsApp-Gruppe hatte Nancy mit drei Mädels angelegt, die mit uns im selben Fitnessstudio trainierten. Wirklich aktiv wurde dort nicht geschrieben. Es ging eigentlich immer nur darum, wann wir in welchen Kurs gingen.

Trotzdem tippte ich eine schnelle Nachricht. Dieselbe schickte ich noch an ein paar andere Freunde, von denen ich erwartete, dass sie jemanden kannten. Dennoch schätzte ich die Chance, dass sich auf die Schnelle jemand finden würde, sehr gering ein.

Resigniert lehnte ich mich gegen Nancys Schulter und schloss die Augen. Die Abendsonne, die durch den Spalt der Balkontür schien, war an diesem Julitag noch so stark, dass ihre Strahlen mein Gesicht wärmten.

»Selbst wenn sich jemand meldet, wie soll ich denjenigen bezahlen?«, fragte ich Nancy. »Mit Max habe ich die Einnahmen einfach geteilt, aber jemand anderes wird sicher mehr Gehalt verlangen.«

Nancy seufzte.

Ich öffnete meine Augen und sah sie besorgt an. »Sorry, ich wollte dich nicht nerven. Du hast morgen deine Präsentation, oder?«

»Jap, und ich will heute einfach nicht mehr daran denken und entspannen.«

»Ich weiß. Tut mir leid. Diese Tour ist mir einfach

so wichtig. Da habe ich deine Präsi einfach vergessen«, erklärte ich entschuldigend.

»Das weiß ich doch. Aber du solltest nicht immer vom Schlimmsten ausgehen. Sieh es mal so: Du hast noch zwei Tage, um jemanden zu finden, bevor es losgeht.«

»Du hast ja recht. Das wird schon irgendwie. Jetzt sagst du mir aber erst einmal, was ich dir Gutes tun kann, damit du vor morgen nicht zu nervös bist!«, forderte ich sie auf.

Nancy grinste mich an. »Es hat wirklich Vorteile, eine Mitbewohnerin zu haben. Ich habe noch diesen Gutschein von der neuen Pizzeria.«

»Uh, Pizza klingt gut. Bestell du schon mal. Ich gehe vor dem Abholen noch ein paar Kleinigkeiten einkaufen«, sagte ich und ging in mein Zimmer, um meine Tasche zu holen.

»Du bist du Beste!«

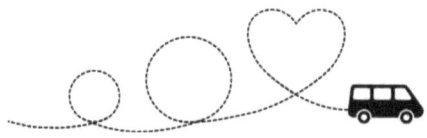

Erst als ich mit zwei Pizzakartons und einem Salat beladen die Pizzeria verließ, bemerkte ich, dass ich mein Handy zu Hause gelassen hatte.

Nicht schlimm, dachte ich. *Bestimmt hat sich sowieso niemand gemeldet, der mir weiterhelfen kann.*

Das sollte sich aber als falsche Annahme herausstellen. Denn als ich etwa zehn Minuten später die Wohnungstür aufschloss, stürmte Nancy mir schon im Flur entgegen.

»Wir müssen reden.«

Mir rutschte das Herz in die Hose. Ich konnte Nancys Gesichtsausdruck nicht deuten und hatte kurz Angst, dass sie mich aus der WG schmeißen würde, weil sie genervt von mir war. Dabei waren wir erst vor ein paar Monaten in diese neue Wohnung gezogen, nachdem wir anderthalb Jahre gemeinsam in ihrem kleinen Apartment gewohnt hatten.

Wohnungssuche war wirklich der Horror. Ich war Nancy immer noch unendlich dankbar dafür, dass sie mich aufgenommen hatte, nachdem Marc und ich Schluss gemacht hatten.

Meine Freundin nahm mir das Essen ab und führte mich auf den Balkon, auf dem sie schon den kleinen Tisch gedeckt hatte. »Du hast dein Handy hier vergessen.«

»Ja, ich weiß. Brauchtest du noch etwas aus dem Supermarkt? Soll ich noch mal losgehen?«, versuchte ich, Nancys Stimmung abzuschätzen.

»Nein, nein. Setz dich ruhig schon mal hin.« Sie drückte mich auf das weiche Polster des hölzernen Klappstuhls.

»Du machst mir gerade etwas Angst, Nancy. Was ist denn los?«, fragte ich mit einem Stein im Bauch.

»Ich will dich nur vorbereiten, bevor du die Nachricht in unserer Sportgruppe liest«, warnte sie mich. Mit diesen Worten hielt sie mir mein Handy vor die Nase.

Aufgeregt entsperrte ich mit dem Fingersensor den Bildschirm und öffnete den Messenger. Ich überflog zwei Benachrichtigungen von Freunden, die sich entschuldigten, dass sie niemanden kannten. Dann klickte ich die Gruppenunterhaltung an und wusste sofort, was Nancy meinte.

Lesley.

Ich hatte ganz vergessen, dass sie ja auch in der Gruppe war.

»Sie schlägt ihren Vater vor«, sagte ich atemlos, als ob Nancy die Nachricht nicht längst gelesen hatte. *Verdammt, ich hätte es wissen müssen.* Leon hatte mir von seiner Zeit als Tontechniker erzählt, und ich hatte über seine Anekdoten gelacht. Außerdem wohnte er wohl nur eine knappe Stunde entfernt, in Crawley.

Ich konnte bei der Erinnerung an den wild gestikulierenden Leon ein Grinsen nicht unterdrücken.

Nancy schien das nicht zu bemerken, denn sie nickte nur leicht. »Ich habe gerade das Gefühl, ein Déjà-vu zu erleben.«

»Aber in einer noch schlimmeren Version als damals«, stimmte ich zu.

Mit ›damals‹ meinte ich die Hochzeitseinladung von Lesley, die vor ein paar Monaten in unseren Briefkasten geflattert war. Lesley war nur eine Woche nach Leons und meinem One-Night-Stand mit Thomas, einem Pfleger aus dem Krankenhaus, zusammengekommen. Ich hatte nicht erwartet, dass sie schon nach zwei Jahren heiraten würden.

An sich war daran nichts Schlimmes – wäre da nicht der unausweichliche Fakt, dass zu vielen Hochzeitsfeiern ein Vater gehörte, der seine Tochter zum Altar führte. Ich würde also unweigerlich wieder auf Leon treffen, wenn ich auf diese Hochzeit ging.

Stetig redete ich mir ein, dass man sich auf der Feier ja aus dem Weg gehen könne. Laut eigener Aussage hatten Thomas und Lesley die halbe Belegschaft des Krankenhauses eingeladen. Was mich ungemein beruhigte und in meinem Plan bestätigte, ihm nicht zu begegnen.

Da mich Lesley gefragt hatte, ob ich mich um die Musik kümmern könnte, konnte ich nicht mal mehr spontan krankmachen. Abgesehen davon, dass ich diesen wichtigen Tag in dem Leben meiner Freundin nicht verpassen wollte. Bisher hatte ich mir einreden können, dass ich mich bei der Hochzeit gut unter die Leute würde mischen können. Der Gedanke, allein mit Leon auf Tour zu gehen, war eine ganz andere Geschichte.

»Was willst du ihr antworten?«, riss mich Nancy aus meinen Gedanken.

Ratlos zuckte ich mit den Schultern, während Bilder in meinem Kopf aufpoppten, die ich zu verdrängen versuchte. Leons Augen, sein Lächeln und sein Gesichtsausdruck, wenn wir uns wieder über den Weg laufen würden. Ich stellte mir vor, dass sein wunderschönes Lächeln bei meinem Anblick erstarren würde. War es egoistisch von mir, nicht erleben zu wollen, wie er mich bei einem Aufeinandertreffen ignorieren würde? Schließlich hätte er guten Grund dazu. Ich war einfach abgehauen und hatte ihn mit einer WhatsApp-Nachricht abgespeist.

Nancy holte mich abermals aus einem Gedankenkarussell. »Na ja, es gibt drei Arten, wie die Geschichte ausgehen kann. Erstens: Du lehnst Lesleys Hilfe ab, musst dir dann aber eine gute Erklärung einfallen lassen. Was bedeutet, dass du sie wieder anlügen musst. Zweitens: Du nimmst das Angebot an und musst eine zweiwöchige Tour mit ihm durchstehen, was dich eventuell von der Arbeit abhalten würde. Drittens: Lesley fragt ihren Vater zwar, aber er lehnt ab. Aus zeitlichen Gründen oder weil er genauso wenig scharf auf ein Treffen ist wie du.«

Da kam wieder die Analytikerin in Nancy durch. Sie beleuchtete eine Situation von allen Seiten und suchte nach der besten Lösung. Und sie hatte recht: Das waren meine Möglichkeiten.

Ich stieß ein seltsames Knurren aus, anders wusste ich in diesem Moment meine Emotionen nicht zu kanalisieren.»Möglichkeit eins scheidet aus. Ich kann und will Lesley nicht schon wieder anlügen.«

Nancy nickte eifrig, offenbar froh darüber, sich nicht in weiteren Lügen verstricken zu müssen. Schon vor zwei Jahren war sie nur wenig begeistert gewesen, dass ich sie in mein Geheimnis reingezogen hatte.

»Das heißt, es bleibt eine Fünfzig-fünfzig-Chance, dass Leon mit dir auf Tour geht«, stellte Nancy fest.

»Und Stand heute ist, dass ich nicht auf Tour gehen kann, wenn er nicht mitkommt. Schließlich habe ich noch keine Alternative gefunden«, fügte ich niedergeschlagen hinzu.

Jetzt wirkte Nancy besorgt.»Meinst du wirklich, es ist eine gute Idee, wenn er dich begleitet? Es hängt so viel von dieser Tour ab. Das hast du vorhin selbst gesagt.«

»Nein, gottverdammt, ich finde, das ist eine schreckliche Idee. Aber was habe ich für eine Wahl?!«, fuhr ich sie an.

Nancy schaute mich schockiert an. Ich hatte sie noch nie angeschrien und bereute es im selben Augenblick.

»Es tut mir leid. Ich bin gerade verzweifelt«, entschuldigte ich mich sofort.

»Schon gut«, erwiderte sie mit leiser Stimme, »ich

verstehe es ja. Du hast recht, letztendlich hast du keine andere Wahl.«

»Nein, das war wirklich nicht in Ordnung von mir. Tour hin oder her!«

»Scheint so, als wären wir heute beide etwas aufgeregt«, antwortete sie lächelnd und strich mir über den Arm.

»Du bist einfach zu nett für diese Welt, Nancy«, murmelte ich und umarmte sie.

»Ist es komisch, dass ich die Daumen drücke, dass er nicht kann, obwohl ich unbedingt will, dass du auf diese Tour gehst?«, fragte Nancy und löste sich von mir, bevor sie sich ein Stück Pizza in den Mund schob.

»Nein … geht mir genauso«, sagte ich und biss energisch von meinem Stück ab, das mittlerweile kalt geworden war.

Kapitel 8

Als ich später an diesem Abend im Bett lag, bekam ich kein Auge zu. Ich stand unter Strom, da ich in jedem Moment eine Nachricht von Lesley erwartete. In gespielt freundlichem Ton hatte ich Lesley vorhin eine Sprachnachricht geschickt und das Angebot dankend angenommen. Jetzt fühlte ich mich elend deswegen. Ich hasste es, nicht ehrlich zu meiner Freundin sein zu können.

Nancy hatte den Nagel auf den Kopf getroffen: So oder so würde es eine blöde Situation werden. Bisher hatte ich den Ausrutscher mit Leon erfolgreich vor Lesley geheim halten können, indem ich das Ganze einfach verdrängt hatte. Doch nun kam die Geschichte wieder an die Oberfläche und mit ihm dieses stechende Gefühl des schlechten Gewissens.

Irgendwann musste ich vor Erschöpfung doch eingeschlafen sein, denn als ich aufwachte, suchte ich als Erstes mein Handy. Es hatte die ganze Zeit neben mir im Bett gelegen, aber jetzt war es weg. Anscheinend hatte ich es im Schlaf weggeschmissen. Panisch durchwühlte ich die Bettwäsche und beugte mich vor, um unter das Bett zu schauen.

»Ganz ruhig, es ist nur ein elektronisches Gerät«, versuchte ich, mich zu beruhigen.

Ein Gerät, das mein Terminkalender, meine Bank, meine Musikbibliothek und so viel mehr war. Ich arbeitete mehr an meinem Handy als an meinem Laptop.

Erleichtert atmete ich aus, als ich mein Smartphone endlich zwischen Matratze und Bettkasten fand. Bevor ich darauf schaute, sprach ich mir Mut zu.

»Wieso machst du dich wegen Leon so verrückt? Es wäre doch toll, wenn er dir helfen würde! Ihr habt miteinander geschlafen, na und? Du wirst wie eine erwachsene Frau damit umgehen: professionell«, redete ich mir weiter gut zu.

Doch will ich das überhaupt?

Das fragte ich mich nicht zum ersten Mal, denn irgendwie konnte ich die Begegnung mit diesem Mann einfach nicht vergessen. So gern ich das auch getan hätte. Und das lag nicht nur daran, dass ich Lesley oft sah. Wie konnte jemand, mit dem ich nur eine Nacht verbracht hatte, solch einen tiefgreifenden Eindruck auf mich machen?

Gar nicht, Rose. Das ist nur eine schöne Erinnerung an einen Moment, nicht mehr.

Ich schob den Gedanken beiseite und wollte endlich herausfinden, ob Lesley schon geantwortet hatte. Als ich versuchte, das Handy zu entsperren, merkte ich aber, dass es aus war. Wahrscheinlich war der Akku leer, weil es die ganze Nacht Meditationsmusik gespielt hatte.

Ich schloss das Smartphone an das Ladegerät an, das neben meinem Bett an der Steckdose hing, und ging ins Badezimmer. Die Wanduhr im Flur zeigte elf Uhr an. Nancy war also schon lange auf der Arbeit und ich konnte mir Zeit im Bad lassen.

Ich lief Zähne putzend durch die Wohnung und öffnete die Balkontür im Wohnzimmer, um frische Luft hereinzulassen. Es roch nach Pizza und Essig von dem Salat, weil wir gestern keine Lust mehr gehabt hatten, die Verpackungen zum Müll zu bringen.

So richtig hatte ich das Essen gestern nicht genießen können, da meine Gedanken immer wieder abgeschweift waren. Einerseits war es eine Tour wie bisher auch: Hochzeiten, Junggesellenabschiede und Geburtstage wechselten sich mit zwei oder drei Buchungen in Clubs ab. Mit Ausnahme eines Highlights: Ich durfte ein Set auf dem *Mercury*-Festival spielen. Ich hatte die Veranstalter immer wieder per Mail gefragt, ob sie einen freien Slot zu einer unbeliebten Zeit frei hätten, und meine Hartnäckigkeit hatte sich ausgezahlt.

Nicht die bestmögliche Werbung für mich, aber immerhin eine gute Referenz für weitere Aufträge. Das war der Grund, wieso diese Auftritte nicht ausfallen konnten. Außerdem wollte ich die Geburtstagskinder und Brautpaare nicht enttäuschen, indem ich ihnen eine Woche vorher absagte.

Im Vorbeigehen probierte ich, mein Handy einzuschalten. Ich ließ es starten, während ich meinen Mund ausspülte. Zwar versuchte ich, mich in Geduld zu üben, doch ich war so hibbelig, dass ich das Telefon innerlich anfeuerte, schneller hochzufahren.

Ich lag bäuchlings auf dem Bett und tippte die PIN ein, darauf bedacht, das Stromkabel nicht aus Versehen zu trennen. Dabei wippte ich nervös mit den Beinen.

Über Nacht hatte ich eine einzige Nachricht bekommen. Die Vorschau verriet mir, dass sie von Leon stammte. Ich hatte seine Nummer aus irgendeinem Grund damals nicht gelöscht. Mit klopfendem Herzen klickte ich auf die Benachrichtigung.

Würde er mir schreiben, um abzusagen? Eher nicht.

> Hey, Rose. Lesley hat mir erzählt, dass du einen Tontechniker für deine Tour suchst. Wollen wir kurz telefonieren?

Meine Gesichtszüge entglitten mir, während mir das Herz bis zum Hals schlug.

Er will mich sprechen. Persönlich. Bin ich bereit, seine Stimme zu hören?

Ich sollte es jedenfalls sein, wenn wir bald gemeinsam quer durch das Land reisen würden, oder?

Tief holte ich Luft und beschloss, es schnell hinter mich zu bringen. Ich wählte seine Nummer aus meiner Kontaktliste aus. Mit zitternden Fingern stellte ich auf laut und legte das Handy vor mich aufs Bett. Beim dritten Klingeln ging Leon ran.

Er musste meine Nummer ebenfalls behalten haben, denn er begrüßte mich mit: »Hallo, Rose.«

Bei der Erwähnung meines Namens erinnerte ich mich daran, wie er ihn mir mit rauer Stimme ins Ohr geflüstert hatte. Im ersten Moment bekam ich keinen Ton heraus.

»Hallo?«, fragte Leon daher.

Ich schluckte, um meine Stimme vorm Zittern zu schützen. »Hallo, Leon.«

»Danke, dass du dich meldest«, sagte er freundlich.

»Ich danke *dir*, dass du mir helfen willst«, erwiderte ich, wobei mir ein kurzes, nervöses Lachen entwich.

»Lesley hat erzählt, dass du ohne einen Techniker deine Auftritte absagen musst. Das wäre doch schade«, antwortete er in einem Ton, in dem man auch sagen würde, dass ein Kuchen etwas angebrannt ist.

Er wirkte sehr geschäftig, als habe es die Nacht zwischen uns nie gegeben. Ich wusste nicht, ob ich das gut oder schlecht finden sollte. Aber ich wollte schließlich professionell mit der Sache umgehen, also verdrängte ich, mit wem ich sprach.

»Ja, das wäre, ehrlich gesagt, ein Albtraum. Ein bisschen Ahnung habe ich mittlerweile auch, doch für die kleinen Aufträge wie die Hochzeiten muss ich eigenes Equipment mitbringen. Da wäre etwas Hilfe nicht schlecht. Auf dem *Mercury* bekomme ich logischerweise alles gestellt und muss mich nur mit den dortigen Technikern absprechen.«

»Das *Mercury*«, wiederholte er und sprach dann weiter, »das klingt nach einer tollen Chance. Ich sag's mal so, optimal passt das zeitlich nicht für mich.«

Angespannt biss ich mir auf die Lippe.

Will er jetzt doch absagen?

»Ich sollte als Brautvater an den Tagen vor der Hochzeit eigentlich an Lesleys Seite sein. Sie hat mich zwar von meinen Pflichten freigesprochen, aber–«

Und schon wieder kroch dieses eklige Gefühl in mir hoch, dass ich Lesley hintergangen hatte, obwohl sie so eine tolle Freundin war.

»Ich will dich auf keinen Fall davon abhalten«, unterbrach ich ihn. »Die Hochzeit ist ein einmaliges Erlebnis. Ich spiele in vierzehn Tagen auf dem *Mercury*, bis dahin wäre deine Hilfe super. Dann bist du rechtzeitig zurück, bevor es in die heiße Phase geht. Wie klingt das für dich?«

Erst sagte er nichts, und ich dachte schon, dass die Verbindung aus irgendeinem Grund abgebrochen war. »Das klingt nach einem vernünftigen Plan. Kannst du mir eine Liste mit den Dingen schicken, die du brauchst? Dann packe ich alles bis morgen zusammen.«

Ich merkte: Dieser Mann machte keine halben Sachen

und war professionell. Er war sicher ein toller Chef gewesen.

»Mach' ich. Ein paar Dinge hat Max schon in unserem Van verstaut, bevor er krank geworden ist.«

»Okay, perfekt. Dann sehen wir uns.«

»Ja.«

Eine unangenehme Stille entstand zwischen uns. Eine Stille, die tausend ungesagte Dinge enthielt.

»Leon?«, brach ich schließlich das Schweigen.

»Ja?«, fragte er nun leiser als zuvor.

»Die Tour bedeutet mir echt viel, du rettest mir wirklich den Arsch. Danke!«

»Ich weiß«, sagte er in einem Ton, der mich wissen ließ, dass er wirklich verstand. Mit diesen Worten legte er auf.

Ich sperrte mein Handy und versuchte, mit meinen Emotionen klarzukommen. Da waren Freude und Angst, aber auch so etwas wie Neugier.

Kapitel 9

Mit zwei Eclairs in der einen und zwei Iced Latte in der anderen Hand wartete ich vor dem Bürokomplex auf Nancy. Als sie durch die Drehtür trat und mich erblickte, kam sie grinsend auf mich zugerannt. Ihr rosa Plisseerock wehte im Wind und ließ sie wie eine Hollywood-Schauspielerin aus den Vierzigern aussehen.

»Was machst du denn hier?«, fragte sie immer noch mit einem Lächeln auf dem Gesicht.

»Ich dachte, du könntest vielleicht *soul food* gebrauchen. Entweder, um deinen Erfolg zu feiern, oder, um dich zu trösten. Sag du es mir!«, erklärte ich.

»Definitiv, um zu feiern. Ich darf diesen Auftrag betreuen. Die Gesellschafter haben sich einstimmig für mich entschieden«, verkündete sie stolz.

»Wow, das ist großartig!«

Nancy schlürfte ihren Iced Latte, als hätte sie stundenlang nichts getrunken, während wir auf eine Bank im Schatten zugingen. Vor den Wolkenkratzern war ein Grünstreifen angelegt worden, um die Illusion einer grünen Stadt vorzugaukeln. Mit Blick auf die im Sonnenlicht reflektierenden Fenster machten wir uns über die süßen Stücke her.

»Die sind megalecker. Sind die von euch?«, fragte Nancy mit vollem Mund.

Ich nickte. Mit ›von euch‹ meinte sie das kleine Café, in dem ich arbeitete. Wenn in einem Monat durch die DJ-Aufträge mal nicht so viel Geld reinkam, hatte ich wenigstens noch das feste Einkommen durch den Job als Kellnerin.

Wir saßen einen Moment vor uns hin kauend da und beobachteten das Treiben vor unseren Augen. Es war noch früh am Nachmittag, dennoch strömten immer wieder Menschen durch die großen Glastüren der Bürogebäude nach draußen. Wahrscheinlich wollten sie die warmen Tage im Freien genießen und nicht in einem aufgeheizten, stickigen Büro verbringen.

Ich musste grinsen. Während Nancy die Struktur eines Nine-to-five-Jobs brauchte, war die Vorstellung fester Arbeitszeiten ein Albtraum für mich. Klar, im Café übernahm ich auch feste Schichten, aber die variierten jede Woche. Außerdem wollte ich diese Tätigkeit ja nur für eine begrenzte Zeit machen.

Ich genoss die Zeit mit Nancy so sehr. Zwar hatten wir immer etwas zu bequatschen, dennoch gab es auch Momente, in denen wir schweigend nebeneinandersaßen und unseren Gedanken nachhingen, ohne dass eine von uns es als unangenehm wahrnahm.

»Und?«, fragte Nancy plötzlich lang gezogen und riss mich aus meinen Gedanken, die mittlerweile zu Leon abgeschweift waren.

»Was denn?«, stellte ich mich blöd.

»Hat sich Lesleys Vater gemeldet?«, wurde sie präziser.

Ich konnte im ersten Moment mein Grinsen nicht verbergen. Mit hoffentlich neutralerer Miene ermahnte ich sie: »Bitte nenn ihn nicht immer Lesleys Vater. Er heißt Leon.«

Nancy runzelte die Stirn. »Aber genau das ist er doch.«

»Jaha, aber das hört sich seltsam an. Er ist ja nicht nur Lesleys Vater, sondern ein eigenständiger Mensch. Außerdem lässt ihn das so alt klingen«, erklärte ich ihr mein Unbehagen.

»Wäre doch auch nicht schlimm, ihr seid schließlich beide erwachsen. Aber wie alt ist er eigentlich?«

Ich rechnete in meinem Kopf schnell nach. »Er müsste dreiundvierzig sein.«

»Uh, ob du diesem sexy *Daddy* auf eurer gemeinsamen Tour widerstehen kannst?«, erwiderte sie und wackelte mit ihren Augenbrauen.

»Ich hab' doch noch gar nicht erzählt, ob er mitkommt!«

»Das Grinsen, als ich dich nach ihm gefragt habe, hat dich verraten«, erklärte sie.

O Gott, ich muss dringend an meinem Pokerface arbeiten.

»Ja, er kommt mit, und ich hoffe, dass ich diese Entscheidung nicht bereuen werde. Aber jetzt erzähl endlich von deiner Präsentation«, lenkte ich das Thema auf Nancy.

Nicht nur, weil ich keine Lust hatte, länger über Leon zu reden, sondern auch, weil es mich interessierte. Nancy hatte hart für diese Chance gearbeitet, und es machte mich glücklich, sie so gut gelaunt zu sehen.

»Also, am Anfang ist mir erst mal das Herz in die Hose gerutscht, weil der eine Gesellschafter die ganze Zeit so grimmig geschaut hat. Als würde ich nur Blödsinn erzählen. Doch das war wohl sein *resting bitch face*, denn am Ende hat er ziemlich viel an meinem Pitch gelobt.«

»O nein, aber ich hab' nichts anderes erwartet, so gut vorbereitet, wie du warst«, lobte ich sie.

»Das stimmt, ich muss heute Nacht allerdings endlich mal Schlaf nachholen.«

»Ja, mach dir mal wieder einen ganz entspannten Abend. Wie geht es mit dem Projekt jetzt weiter?«

»Also …«, begann Nancy ausführlich zu erzählen, und ich klebte an ihren Lippen, weil ich so verdammt stolz auf sie war.

Kapitel 10

Zwei Tage später fuhr ich zu Max' Haus, um den Van abzuholen und mich mit Leon zu treffen. Ich hatte einiges an Gepäck dabei, daher half Nancy mir beim Tragen.

Nachdem Max, der immer noch sehr angeschlagen aussah, mir den Schlüssel aus dem ersten Stockwerk zugeworfen hatte, begannen wir beide, das Auto zu beladen. Als es hinter uns hupte, drehten Nancy und ich uns fast gleichzeitig um. Lesley winkte uns aus ihrem Wagen aus zu. Neben ihr saß Leon.

Verdammt, jetzt wird sie dabei sein, wenn ich das erste Mal wieder auf ihn treffe.

Als die beiden aus Lesleys Auto stiegen, hatte ich ein bisschen das Gefühl, als würde Lesley ihren Vater zu einer Art Klassenfahrt verabschieden. Und irgendwie stimmte das auch. Die nächsten zehn Tage würden Leon und ich zusammen in meinem Reisebus verbringen. Wir würden an der Küste Englands entlangfahren und somit ein paar hundert Kilometer hinter uns legen. Nun ja, vielleicht war Roadtrip doch eher das passende Wort.

Neben ausreichend Platz für die Technik gab es ein eingebautes Klappbett, um sich auszuruhen, wenn man es mal nicht pünktlich zur nächsten Unterkunft schaffte. Während Max und ich das ein paarmal gemacht hatten, würde ich diese Möglichkeit dieses Mal auf keinen Fall nutzen. Denn ich hatte mir vorgenommen, nie wieder ein Bett mit Leon zu teilen.

»Jetzt wird es ernst«, raunte Nancy mir zu, als Leon und Lesley freudestrahlend auf uns zukamen.

»Was machst du denn hier?«, fragte ich ehrlich überrascht an Lesley gerichtet.

»Hallo, hallo, ich bringe dir wie bestellt eine ganze Menge Gerätschaften, da der dazugehörige Techniker kein eigenes Auto besitzt«, scherzte Lesley und nahm nacheinander mich und dann Nancy in den Arm.

Leon schaute mich schüchtern an. Anscheinend wusste er auch nicht genau, wie er mich begrüßen sollte. Dankbar darüber, dass Lesley ihren Vater in dem Moment noch einmal für Nancy vorstellte, gab Leon erst mir die Hand, bevor er diese auch Nancy hinhielt.

»Wie ist der Plan? Wir laden das Gepäck um und dann geht es los?«, fragte er und schaute mich erwartungsvoll an.

Okay, er hat wohl auch keine Lust, das Ganze in die Länge zu ziehen.

»Genau, Nancy und ich haben schon Platz gemacht. Wir müssen erst gegen neunzehn Uhr an der ersten Location sein. Dennoch sollten wir schon mal los, dann können wir alles vor Ort besprechen«, erklärte ich den Plan.

»Du bist die Chefin«, sagte er lächelnd und machte sich auf den Weg zurück zu Lesleys Auto.

»Ich sehe schon, das wird prima mit euch klappen«, stellte Lesley mit einem Grinsen fest. Sie klang schon wieder wie eine Mutter.

Als sie sich ebenfalls Richtung Auto bewegen wollte, um ihrem Vater zu helfen, hielt ich sie an ihrem rechten Arm zurück. »Lesley, warte. Ich wollte mich noch bei dir bedanken und auch entschuldigen, dass dein Vater meinetwegen nicht bei den Hochzeitsvorbereitungen helfen kann.«

»Ach, ich hab' genug Leute, die helfen! Aber kannst du mir einen Gefallen tun?«, fragte sie mit ernster Miene.

»Na klar, worum geht es?«

»Bitte pass darauf auf, dass sich mein Papa nicht übernimmt. Ihm geht es zwar wieder gut, doch ich möchte nicht, dass er sich mit seinem ersten richtigen Auftrag gleich übernimmt.«

»Natürlich!«, versicherte ich und erwähnte nicht, dass so eine Tour eben auch mal anstrengend werden konnte.

Ich hoffte, dass Leon das selbst auch bewusst war. Aber so, wie ich ihn kennengelernt hatte, hatte er seine Lektion gelernt, was seine Gesundheit betraf.

»Danke«, erwiderte Lesley und umarmte mich, ehe sie zu Leon ging.

Als Lesley außer Hörweite war, stupste mich Nancy an.

»Das lief doch für den Anfang ganz gut.«

»Ja, auf jeden Fall besser als erwartet. Wahrscheinlich fahren wir mit der Strategie, nie wieder über die Nacht vor zwei Jahren zu sprechen, am besten«, entgegnete ich.

Ich vermied es, die Worte ›Sex‹ oder ›One-Night-Stand‹ zu verwenden, weil es den Fakt zu real machte. Und ich versuchte ja, die ganze Geschichte zu vergessen.

»Ich bin gespannt, wie gut das klappt. Er ist schon irgendwie süß«, kommentierte Nancy, während sie Leon dabei beobachtete, wie er eine Box aus dem Auto lud.

»Ich will gar nicht darüber nachdenken, ob er süß aussieht«, gab ich zurück. Allerdings war das eine glatte Lüge, von der ich mich selbst zu überzeugen versuchte.

Nachdem wir das Equipment verstaut hatten, verabschiedeten Leon und ich uns von meinen Freundinnen. Die ersten Minuten war es still im Wagen, und zwar unangenehm still. Irgendwann ergriff ich das Wort und bat Leon, auf meinem Tablet unsere Termine durchzugehen. Um die erneute Ruhe zu überbrücken, schaltete ich das Radio leise an.

Besser.

»Wow, morgen sind wir auf einem Geburtstag. Ist es heutzutage normal, dass man einen DJ engagiert, wenn das eigene Kind sechzehn wird? Was macht man denn am Achtzehnten? Kanye West für einen Auftritt buchen?«, fragte er mit einer Prise Ironie in der Stimme.

»Wenn man sich in gewissen Kreisen bewegt, ist das anscheinend normal. Aber hey, das Essen auf diesen Partys ist immer extrem lecker«, verteidigte ich meine Entscheidung, den Auftrag anzunehmen.

»Das überzeugt mich.«

Ich sah aus dem Augenwinkel, wie sich ein Grinsen auf seinem Gesicht ausbreitete. In meinem Bauch entfachte ein kleines Feuer.

Stopp, konzentriere dich auf die Tour und nicht auf dieses bezaubernde Lächeln!

»Bei dem Termin für den Junggesellinnenabschied am achten hast du eine Notiz beigefügt. ›Playlist erstellen.‹ Hast du das schon gemacht oder soll ich dich noch mal daran erinnern?«, fragte er in einem geschäftigen Ton.

»Oh, stimmt, die muss ich noch machen. Eine der

Brautjungfern hatte einige Lieblingslieder der Braut angefragt. Die Lizenzen habe ich schon geklärt, ich muss die Songs aber noch in die Playlist integrieren.«

»Wie lange wird das dauern?«, fragte Leon und tippte etwas in sein eigenes Handy.

»Ich denke, nicht länger als zwei Stunden«, antwortete ich.

Jetzt gab er etwas in mein Tablet ein. »Okay, dann blocke ich dir morgen Mittag diesen Zeitraum.«

Ich war beeindruckt. Er war wirklich professionell und machte keine halben Sachen.

»Perfekt, danke. Du weißt aber schon, dass du das nicht machen musst, oder? Ich habe dich ja nicht als persönlichen Assistent, sondern als Techniker mitgenommen«, erinnerte ich ihn an seinen eigentlichen Job.

Ich schaute kurz zu ihm und schnell wieder zurück, da ich dem intensiven Blick aus seinen leuchtenden Augen nicht standhalten konnte.

Konzentriere dich auf die Straße, Rose.

»Jaja, doch ich weiß, wie angespannt man vor Auftritten ist. Außerdem mache ich es gern«, erklärte er.

Ich merkte, dass er mich immer noch von der Seite anschaute, während ich angestrengt auf die Straße vor mir starrte. Daher war ich froh, als wir das Ortsschild von Crawley erreichten.

»So, gleich sind wir da. Lass uns erst mal in unsere Unterkunft einchecken und dann zur Location fahren«, schlug ich vor.

»Klingt gut.«

Die Stimmung in der Bar war ausgelassen. Einige Gäste waren von ihren Plätzen aufgestanden und tanzten in meiner Nähe. Mein DJ-Pult stand in einer alten Lagerhalle, in der früher einmal Schiffe gebaut und repariert worden waren. Durch das große Tor konnte ich das Wasser sehen. Die Sonne ging langsam unter und spiegelte sich in den Fenstern der Wolkenkratzer auf der anderen Seite des Flusses.

Die meisten Leute saßen an Tischen oder auf Bänken am Wasser. Nichts passte zusammen: Da gab es alte Stühle aus Schulen, Biergarnituren oder Gartenliegen. Zwischen den wild wachsenden Pflanzen, die den Garten der Location bildeten, versteckten sich kleine Gruppen von Personen, die in Ruhe ihr Feierabendbier genossen. Einige hatten sich Pizza mitgebracht. Ich liebte diese ungezwungene Atmosphäre. Obwohl das gerade Arbeit für mich war, fühlte es sich dank des wunderschönen Sonnenuntergangs ein bisschen wie Urlaub an.

Harry, der Besitzer des *Aquas*, stand hinter der Bar und unterhielt sich mit ein paar Stammgästen. Sie lachten, und Harry achtete penibel darauf, dass ihre Biergläser niemals lange leer blieben. Diese gemütliche Kneipe war der einzige Ort, an dem ich regelmäßig auflegte. Alle zwei Wochen durfte ich den Gästen mit einer Mischung aus House und Rock den Abend versüßen. Darum war dies meistens auch der erste oder letzte Stopp, wenn ich auf Tour ging.

Bei meinen Auftritten von einer ›Tour‹ zu sprechen, war vielleicht etwas hoch gegriffen. Da ich allerdings für zwei Wochen nicht zu Hause war und unter akutem Schlafmangel litt, war das vergleichbar.

Tatsächlich legte ich mir meine Aufträge, wenn

möglich, lediglich in diese zwei Wochen, damit ich die restlichen zwei Wochen des Monats als Kellnerin arbeiten konnte. Natürlich klappte das nicht immer, sodass ich auch zwischendurch immer mal wieder unterwegs war.

Ich atmete tief durch, denn bisher lief alles ohne Zwischenfälle. Die gewohnte Umgebung eignete sich gut, damit Leon und ich uns arbeitsmäßig eingrooven konnten. Nach dem Aufbau hatte er nur schnell eine rauchen wollen. Seitdem hatte ich ihn aber nicht mehr gesehen.

Ich scannte die Umgebung. Zu meiner Verwunderung konnte ich ihn nirgends entdecken, also konzentrierte ich mich wieder auf die Musik. Gleich kam meine Lieblingsstelle des Sets: ein Mix aus einem Klassiker von den Arctic Monkeys und einem Song von Purple Disco Machine.

Als der Beat einsetzte, stürmten ein paar Leute auf die Tanzfläche. Ich lachte laut auf, da eintraf, was ich mir mit diesem Mix erhofft hatte. Nicht nur ich schien dieses Mash-up zu feiern. Ich beobachtete, wie immer mehr Menschen vor mein Pult traten und anfingen, sich im Rhythmus der Musik zu bewegen. Das war wahrscheinlich der beste Moment jedes Künstlers – wenn seine Kunst anklang fand.

Ich weiß nicht, ob es nur der Beat der Musik oder die Freude über diesen Erfolg war, doch mein Bauch vibrierte aufgeregt. Jetzt konnte ich nur hoffen, dass die Leute auch weiterhin auf der Tanzfläche bleiben würden, wenn ich ein neues Lied anspielte.

Ich verpasste dem Song einen seichten Übergang, und nun dröhnten Rockbässe aus den Boxen. Nur zwei Leute verließen die Tanzfläche – das wertete ich als

Erfolg. Der Knoten war geplatzt, und das Publikum hatte Spaß. Wenn dieser Punkt erst einmal überwunden war, konnte ich mich etwas entspannen.

Ich merkte erst, wie konzentriert ich bis dahin gewesen war, als mich jemand an der Schulter berührte. Erschrocken zuckte ich zusammen und drehte mich etwas zu schnell um, sodass meine Kopfhörer mir beinahe vom Kopf gefallen wären.

Leon stand hinter mir, in der Hand zwei Bierflaschen. Seine Lippen bewegten sich, ich verstand ihn jedoch nicht, weil ich immer noch mein Headset trug. Ich checkte, ob das nächste Lied übergangslos spielen würde, und setzte die Kopfhörer schließlich ab.

Er trat näher an mich heran und rief in mein Ohr: »Ich dachte, du bist vielleicht durstig?«

»Lieb von dir«, schrie ich gegen die Musik an. »Aber ich trinke während der Arbeit grundsätzlich nicht.«

Er grinste mich an. Wie machte er das nur, mit seinem Lächeln die Sonne aufgehen zu lassen?

Er beugte sich wieder vor. »Das habe ich mir schon gedacht und ein alkoholfreies Bier bestellt.«

Mit einem breiten Grinsen, einfach weil sein Lächeln so ansteckend war, zeigte ich zwei Daumen nach oben.

Ich muss dringend an meiner Körpersprache arbeiten.

Bestimmt sah ich mit dieser Geste wie eine Vierzehnjährige aus. Eigentlich konnte es mir egal sein, was er von mir dachte. Doch das war es nicht. Ja, wir hatten miteinander geschlafen. Na und? Wir waren erwachsene Menschen und sollten auch auf diese Weise damit umgehen. Unsere Beziehung würde in Zukunft nur noch geschäftlicher Natur sein. Obwohl er in dieser Lederjacke und mit den nach hinten gegelten, dunklen Locken verdammt heiß aussah.

Rose, stopp! Wage es nicht, diese Gedanken zu haben, ermahnte ich mich selbst.

Um nicht weiter daran zu denken, griff ich eine der Bierflaschen und setzte sie an meinen Mund. Erst danach bemerkte ich, dass es ziemlich unhöflich von mir gewesen war, zu trinken, ohne mich zu bedanken oder mit ihm anzustoßen.

»Sorry, ich war wirklich durstig. Vielen Dank!«, brüllte ich ihm über die Musik hinweg zu – darauf bedacht, ihm nicht zu nahe zu kommen.

Kapitel 11

»Haben Marc und du wieder zusammengefunden?«
Ich erstarrte. Nicht nur, weil er so unverblümt danach fragte, sondern vor allem, weil er Marcs Namen kannte. Ich hatte ihn in meiner Nachricht an Leon nicht erwähnt.

Der Abend war bisher reibungslos verlaufen, sodass mich seine Frage eiskalt erwischte. Und mit reibungslos meine ich, dass die Technik nicht versagt hatte. Aber auch, dass ich den Impuls hatte unterdrücken können, mit meinen Händen durch Leons perfektes Haar zu fahren.

Überhaupt hatten wir es vermieden, uns zu nahe zu kommen. Ich hatte es mit dem Fakt abgetan, dass wir uns erst einmal aneinander gewöhnen mussten und dass es nichts mit unserer gemeinsamen Nacht von vor zwei Jahren zu tun hatte.

Nun saßen wir allerdings auf einer Bank am Rand des Hafenbeckens und schauten aufs Wasser. Wo vorhin noch die Sonne auf den Wellen geglitzert hatte, sah man jetzt verschwommene Formen, die von den Straßenlaternen und beleuchteten Gebäuden herrührten. Mit dieser einen Frage – von der ich noch nicht wusste, ob ich sie mutig oder frech finden sollte – war die Situation auf einen Schlag seltsam geworden.

Ich schüttelte den Kopf und nahm einen Schluck von meiner Cola, um mir etwas Zeit zu verschaffen. Ich merkte, dass mich Leon aufmerksam beobachtete, und ahnte, dass er sich mit dieser Geste nicht abspeisen lassen würde. Er wollte eine ehrliche Antwort von mir, und als ich ihm in die Augen schaute, wusste ich, dass ich sie ihm auch geben würde. Es sogar wollte.

Ich seufzte. »Nein, wir haben uns getrennt. Was er getan hat, war kein einfacher Seitensprung – er hatte eine Affäre. Wir hatten ein langes Gespräch über unsere Bedürfnisse und was wir uns in der Beziehung wünschten. Es hat einfach nicht mehr gepasst. Das heißt aber nicht, dass ich ihn nicht mehr geliebt habe. Es hat ein paar Monate gedauert, bis ich über ihn hinweg war.«

Ich machte eine Pause, weil in mir wieder diese Wut aufstieg. Dieses Gefühl kam immer auf, wenn ich an Marc dachte. Ja, ich hatte ihn auch betrogen, doch das nur, nachdem er mich *monatelang* hintergangen hatte. Dennoch hatte ich manchmal noch Schuldgefühle, weil ich Gleiches mit Gleichem vergolten hatte.

Nervös schob ich mit meinen Füßen den Staub vor mir hin und her. »Außerdem hat er mir gestanden, dass er nicht nur *eine* Affäre hatte. Er hat sich regelmäßig mit anderen Frauen verabredet.«

Meine Lippen bebten, und ich musste die Tränen zurückhalten. Jedoch nicht vor Trauer, sondern vor Wut auf diesen Menschen. Auf einen Mann, dem ich fünf Jahre meiner Zeit geschenkt hatte. Mit dem ich mein Leben geteilt hatte. Die Tränen der Trauer hatte ich schon vor langer Zeit getrocknet. Geblieben war nur noch Zorn.

»Das tut mir sehr leid«, sagte Leon simpel.

»Ist schon okay. Ich bin froh, dass ich nichts mehr mit diesem Menschen zu tun haben muss. Jetzt kann ich mich endlich wirklich um meine Karriere kümmern.«

Ich wandte meinen Blick von meinen Schuhen ab und lächelte Leon an. Es kam nicht von Herzen, aber ich wollte mir den Abend nicht von meiner Vergangenheit verderben lassen. Oder ihm den Abend versauen. Andererseits hatte er danach gefragt.

»Das ist gut«, flüsterte er.

Ich nickte nur, auch wenn ich nicht wusste, was genau er damit meinte.

Schweigend saßen wir einige Momente nebeneinander. Meine Gedanken kreisten um Leons Frage. Ich spielte mit dem Strohhalm meiner Cola und ließ ihn im Glas kreisen. Aus den Augenwinkeln sah ich, dass Leon aufs Wasser schaute und keine Anstalten machte, noch etwas zu sagen. Dann platzte es aus mir heraus.

»Wieso hast du mich das gefragt?«

Überrascht blickte er erst mich an und dann auf seine Hände. »Ich wollte wissen, wie es dir geht.«

Mache ich ihn etwa nervös?

Es klang nach einer Ausrede, daher antwortete ich schnippisch: »Na ja, jetzt weißt du es.«

Woah, warum plötzlich so angespannt, Rose?

Wieder schwiegen wir uns an. Ich starrte auf das Wasser und überlegte mir, wie ich aus dieser Situation flüchten könnte.

Soll ich einfach gehen?

Plötzlich ergriff Leon meine freie Hand. Ein Ruck durchzuckte mich, und ich blickte verwundert auf unsere Hände. Seine Berührung fühlte sich fremd und gleichzeitig so vertraut an. Während seine Handfläche rau auf meiner Haut lag, fühlte sich die Oberseite seiner Hand ganz weich an. Ich fuhr leicht mit meinem Daumen darüber.

»Es tut mir leid. So hatte ich mir das in meinem Kopf nicht ausgemalt«, sagte er leise.

»Was meinst du damit?« Er verhielt sich gar nicht so souverän, wie ich es sonst von ihm gewohnt war.

»Dich wiederzusehen, mit dir zu reden«, schwafelte er, ohne richtige Sätze zu bilden.

»Wie hast du es dir denn vorgestellt?«, fragte ich mit brüchiger Stimme.

»Ich dachte, dass deine Anwesenheit mir nichts ausmachen würde. Dass wir zusammenarbeiten könnten, als wäre nichts gewesen, aber …« Er brach ab.

Ich stellte mein Glas in den Sand und drehte mich ganz zu Leon um. »Aber?« Meine Stimme hatte ebenfalls ihre Kraft verloren.

Leon schluckte schwer. Ich sah seinen Adamsapfel auf und ab hüpfen.

»Die Wahrheit ist: Die letzten zwei Jahre konnte ich ganz gut verdrängen, was zwischen uns passiert ist. Doch als ich dich wiedergesehen habe, kam all das wieder hoch«, rückte er endlich mit der Sprache raus. Es klang fast so, als würde es ihn quälen, darüber zu sprechen.

»Leon, es tut mir leid. Ich wollte dich nicht verletzen«, entschuldigte ich mich sofort.

»Verletzen? Was meinst du damit?«

Er runzelte die Stirn, als wisse er nicht, was ich damit sagen wollte. Aber ich wollte nicht aussprechen, was ich dachte. Also biss ich mir auf die Unterlippe und wartete ab, ob Leon irgendetwas sagen würde. Es kam allerdings kein Wort über seine Lippen.

In der Ferne hörte ich eine Person grölen. Nichts Außergewöhnliches an einem Freitagabend, jedoch passte es irgendwie so gar nicht zu der Stimmung zwischen uns. Leon wartete offensichtlich auf eine Antwort von mir, denn er schaute mich eindringlich an.

Ob er weiß, welche Wirkung seine Augen auf mich haben?

Ich blickte an ihm vorbei, um ihn nicht direkt anschauen zu müssen. »Na ja, ich habe dich benutzt, um mich an Marc zu rächen. Ich hätte nicht einfach abhauen sollen. Aber ich habe Panik bekommen. Marc und ich hatten uns noch nicht offiziell getrennt, und ich wollte … *will* auf keinen Fall, dass Lesley von uns erfährt.«

Bäm, jetzt war es draußen. Der Elefant im Raum war nun sichtbar.

Ich wedelte mit meiner rechten Hand zwischen uns hin und her, um das Gesagte zu verdeutlichen. Leon nickte leicht, schaute mich allerdings weiterhin ernst an.

»Das war tatsächlich kein so tolles Gefühl, als ich aufgewacht bin und du nicht mehr da warst. Im ersten Moment war ich schon etwas verletzt. Ich habe lange versucht, diese Nacht hinter mir zu lassen und sie einfach zu vergessen. Doch das war schwerer als gedacht«, erklärte Leon.

»Ich kann nur immer wieder sagen, dass es mir leidtut.«

»Das musst du gar nicht.« Nun nahm er auch noch meine zweite Hand in seine und rückte ein Stück näher an mich heran. Seine Stimme klang schwächer als zuvor, als hätte er Angst, die Worte auszusprechen. »Ich konnte diese Nacht nicht vergessen, weil ich die Erinnerung an dich nicht vergessen *wollte*.«

Mit großen Augen sah ich ihn an und schluckte schwer.

Was sagt er da?

»Und als mich Lesley gefragt hat, ob ich dir helfen könne ... Das war meine Chance, dich wiederzusehen«, beichtete er.

»Leon, ich–«

»Ich möchte dir eine Frage stellen: Hast du in den vergangenen zwei Jahren auch an mich gedacht?«

Ich biss mir wieder auf die Lippe. Am liebsten hätte ich ihm mein ›Ja‹ ins Gesicht geschrien. Stattdessen nickte ich nur schwach, unsicher, was meine Antwort für eine Konsequenz haben würde.

Leons Gesicht hellte sich ein wenig auf, er lächelte jedoch noch immer nicht.

»Das habe ich gehofft. Ich möchte dir einen Vorschlag machen. Hör ihn dir bitte erst zu Ende an, bevor du mir eine Antwort gibst, okay?«, bat er und drückte dabei meine Hände.

»Okay ...«

Was hat er vor?

»Rose, ich möchte ganz offen zu dir sein. Ich weiß nicht, was du mit mir gemacht hast, aber ich konnte dich nicht vergessen. Immer wieder musste ich darüber nachdenken, wie es wäre, dich wiederzusehen. Dich besser kennenzulernen. Eigentlich bin ich kein esoterischer Mensch, doch als mich Lesley gefragt hat, ob ich helfen kann, war das für mich ein Zeichen. Ich weiß nicht, ob du es Schicksal, Gott oder einfach Zufall nennen möchtest. Jedenfalls habe ich das Gefühl, dass wir auf diese Weise noch einmal aufeinandertreffen *sollten*.« Er machte eine kurze Pause, bevor er schmunzelte. »Ich möchte dich besser kennenlernen, um zu erfahren, ob wir vielleicht eine Zukunft zusammen haben.«

Eine Zukunft zusammen.

Ich ließ mir diesen Satz durch den Kopf gehen, während mich sein intensiver Blick komplett überforderte. Unwillkürlich wich ich ihm aus, doch er hob mit einer Hand mein Kinn an, damit ich ihn wieder anschaute. Bereitwillig ließ ich es geschehen.

»Ich würde dir gern vorschlagen, dass wir deine Tour bewusst nutzen, um uns beide gegenseitig kennenzulernen, und dann schauen, was daraus entsteht. Was sagst du dazu?« Nun kamen ihm die Worte viel schneller über die Lippen.

Ich hielt die Luft an.

Wieso muss er mich in diese Situation bringen? Ich versuche, erwachsen mit der Sache umzugehen, und nun kommt er und führt mich in Versuchung.

»Leon …«, stammelte ich – nicht wissend, was ich sagen sollte.

Er schaute mich erwartungsvoll an, ließ mir aber Zeit zum Überlegen.

»Ich würde lügen, wenn ich leugnen würde, dass ich an dich gedacht habe«, begann ich ganz sachlich.

Bei meinen Worten seufzte er leicht und straffte seine Schultern, als wäre er erleichtert.

»Doch wir können das nicht machen.«

Jetzt beobachtete ich, wie Leon wieder in sich zusammenfiel.

»Ist es, weil ich vom Alter her dein Vater sein könnte?«, fragte er frei heraus.

»Was? Nein! So habe ich das nie gesehen. Es ist …

weil du Lesleys Vater *bist*. Sie wird mir das nie verzeihen, wenn sie erfährt, dass wir schon einmal etwas miteinander hatten.«

»Mir gefällt es auch nicht, Lesley zu belügen. Aber willst du dein eigenes Glück davon abhängig machen, was andere stören könnte?«, fragte er mich mit angespannter Stimme.

»Nein ... Ich weiß es nicht ...«

Meine Hände zitterten unter Leons, und ich entzog sie ihm. Ich wollte so schnell wie möglich aus dieser Situation flüchten.

»Es tut mir leid, ich will dich nicht zu irgendetwas drängen«, ruderte Leon zurück. »Also ist deine Antwort ›Nein‹?«

Mein Herz zog sich zusammen. »Ja.«

Kapitel 12

Es war normal, dass ich nach einem Auftritt nicht gleich einschlafen konnte. Ich war meistens noch zu aufgekratzt und brauchte eine gewisse Zeit, um wie-der runterzukommen. In dieser Nacht war es aber nicht die gute Stimmung im *Aqua*, die mir den Schlaf raubte. Das Gespräch mit Leon und sein Vor-schlag, uns besser kennenzulernen, beschäftigten mich auch noch, als ich in meinem Bett in unserer Pension lag.

Hatte er damit gemeint, dass er mich *daten* wollte? Wollte er mich auf emotionaler Ebene besser kennen-lernen oder meinte er damit, dass wir so etwas wie eine *Freundschaft plus* führen könnten? Das war absurd: Wir waren nicht einmal Freunde. Das wäre dann ja eine *Kollegschaft plus*.

So oder so konnte ich nicht zulassen, dass wir uns näherkamen. Dass sich unsere Hände berührt hatten, war schon zu viel gewesen. So etwas tat man nicht mit dem Vater einer guten Freundin und schon gar nicht mit einem Kollegen.

Leon hatte versprochen, kein Wort mehr über den Vorschlag zu verlieren. Ich hoffte, dass er sich am nächsten Morgen daran halten würde. Mit einem mul-migen Gefühl und der Angst, den halben Tag allein mit ihm im Auto zu verbringen, schlief ich ein.

Die Sonne schien schon durch die dünnen Vorhänge, als es an meiner Tür klopfte. Die Stimme von Mrs Turnbull drang durch die schwere Holztür.

»Rose, Darling, bist du wach? Ich möchte nicht, dass du das Frühstück verpasst.«

Ich griff nach meiner Armbanduhr auf dem Nachttisch und stellte fest, dass es schon halb zehn war. *Shit, ich habe vergessen, mir einen Wecker zu stellen.*

»Danke, Mrs Turnbull, ich bin gleich da«, rief ich mit kratziger Stimme.

»Ist gut. Earl Grey mit einer Scheibe Zitrone und einem Stück Zucker, wie immer?«

»Genau, wie immer«, bestätigte ich.

»Ist gut.«

Als ich hörte, wie sich ihre Schritte entfernten, sprang ich aus dem Bett. Ich klaubte meine Kleidung zusammen und schlich mich über den Flur in das Gemeinschaftsbad der Pension. Nach einer kurzen Katzenwäsche betrat ich eine Viertelstunde später den Gemeinschaftsraum.

Es war weniger ein Speiseraum, sondern sah aus wie Mrs Turnbulls Wohnzimmer. Ich war mir nicht sicher, ob es nur den Anschein machen sollte oder ob die ältere Dame wirklich keinen eigenen Wohnbereich hatte.

Leon saß bereits an dem massiven Tisch, der an der Fensterfront stand. Er unterhielt sich mit einem Pärchen. Die beiden erzählten ihm gerade, dass sie aus Spanien kamen und an der Küste Englands und Wales entlangwandern wollten.

Leon sagte irgendetwas auf Spanisch und fügte dann auf Englisch hinzu: »Wir hatten zwei Jahre lang eine Au-pair aus Madrid, die auf mich aufgepasst hat.«

Au-pair? Jap, in Lesleys Familie gibt es definitiv Geld.

Jedenfalls waren ihre Großeltern wohlhabend gewesen. Überraschenderweise sah man weder Leon noch Lesley an, dass sie besonders reich waren. Leons heutiges Outfit schrie nicht gerade ›ehemaliger Chef einer Firma‹. Er trug ein Bandshirt der Eagles und eine einfache Bluejeans. Seine Haare waren nicht gegelt, sondern fielen ihm in leichten Locken ins Gesicht. Nicht nur einmal schob er sie sich nach hinten, während er sich mit den beiden anderen Gästen unterhielt.

Mit einem lauten »Guten Morgen« grüßte ich in die Runde und nahm dankend die Teetasse entgegen, die Mrs Turnbull mir reichte. Leon lächelte mich kurz an, bevor er den spanischen Touristen weitere Tipps für die Küste gab.

Er ist nicht böse, schoss es mir durch den Kopf.

Mein Körper entspannte sich etwas, und ich konnte mich auf die Leckereien vor mir konzentrieren.

Mrs Turnbulls Frühstück enttäuschte nie: Da waren allerlei süße und salzige Aufstriche für die frischen Brötchen. Sonntags gab es meistens noch Croissants, die hatte ich aber wahrscheinlich verpasst. Trotz meines späten Erscheinens war noch von allem reichlich da. Ich schmierte mir ein Brötchen mit Camembert und eins mit Avocadocreme. Zwei Dinge, die ich nur selten zu Hause hatte, weil sie teuer waren.

»Bist du Vegetarierin?«, holte mich Leon aus meiner kulinarischen Träumerei.

»Ja, zu Hause esse ich fast vegan. Unterwegs bin ich da aber nicht so kleinlich. Außerdem werde ich bei Käse oft schwach.« Ich hielt mein Brötchen als Beweis hoch.

»Das ist wesentlich mehr, als die meisten Menschen machen. Ich muss zugeben, dass ich mir erst jetzt nach und nach Gedanken darüber mache.«

»Erkenntnis ist der erste Schritt zur Besserung. Ich denke, da muss jeder Mensch seinen eigenen Weg finden. Aber ich bin der Meinung, dass jede kleine Entscheidung den Unterschied machen kann«, spulte ich meinen gewohnten Text für diese Art von Gespräch runter.

»Dem kann ich nichts hinzufügen.«

Da war es wieder: sein warmes Lächeln.

Die spanischen Gäste nickten uns zu und verließen den Raum. Mrs Turnbull war auch wieder in die Küche verschwunden. Leon und ich waren also allein.

Ich war froh, dass er das gestrige Thema nicht wieder aufgriff, und versuchte, mich nicht zu sehr beobachtet zu fühlen. Leon war schon fertig mit frühstücken und lehnte sich mit einer Tasse Kaffee auf seinem Stuhl zurück.

»Ich wusste nicht, ob ich dich wecken soll. Da war Mrs Turnbull so freundlich, das zu erledigen«, durchbrach er die Stille zwischen uns.

»Normalerweise stelle ich mir einen Wecker. Doch für den Fall, dass ich es wieder vergesse, klopf gern bei mir an die Tür«, erwiderte ich beschämt. Ich wollte nicht, dass er dachte, ich sei unprofessionell.

»Wird gemacht!«

»Bist du ein Frühaufsteher?«, nahm ich den Gesprächsfaden wieder auf.

»Das kommt ganz darauf an, was ich den Abend davor gemacht habe.« Er grinste mich vielsagend an, und ich senkte peinlich berührt den Blick.

Hat er das so zweideutig gemeint, wie ich es gerade aufnehme?

»Aber generell stehe ich lieber früh auf. Morgens bin ich einfach produktiver.«

»Das geht mir genauso. Nur habe ich schon seit Jahren keinen richtigen Schlafrhythmus mehr und hangele mich ein bisschen von Tag zu Tag«, gab ich zu.

Leon wurde ernst. »Da musst du echt auf dich aufpassen.«

»Ich weiß. Du sprichst ja aus Erfahrung, oder?«

»Ich wollte nicht so den Vater raushängen lassen. Aber ja.«

Seltsame Stille. Obwohl das nur ein Spruch war, erinnerte er mich an unser Gespräch am Vorabend. Bevor ich zu einer improvisierten Antwort ansetzen konnte, erlöste mich Mrs Turnbull aus dieser Situation.

»Rose, es ist noch etwas Porridge da. Möchtest du davon probieren?«

»O ja, gern. Mit Sahne und einem winzig kleinen Schwupps Whiskey, bitte«, antwortete ich. Mir lief das Wasser im Mund zusammen, wenn ich an den leckeren Haferbrei dachte.

»Bringe ich dir gleich.« Mit einem Lächeln auf dem Gesicht und zwei benutzten Tellern vom Tisch verließ sie den Raum wieder.

Plötzlich wechselte Leon in einen geschäftsmäßigen Ton. »Heute fahren wir etwa fünfzig Kilometer, richtig? Soll ich mal hinters Steuer?«

»Gern, dann kann ich noch mal die Playlist checken«, antwortete ich erleichtert.

Ich war wirklich froh über das Angebot. Zumal ich immer noch nicht ganz wach war.

»Alles klar. Macht es dir etwas aus, wenn ich schon mal aufs Zimmer gehe und meine Sachen zusammenpacke?«, fragte er, während er den Stuhl bereits zurückschob.

Mit vollem Mund winkte ich Richtung Tür. »Quatsch. Wollen wir uns in einer halben Stunde an der Rezeption treffen?«

»Klingt nach einem Plan«, bestätigte er.

Kapitel 13

Eine Dreiviertelstunde später fuhren wir vom Park-platz der Unterkunft und machten uns auf den Weg nach Worthing. Am Anfang hatte Leon ein bisschen Probleme mit der Kupplung des kleinen Bus-ses, aber sobald wir auf der Schnellstraße waren, klappte es.

Ich trank einen Schluck aus meiner Wasserflasche und machte mich dann daran, meine Playlist noch ein-mal durchzusehen. Heute Nachmittag stand der Ge-burtstag eines Zwillingspaares an, und die beiden hat-ten den einen oder anderen Wunsch geäußert. Davor stellte ich jedoch eine Bluetoothverbindung zwischen meinem Tablet und dem Auto her. Wenige Sekunden später begann Supertramp zu singen.

»Guter Song«, kommentierte Leon und drehte die Lautstärke hoch.

»Das ist meine Playlist mit Rockklassikern, da sollte der eine oder andere Song für dich dabei sein.« Ich zeigte auf sein Bandshirt.

Als er laut lachte, wurde mir bewusst, wie sehr ich dieses Lachen vermisst hatte.

Daran darfst du gar nicht denken!

Schnell widmete ich mich der Playlist, ohne weiter darüber nachzudenken. Na ja, ich versuchte es jeden-falls. Denn während mein Blick über die Liste schwebte, schweiften meine Gedanken immer wieder zu Leons

Stimme ab. Mich überkam eine Gänsehaut bei der Erinnerung an den tiefen, nasalen Ton, als er mir Dinge ins Ohr geflüstert hatte.

Mit ein wenig zu viel Schwung klappte ich das Tablet zu und packte es in den Rucksack, der zwischen meinen Beinen im Fußraum des Autos lag.

»Alles in Ordnung?« Leon spähte zu mir herüber, ohne jedoch den Blick von der Straße zu nehmen.

»Ja, mir ist nur gerade eine Idee für einen guten Übergang gekommen«, log ich, ließ ich mich tiefer in den Sitz sinken und schaute aus dem Fenster.

Die Landschaft flog an mir vorbei, sodass ich nur vereinzelt Details ausmachen konnte. Ein paar Schafe auf grünen Weideflächen und ab und zu ein Traktor, der das Feld bestellte.

Ich fragte mich, was Lesley gerade machte. Thomas und sie waren sicher mitten in den Hochzeitsvorbereitungen.

Jetzt, da ich schon vor der Feier auf Leon getroffen war, konnte ich mich endlich auf die Trauung freuen. Schließlich war Lesley eine enge Freundin, und ich war froh, dass sie mit Tom einen tollen Partner gefunden hatte. Es hatte noch nicht so viele Gelegenheiten gegeben, ihn richtig kennenzulernen, doch die Erzählungen meiner Freundin sagten mir, dass er der Richtige für sie war.

Nach meiner Nacht mit Leon war ich auf Abstand gegangen, und wenn, dann hatte ich Lesley beim Sport oder in größeren Gruppen getroffen. Ich vermisste es, mit ihr im Park zu sitzen, Pizza zu essen und über Gott und die Welt zu quatschen.

Nach der Hochzeit wird das wieder besser, nahm ich mir vor.

Ein Grund mehr, den One-Night-Stand zu bereuen und nicht auf Leons Angebot einzugehen. *Lesleys Freundschaft ist mir wichtiger als meine verwirrte Libido!*

»Worüber denkst du nach?«, riss mich Leon aus meinen Gedanken.

Kurz huschte mein Blick zu ihm, ehe ich wieder auf die Straße vor uns schaute. »Ich überlege, was Lesley und Thomas gerade machen. Neben dem Schichtdienst im Krankenhaus sind die Hochzeitsvorbereitungen sicher anstrengend.«

»Das glaube ich auch. Die nächste Woche wird noch turbulent, aber die Woche danach haben sie sich bis zur Hochzeit freigenommen, damit sie sich darauf konzentrieren können.«

»Ach ja, da findet am Sonntag auch das Probeessen statt, oder? Lesley hat mir davon erzählt. Musste man sich dafür eigentlich als guter Esser oder Restaurantkritiker qualifizieren?«, fragte ich in sarkastischem Ton.

Leon lachte wieder sein raumeinnehmendes Lachen. »Soweit ich weiß, kommen nur die engsten Angehörigen. Also, eigentlich ist es schon ein freies Durchfuttern vor der eigentlichen Hochzeit. Das Menü an sich steht schon grob und wird danach finalisiert. Lesley und Thomas sehen das eher als Chance, dass sich die Eltern der Zukünftigen besser kennenlernen.«

»Klingt vernünftig. Triffst du dann auch auf deine Exfrau?«, fragte ich unverblümt und biss mir sofort auf die Zunge.

Ich sollte in Bezug auf sein Privatleben nicht so neugierig sein.

»Sorry, das war eine viel zu private Frage«, ruderte ich zurück.

Er schaute mich ernst an, jedenfalls so gut er konnte, ohne den Blick zu lange von der Straße zu nehmen. Mein Herz rutschte mir in die Hose. Ich wollte Abstand von ihm, gleichzeitig wollte ich nicht, dass er jetzt sauer auf mich war.

Dann strahlte er wieder übers ganze Gesicht und erklärte: »Ja, Claudia wird auch da sein. Genauso wie ihr neuer Mann. Wir sind fein miteinander und treffen uns sogar manchmal zu dritt zum Brunchen. Bei den beiden mache ich mir keine Sorgen.«

»Wow, freut mich, dass ihr noch so einen guten Kontakt habt. Das ist ja leider nicht oft der Fall«, stellte ich fest.

»Das stimmt. Doch als wir uns getrennt haben, haben wir beschlossen, dass wir um Lesleys willen immer respektvoll miteinander umgehen wollen und den Kontakt aufrechterhalten. Daraus ist dann irgendwann eine Freundschaft geworden.«

»Das klingt so einfach bei euch«, erwiderte ich erstaunt.

»Das war es aber weiß Gott nicht. Es gab Zeiten, in denen es uns beiden echt beschissen ging. Doch irgendwie haben wir die Kurve bekommen.«

»Es freut mich, dass ihr es hinbekommen habt.«

»Danke ...«

Es wirkte so, als wolle er noch etwas sagen. Ich war mir aber nicht sicher und fragte daher nicht nach.

So entstand wieder eine Stille zwischen uns, von der ich nicht wusste, wie ich sie finden sollte. Also widmete ich mich meinem Handy und scrollte durch Instagram – eine schlechte Angewohnheit von mir, wenn ich nichts anderes mit mir anzufangen wusste.

»Sag mal ... Ach, entschuldige, ich will dich nicht

stören«, sagte Leon mit einem Blick auf das Smartphone in meiner Hand.

»Tust du nicht. Was ist los?«, erwiderte ich und schaltete das Display aus.

»Ich bin einfach unsicher, wie ich mich Thomas' Familie gegenüber verhalten soll«, beichtete er mir.

»Inwiefern?«

Da war er wieder: der unsichere Leon von gestern. *Er hat also auch eine unsouveräne Seite an sich.*

»Na ja, irgendwie habe ich das Gefühl, dass von mir erwartet wird, dass wir uns alle super verstehen. Aber was ist, wenn ich seine Eltern nicht mag? Oder wenn ich sie sympathisch finde, doch nicht so sehr, dass ich Zeit mit ihnen verbringen möchte? Was ist, wenn Claudia sie zu unserem Brunch einlädt, obwohl ich das gar nicht möchte?« Die Fragen und Zweifel schossen wie ein Wasserfall aus seinem Mund, sodass ich kaum Zeit hatte, darüber nachzudenken.

»Leon, Leon ... eins nach dem anderen«, zügelte ich ihn.

Er hielt inne und erwartete anscheinend eine Antwort auf all seine Fragen.

»Wenn meine Mitbewohnerin Nancy jetzt da wäre, könnte sie die Situation super analysieren.«

»Und wie würdest du sie analysieren?«

»Puh, da ich weder Claudia noch Thomas' Eltern kenne, ist das gar nicht so einfach. Daher beantworte mir eine Frage: Was wäre denn so schlimm daran, wenn du dich nicht mit ihnen verstehst?«

Er schaute erst einen Moment mich an und dann wieder auf die Straße vor uns. Nach kurzem Überlegen sagte er: »Ich hätte das Gefühl, Lesley zu enttäuschen.«

»Nur weil du jemanden nicht magst? Hat Lesley

denn so ein gutes Verhältnis zu Thomas' Eltern?«

In dem Moment wurde mir klar, dass ich kaum etwas über Lesleys Beziehung wusste. Natürlich, ein paar Dinge hatte sie mir erzählt, aber ich hatte plötzlich so viele Fragen. *Wie ist Thomas drauf? Hat er Geschwister? Welche Dinge verbinden Lesley und ihn, abseits ihres Berufs?*

»Sie verstehen sich so weit gut. Na klar gibt es immer mal Punkte, in denen sie nicht übereinstimmen, doch sie ist gern bei ihnen.«

»Das ist ja eigentlich super. Aber ich kann verstehen, dass dir das Druck macht. Ich denke, du solltest erst einmal abwarten, wie der Abend und die Hochzeit werden. Wenn Claudia die beiden wirklich einladen will, kannst du immer noch mit ihr darüber reden. Manchmal muss man wirklich abwarten und Tee trinken, und am Ende sind die Situationen gar nicht so schlimm, wie man sie sich ausgemalt hat«, philosophierte ich.

Leon atmete tief ein und aus. War er nicht zufrieden mit meiner Antwort?

»Du bist sehr weise für dein Alter«, sagte er zu meiner Überraschung.

Ich brauchte eine Sekunde, um zu merken, dass das ein Scherz sein sollte. Doch dann lachte ich laut los. Vielleicht etwas hysterischer als beabsichtigt.

»Hey, ich versuche hier, dir gute Ratschläge zu geben«, verteidigte ich mich.

»Ich weiß. Danke, dass du dir das überhaupt anhörst«, besänftigte er mich.

»Das mache ich gern.«

Für dich, fügte ich in Gedanken hinzu und biss mir sofort auf die Zunge.

Ich fragte mich, was schlimmer für Lesley wäre: dass ich mit ihrem Vater geschlafen hatte oder dass ich gerade dabei war, mich mit ihm anzufreunden.

Für Leon war das Gespräch anscheinend beendet, denn er drehte die Musik lauter. Als das nächste Lied anfing, stieß er einen freudigen Ton aus und fing an, mitzusingen. Ich freute mich darüber, dass ihm meine Musikauswahl gefiel. Während ich seinen Mund dabei beobachtete, wie er die einzelnen Worte hervorbrachte, machte sich ein seltsames Gefühl in meinem Inneren breit.

Ich will diese Lippen wieder auf meinen spüren, schoss es mir durch den Kopf.

Schnell schaute ich wieder aus dem Fenster, um nicht weiter die verbotene Frucht betrachten zu müssen.

Kapitel 14

Kurz vor unserem Ziel bekam ich eine Nachricht von Lesley. Sie fragte, wie es bei uns beiden auf der Tour lief. Ich beschloss, ihr später im Hotelzimmer zu schreiben, und schob mein Handy zurück in meine Hosentasche. Erst musste der heutige Job erledigt werden.

Als wir nach Worthing einfuhren, tauchte das Meer am Horizont auf. Aufregung kribbelte auf meiner Haut. In großzügigen Serpentinen fuhren wir an der Küste entlang, weiter ins Innere der Hafenstadt. Ich liebte den Anblick der Wellen und bildete mir ein, das Salz auf der Zunge zu schmecken.

»Warst du schon einmal in der Gegend?«, fragte ich Leon, ohne den Blick vom Wasser abzuwenden.

»Tatsächlich nicht. Als ich klein war, sind wir meistens nach Schottland an die Küste gefahren. Was ist mit dir?«

»Das klingt wahnsinnig schön. Hier in Worthing auch nicht. Wir waren ein paarmal in St. Ives, aber als das immer teurer wurde, sind wir meistens zu Hause geblieben. Meine Schwester und ich haben dann Fußball im Garten gespielt und am Ferienprogramm unserer Sportvereine teilgenommen.«

Keine Ahnung, wieso ich ihm eine so ausschweifende Antwort auf seine Frage gab.

Ich machte zwar keinen großen Hehl daraus, dass meine Familie nicht reich war, doch wieso erwähnte ich es extra? Früher war es mir oft peinlich gewesen, wenn ich mit gebrauchter Kleidung in die Schule hatte gehen müssen. Was ich aber erst als Erwachsene zu schätzen gelernt hatte und viel wichtiger war, als die neuesten Klamotten oder Handys zu haben: Meine Schwester und ich wurden bedingungslos geliebt.

Als Leon zu einer Antwort ansetzte, hoffte ich, dass er mich nicht bemitleiden würde. Zu meiner Überraschung ging er gar nicht auf meine Kindheit ein. »Ich kenne ein paar echt schöne Ecken zum Wandern in den Highlands. Wenn du magst, kann ich sie dir zeigen.« Als er bemerkte, dass ich die Luft anhielt, verbesserte er sich. »Also, dir Tipps geben.«

»Gern«, sagte ich und überlegte fieberhaft, wie ich das Thema wechseln könnte.

In dem Moment lenkte Leon den Bus links in eine Parknische der Küstenstraße, schaltete den Motor aus und schnallte sich ab. »Wir haben noch etwas Zeit, oder? Ich finde den Ausblick gerade so herrlich und will ein Foto machen.«

Ich nickte und löste ebenfalls meinen Sicherheitsgurt. Ein Grinsen schlich sich auf meine Lippen, denn den Gedanken hatte ich auch schon gehabt. Allerdings hatte ich nicht gewusst, ob er darauf Lust hatte, und war schlichtweg zu scheu gewesen, um zu fragen.

Als ich draußen zu ihm stieß, stand er am Rand der Klippe und schaute aufs Wasser. Dieselbe Mittagssonne, die mit ihren starken Strahlen auf meiner Haut brannte, glitzerte auf den Wellen unter uns. Der Wind, der hier oben recht stark wehte, ließ die Strähnen meiner blondierten Haare um mein Gesicht tanzen. Auch Leons Haare wirbelten ihm um den Kopf.

Ich stand einige Schritte hinter ihm und betrachtete

abwechselnd das Wasser und ihn. In diesem Augenblick dachte ich einmal nicht daran, was gestern passiert war und welches Gespräch wir geführt hatten, sondern genoss den Anblick, der sich mir bot. Nach einer Zeit trat ich neben ihn und sah, dass seine Augen geschlossen waren. Ich beobachtete, wie er tief einatmete und sich dabei sein Brustkorb hob. Er genoss die Meeresbrise wohl genauso wie ich. *Zwei Städter unter sich*, dachte ich und grinste.

»Früher hätte ich so einen Anblick gar nicht genießen können. Ich stand permanent unter Strom und hüpfte von einer Aufgabe zur nächsten, ohne dazwischen zu leben«, erklärte er mit geschlossenen Lidern. Immer, wenn Leon über seine frühere Arbeit sprach, umgab ihn dieser Schmerz.

»Dabei sind es doch gerade diese Momente, die im Gedächtnis bleiben. Nicht die Überstunden«, entgegnete ich.

Er öffnete die Augen und nickte. »Ganz genau. Deswegen bin ich gerade dabei, zu lernen, diese Momente bewusst zu genießen.«

»Es tut mir leid, dass dich dein Job krank gemacht hat.«

Leon schüttelte den Kopf. »Es war weniger der Job als ich selbst. Ich bin noch nie sonderlich gut mit mir umgegangen.«

»Wie meinst du das?«, fragte ich neugierig.

»In der Schule waren es Drogen, während der Ausbildung Alkohol und Fast Food. Nur, um nicht über meine Probleme reden zu müssen. Ich habe sie einfach in mich hineingefressen«, antwortete er. Bitterkeit schwang in seinen Worten mit. Er warf einen Stein, den er die ganze Zeit in der Hand gedreht hatte, mit einem kräftigen Wurf ins Wasser.

»Leon, ich …«, setzte ich an, doch unterbrach mich. Ich wusste nicht, wie ich mit seiner plötzlichen Offenheit umgehen sollte. Mit dieser Verletzlichkeit.

»Ach, alles gut. Lass uns weiterfahren«, winkte er ab. Er wandte sich zum Gehen, aber ich griff nach seinem Arm.

»Warte.«

Er schaute erst auf seinen Arm, den ich festhielt, und dann in meine Augen. Als er sich mir wieder zuwandte, ließ ich los. Ich wusste nicht, aus welchem Impuls heraus das gerade passiert war.

»Wenn du darüber reden möchtest, höre ich dir zu. Du musst deine Gefühle nicht runterschlucken oder betäuben«, bot ich ihm an.

»Danke, Rose. Doch ich denke nicht, dass wir jetzt Zeit dafür haben. Vielleicht ein andermal«, entgegnete er. Dabei umspielte ein leichtes Lächeln seine Mundwinkel.

Er hatte recht, wir mussten langsam zur Location. Aber ich wollte, dass er wusste, dass seine Gefühle mir wichtig waren.

»Okay«, gab ich mich geschlagen und folgte ihm zurück zum Auto.

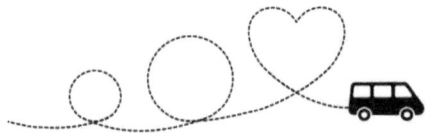

Als wir vor dem Tor des großen Anwesens ankamen, checkte ich noch einmal die Adresse, weil wir beide nicht glauben konnten, dass wir richtig waren. Wir klingelten, und uns wurde tatsächlich Einlass gewährt. Leon parkte den Bus hinter einem anderen Van, aus dem mehrere Personen Dekozeugs ausluden.

Der Kies knarzte unter unseren Schuhen, als wir auf den Eingang der Villa zugingen. Mit ihren Wasserspeiern hatte sie etwas Unheimliches, gleichzeitig strahlte das Gebäude etwas Erhabenes aus. Ich hoffte, dass mein geplantes Outfit, ein hellblaues Kleid mit Tüllrock, angemessen genug für diese Gesellschaft sein würde. Andernfalls müsste ich noch einmal im Ort nach einer Alternative Ausschau halten.

»Wenn man in solch einem Palast aufgewachsen ist, verstehe ich, wieso der sechzehnte Geburtstag so groß gefeiert werden muss«, flüsterte Leon mir zu, als wir den anderen Menschen ins Innere folgten.

Als Antwort nickte ich kurz, da uns schon ein Mann in einem schwarzen Frack entgegenkam. Mir war nicht bewusst gewesen, dass es noch Haushalte in England gab, die Butler beschäftigten – abgesehen vom Buckingham Palace natürlich.

»Sie sind Ms Hill, nehme ich an?«

»Genau, und das ist–«, setzte ich zu einer Antwort an, doch er schnitt mir das Wort ab.

»Sie können hier alles ausladen, was Sie benötigen, aber danach würde ich Sie bitten, ihr Fahrzeug hinter dem Haus zu parken. Ich zeige Ihnen nun, wo Ihr Einsatzort ist«, erklärte der Angestellte in knappen Worten.

Bevor ich etwas erwidern konnte, ging er schon los. Leon und ich warfen uns genervte Blicke zu und folgten ihm.

Keine Ahnung, was ich erwartet hatte, doch die Einrichtung der Villa übertraf alles, was ich mir hätte vorstellen können. Der Eingangsbereich erinnerte mich an das Atrium einer römischen Villa. Vor uns lag eine lange Treppe, die wie der Boden aus Stein bestand, der auf den ersten Blick wie Marmor aussah.

Von dem Atrium aus führten zwei Gänge weiter hinein in das Gebäude. Wir nahmen den linken Gang und erreichten nach einem kurzen Exkurs durch die Familiengeschichte in Form von Porträts einen geräumigen Raum. Hier tummelten sich schon allerhand Menschen, die Dekoration aufhängten und Tische aufstellten. Ein bisschen erinnerte mich diese Szene an einen geschäftigen Ameisenstaat.

Nachdem uns der namenlose Butler unseren Tisch zugeteilt und weitere Anweisungen gegeben hatte, reihten Leon und ich uns wie brave Arbeiterameisen in das Gewusel ein. Wir sprachen nur wenig miteinander, während wir die Technik aus dem Auto ausluden und in den Partyraum schafften.

Als wir schließlich alles aufgestellt hatten und dabei waren, die Anlage anzuschließen, platzte es aus Leon heraus: »Ich verabscheue solche Menschen.«

»Leute, die Geld haben?«, fragte ich verwirrt.

»Nein, die Gastgeber kenne ich ja nicht. Außerdem sitze ich da im Glashaus.« Er fuhr sich mit einer Hand durch die Haare und überlegte anscheinend, wie er seine Worte wählen sollte. »Dieser Butler, persönliche Assistent oder was weiß ich, welchen Titel er hat. Er schaut uns alle so an, als wären wir das niedere Volk.« Während er redete, rückte er näher an mich heran, damit niemand anderes mitbekam, worüber wir sprachen.

»Jetzt übertreibst du aber. Er ist etwas mürrisch, das gebe ich zu.«

»Er hat dich nicht ausreden lassen. Entweder weil du eine Dienstleisterin oder weil du eine Frau bist. Beides ist zum Kotzen«, redete er sich weiter in Rage.

Ich machte eine wegwerfende Bewegung, freute

mich aber insgeheim, dass er sich über die Situation Gedanken machte.

»Stört dich das nicht?«, fragte er, als ich ihm eine Antwort schuldig blieb.

»O doch, ich habe vor Wut gekocht, als er mich unterbrochen hat. Aber ich versuche, mich nicht über Dinge aufzuregen, die ich nicht ändern kann. Außerdem kannst du einem Menschen nur vor den Kopf schauen. Wer weiß, wie viel Arbeit und Druck am heutigen Tag auf ihm lastet. Wenn etwas schiefgeht, muss er das wahrscheinlich ausbaden. Oder er hat einfach einen schlechten Tag.«

»Das mag sein, er muss es jedoch nicht an Unbeteiligten auslassen. Ich könnte ihm mal die Meinung sagen. Vielleicht überlegt er sich dann beim nächsten Mal, wie er mit anderen Menschen redet, anstatt nach unten zu treten.«

»Ich finde es schon ein bisschen süß, dass du dich für mich prügeln willst«, scherzte ich.

Habe ich das gerade wirklich gesagt?

»Ich will mich nicht prügeln, sondern ihn nur von seinem hohen Ross holen«, sagte er und ignorierte, Gott sei Dank, meine Anspielung.

»Ich weiß. Aber mal im Ernst: Denkst du, dass es etwas ändern würde? Und überhaupt, was ist so schlimm daran, das ›einfache Volk‹ zu sein?«, fragte ich und machte Gänsefüßchen in die Luft.

»So habe ich das nicht gemeint«, stammelte Leon.

»Wie dann?«, ließ ich ihn zappeln.

So, wie ich ihn kennengelernt hatte, wusste ich, dass ihm sein Privileg als weißer, männlicher Sprössling einer gut situierten Familie bewusst war. Doch man lernte ja bekanntlich nie aus.

»Ich wollte damit nur sagen, dass ich nicht verstehen kann, wenn man grundlos unfreundlich zu Menschen ist.«

»Und hast dabei ein etwas ungünstiges Beispiel gewählt«, beendete ich seine Ausführungen.

»Du hast recht.«

Das war es. Er versuchte nicht, sich mit einer Ausrede aus der Affäre zu ziehen, sondern nahm meine Kritik an. Einfach so.

»Wir sind dann bereit für den Soundcheck, oder?«, wechselte ich das Thema, um ihn zu erlösen.

Nachdem der Ton eingestellt war, hatten wir noch knapp zwei Stunden Zeit, bis die ersten Gäste eintreffen würden. Leon lief in den Ort, um in unser Hotel einzuchecken. Währenddessen blieb ich in der Nähe für den Fall, dass die Gastgeber Fragen hatten.

Ich spazierte über den akkurat gestutzten Rasen, unsicher, ob das erlaubt war, und wählte Nancys Nummer. Es klingelte nur zweimal, bis sie abhob.

»Na, wie läuft die Liebestour?«, witzelte sie.

»Die Tour läuft gut, in der Liebe läuft nichts. Und das ist auch gut so«, antwortete ich ihr gespielt genervt.

»Irgendwie schade, ich würde mich über ein paar *spicy* Geschichten freuen. Wenn bei mir schon nichts läuft. Aber für deine Karriere ist es sicher besser, professionellen Abstand zu Leon zu halten.«

Ich ignorierte das Kribbeln in meinem Bauch, sobald sie Leon erwähnte, und fragte: »Jetzt, da du deine Präsentation hinter dich gebracht hast, hast du doch wieder Zeit zum Daten, oder? Ein Ausgleich zu dem Projekt täte dir sicher gut.«

»Ja, es macht zwar Spaß, aber ich muss echt aufpassen, dass das nicht mein Leben wird. Deswegen«, spannte sie mich auf die Folter, indem sie eine Kunstpause einlegte, »schreibe ich mit zwei, drei Personen, ich habe jedoch noch niemanden getroffen.«

»Wow, ich bin gerade mal ein paar Tage weg, und du hast schon mehrere potenzielle Dates?!«, stellte ich erstaunt, aber erfreut fest.

Ich nahm mir in dem Moment vor, die Tage auch ein Profil anzulegen und es mal mit Online-Dating zu versuchen. Vielleicht half es ja, zu sehen, dass es noch andere tolle Männer neben Leon gab.

»Wir schreiben nur. Die meisten geben eh wieder auf, sobald die Gespräche tiefgehender werden. Wenn ich mich auf jemanden einlasse, dann nur, wenn es sich lohnt«, erklärte meine Freundin ihre Absichten.

Ich lachte laut auf. Nancy war einfach in allem, was sie tat, die Effizienz in Person. Selbst in der Liebe. Als könne man das so einfach lenken.

»Und hast du schon einen Favoriten oder eine Favoritin?«, hakte ich nach.

»Lea ist verdammt heiß, aber irgendwie sind unsere Gespräche sehr oberflächlich. Ich habe das Gefühl, dass sie gar nicht viel über mich wissen möchte.«

»Hm, vielleicht fällt es ihr schwer, sich jemandem übers Internet zu öffnen. Schlag ihr doch mal ein Treffen vor, damit ihr euch persönlich kennenlernen könnt«, riet ich ihr.

Nancy überlegte kurz. »Ja, vielleicht hast du recht.«

»Und die anderen beiden?«

»Da ist noch Fred. Wir haben viele Gemeinsamkeiten, allerdings fehlt da die Anziehung, die ich bei Lea habe. Und ein Typ namens Nate ghostet mich seit gestern.«

»Blödmann. Zu viel Auswahl ist auch nicht immer gut«, fasste ich Nancys Ausführungen zusammen.

»Das stimmt. Wann geht es bei dir heute los?«, erkundigte sie sich.

»In anderthalb Stunden. Ich muss jetzt aber leider schon Schluss machen, damit ich mich noch umziehen kann. Viel Erfolg mit Lea und Fred. Halte mich auf dem Laufenden.«

»Na klar! Bis dann, Süße«, beendete Nancy das Gespräch.

Ja, ich musste mich für meinen Job bereit machen. Doch der wahre Grund, aus dem ich so überstürzt aufgelegt hatte, kam über die Wiese direkt auf mich zugelaufen.

Leon trat aus dem Wäldchen heraus und erinnerte mich dabei an Mr Darcy aus der Verfilmung von *Stolz und Vorurteil*, die ich als Kind immer geschaut hatte. Mit seiner Lederjacke und den im Wind wehenden Haaren hätte er eine moderne Version der Romanfigur sein können.

Als er mir einige Meter entfernt fröhlich zuwinkte, löste ich mich aus meinen Gedanken und winkte zurück.

»Es hat alles geklappt. Hier ist dein Schlüssel«, verkündete er und ließ besagten in meine geöffnete Hand fallen.

»Super, vielen Dank.«

»Ich war vorher noch in dem kleinen Supermarkt gegenüber und habe Getränke und Snacks für uns gekauft. Denn was wäre ein Roadtrip ohne Naschereien?«, fragte er mit seinem typischen Grinsen im Gesicht.

»Du bist ein Held, danke!«

Kann dieser Mann Gedanken lesen?

Auf meinen Touren brauchte ich immer etwas Nervennahrung, damit ich die stressigen Tage gut überstand.

Er lachte laut auf. »Ich hoffe, es ist okay, dass ich in deinem Zimmer war und dir die Sachen hingelegt habe. Falls du heute Nacht schon Lust auf was Süßes hast.«

Bevor ich etwas erwidern konnte, piepste meine Uhr am Handgelenk.

»Das ist mein Zeichen. Ich muss jetzt reingehen und mich umziehen«, erklärte ich.

»Okay, ich gehe schon mal ans Pult und checke, ob alles passt. Danach schaue ich mich ein bisschen auf dem Gelände um. Eins muss man diesen Leuten lassen: Sie haben wunderschöne Ländereien«, sagte er und schaute mir dabei tief in die Augen.

Ich konnte mich dem Eindruck nicht erwehren, dass er nicht nur von der Natur um uns herum sprach.

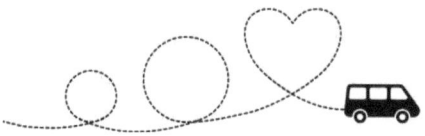

Sechs Stunden später saß ich mit Resten vom Geburtstagsbuffet auf dem Bett im Hotel und ließ im Hintergrund ein YouTube-Video laufen. Nebenbei tippte ich eine Nachricht an Lesley.

> Die Tour läuft gut. Dein Dad ist wirklich eine große Hilfe.

Es kam mir komisch vor, das Wort ›Dad‹ zu schreiben. Aber das war Leon schließlich: Lesleys Dad. Ein Mann, der mich nicht interessieren sollte.

Ich sollte mich in jemanden verlieben, der sich in der gleichen Lebensphase befand wie ich. In einen Menschen, der ebenso wie ich noch nicht genau wusste, wie die Zukunft aussehen würde. Nicht in einen Menschen, der schon erwachsene Kinder hatte und mitten im Leben stand. Und vor allem nicht in jemanden, dessen Kind eine gute Freundin von mir war.

Auf der anderen Seite gab es viele Pärchen mit einem großen Altersunterschied. Michael Douglas und Catherine Zeta-Jones beispielsweise.

Und wer bestimmt eigentlich, dass sich nur gleichaltrige Menschen verlieben dürfen?

Wenn es passte, dann passte es, oder etwa nicht? Dann sollte auch egal sein, was andere darüber dachten. Solange sich die Personen in der Beziehung wohlfühlten.

Stopp, wieso rede ich eigentlich von Liebe? Das, was ich für Leon empfinde, ist nicht mehr als eine Schwärmerei.

Selbst wenn so etwas wie Liebe jemals zwischen uns entstehen könnte, würde ich das verhindern. Er war die verbotene Frucht: der Vater einer Freundin und damit tabu. Meine Freundschaft zu Lesley war mir wichtiger als ein Mann, mit dem ich eine Nacht verbracht hatte.

Es drehte sich alles in meinem Kopf, und ich ärgerte mich darüber, dass ich mir überhaupt so viele Gedanken darüber machte. Schließlich war ich gerade dabei, Leon zu vergessen, und dachte keineswegs über sein Angebot nach.

Oder etwa doch?

Ich stieß einen verzweifelten Ton aus und warf mein Handy ans Ende des Bettes. Wem machte ich hier eigentlich etwas vor? Ich fand Leon toll und musste immer wieder an unsere gemeinsame Nacht denken. Das

Schlimme daran war, dass ich mit dem Gedanken rang, ob ich genauso zögerlich wäre, wenn Leon nicht Lesleys Vater wäre.

Denn das warme Gefühl, das ich in Leons Anwesenheit immer öfter in meinem Bauch spürte, wurde jedes Mal von meinem schlechten Gewissen Lesley gegenüber getilgt. Fühlte Leon das genauso? Wenn ja, wie konnte er das ausblenden?

Ich schmiss die Verpackung des Essens in den kleinen Mülleimer neben dem Bett und machte mir dann klassische Musik zum Einschlafen an. Als ich mich gerade in die Kissen sinken ließ, klopfte es leise an der Tür.

»Rose?«, drang Leons Stimme gedämpft durch das Holz.

Ich wurde ganz steif vor Schreck. Es war schon nach zwei Uhr nachts. Was wollte er so spät?

Ich sagte keinen Ton und wartete ab. Nach ein paar Minuten hörte ich, wie sich seine Schritte entfernten und kurz darauf eine Tür auf dem Gang auf- und wieder zugemacht wurde.

Falls es einen Notfall gibt, wird er mir sicher schreiben, redete ich mir ein.

Ich wartete eine halbe Stunde, bis ich mich wieder so sehr entspannte, um einschlafen zu können. Doch ich hatte auch am nächsten Morgen keine Nachricht auf meinem Handy, als ich frisch geduscht auf dem kleinen Hotelparkplatz auf ihn zuging.

Kapitel 15

An diesem Tag hatte ich keine Buchung. Ich plante zwischen Aufträgen immer ein paar Tage ein, um runterzukommen, auch wenn das ein dickes Loch in meine Finanzen fraß. Ich wollte mich nicht überarbeiten, bevor meine Karriere richtig startete. Außerdem war ich mit meinen siebenundzwanzig Jahren nicht mehr die Partymaus, die die Nächte ohne Folgen durchmachen konnte.

Leon und ich beschlossen, noch ein bisschen in Worthing zu bleiben und das gute Wetter auszunutzen. Vielleicht würde es warm genug werden, um baden zu gehen.

Also packten wir unser Gepäck nach dem Check-out im Hotel in den Van und ließen diesen auf dem Parkplatz stehen. Eine Strandtasche geschultert, liefen wir in Richtung Meer. Auf der Promenade war schon allerhand los, und die Fahrgeschäfte für Kinder, die sich darauf befanden, standen kaum eine Minute still, weil der Andrang so stark war.

»Möchtest du erst einmal auf den Pier gehen oder direkt zum Strand?«, fragte ich Leon, der das Treiben ebenso wie ich beobachtete.

»Zum Strand. Ich will die Badesaison einläuten«, antwortete er begeistert und schaute nun mich anstatt das Meer an.

»Hört sich doch nach einem Plan an«, sagte ich und

folgte ihm eine Treppe hinunter auf den Kiesstrand. Unten angekommen, zogen wir unsere Schuhe aus. Die groben Steine kitzelten unter meinen Sohlen, und ich war überrascht, wie aufgeheizt sie schon waren. Schließlich war es noch nicht einmal Mittag.

»Schau mal, weiter unten gibt es sogar feinen Sand. Wollen wir da unser Lager aufschlagen?«

Leon deutete mit seinem Zeigefinger auf einen Platz, der genügend Abstand zu den umliegenden Strandbesuchenden bot. Also nickte ich, und wir kraxelten barfuß über die teilweise spitzen Steinchen. Ich breitete mein Handtuch auf dem feineren Sand aus und setzte mich darauf. Leon blieb stehen und schaute mich vorwurfsvoll an.

»Was ist los?«, fragte ich verwirrt.

»Ich dachte, wir wollten sofort ins Wasser?«, erinnerte er mich an unseren Plan.

»Jetzt gleich? Hast du etwa Hummeln im Hintern?«

»Klar, ich will meine Zeit am Meer ausnutzen«, erklärte er und fing an, sich auszuziehen.

Ich schluckte schwer und fixierte konzentriert die Ballons in verschiedenen Motiven, die ganz vorn auf dem Pier in die Höhe ragten.

Was hast du erwartet, wenn du mit Leon zum Strand gehst, Rose? Dass er im Ganzkörperanzug ins Meer geht?

»Wie sieht's aus? Kommst du mit oder nicht?««, riss mich Leon aus meinen Gedanken.

»Du kannst ganz schön nerven«, sagte ich belustigt und schaute nun wieder zu dem Mann vor mir.

Er stand nur mit einer langen senfgelben Badehose bekleidet vor mir und schaute mich erwartungsvoll an. Ich vermied es, ihn zu lange anzustarren, doch was ich sah, gefiel mir.

Schnell nestelte ich an meiner Tasche herum, nur um festzustellen, dass ich meinen Bikini ja schon unter meiner Kleidung trug. Also stand ich langsam auf, um mir mein Kleid auszuziehen. Erleichtert stellte ich fest, dass es nun Leon war, der in Richtung Pier schaute.

Die Jahre waren vorbei, in denen ich meinen Körper unter Tankinis versteckte oder das Schwimmbad mied. Es kam jedoch immer noch vor, dass ich verunsichert war und mir einbildete, die Blicke der anderen auf mir zu spüren. Auf meinem dicken Körper. Auf dem Bauch, der über das Bikinihöschen ragte, oder auf meinen Oberschenkeln, die aneinanderrieben, während ich aufs Wasser zuging.

Was Leon wohl denkt, jetzt, da ich in meinem blau gestreiften Zweiteiler vor ihm stehe?

Ja, er hatte mich nackt gesehen. Doch an diesem Abend waren wir beide angetrunken und es war dunkel gewesen.

Ist er nun vielleicht froh, dass ich sein Angebot abgelehnt habe?

»Stopp, Rose!«, riss ich mich aus den negativen Gedanken.

Ich brauchte nicht die Bestätigung eines Mannes, um mich schön zu finden.

»Was ist los?«, fragte Leon erschrocken, der seinen Blick vom Pier gerissen hatte und mich nun eindringlich anschaute.

Ups, habe ich das gerade laut gesagt?

»Sorry, das sollte nicht so dramatisch klingen. Ich … ähm … hätte fast vergessen, meine Uhr abzulegen«, stotterte ich mir eine Ausrede zurecht.

»Und ich dachte schon, du wolltest dich davon abhalten, zu diesem Typ mit den Luftballons zu rennen.

Ich habe gehört, man soll sich vor Clowns mit Luftballons in Acht nehmen«, scherzte er.

Als er sich zu mir umgedreht hatte, war sein Blick kurz über meinen Körper gehuscht, was mir ein Kribbeln über die Haut gejagt hatte. Jetzt standen wir uns grinsend gegenüber.

Ich hatte recht: Ich brauchte die Bestätigung von Männern nicht, ich wollte sie aber von *ihm*.

»Wollen wir?«, forderte ich ihn auf und setzte mich in Bewegung.

Als unsere Füße das klare Wasser berührten, riefen wir fast wie aus einem Mund: »Fuck!« Das Wasser war definitiv kälter als erwartet. Doch nach und nach trauten wir uns tiefer hinein. Benetzten Arme und Beine mit Wasser, um unsere Körper auf das kühle Nass vorzubereiten. Irgendwann wagte ich den wortwörtlichen Sprung ins kalte Wasser und tauchte einige Meter im Meer.

Als ich wieder auftauchte und die Augen öffnete, war Leon nicht mehr zu sehen. Ich hielt Ausschau nach ihm und versuchte, ihn durch die Wasseroberfläche auszumachen. Plötzlich tauchte er mit einem Prusten ganz nahe vor mir auf. Mein Gesicht wurde nass, und uns trennten nur wenige Zentimeter, als sich Leon im Wasser aufrichtete.

»Wenn man sich dran gewöhnt hat, ist es gar nicht mehr so kalt«, stellte er fest.

Ich lachte auf. »Und wieso zitterst du dann so stark?«

Es stimmte, sein ganzer Leib bebte. Während sein Körper auf die Kälte reagierte, wurde mir ob der plötzlichen Nähe zwischen uns ganz heiß.

»Das liegt an dir. Du machst mich nervös.«

Sofort prustete ich los, verstummte aber, als er nicht

einstimmte und mich intensiv anschaute.

»Ich meine es ernst, Rose. Du bist so wunderschön. Ich …«

Unsere Gesichter bewegten sich immer mehr aufeinander zu, als wären es Magnete, die unfähig waren, dem anderen Pol zu widerstehen.

Mir war ganz flau, und ein Gedanke schoss durch meinen Kopf.

Scheiß drauf, lass es zu.

Doch dann wandte sich Leon ab. »Entschuldige, ich bin zu weit gegangen. Ich habe versprochen, deine Entscheidung zu akzeptieren.«

Er hat recht.

Das wusste ich, dennoch spürte ich einen Stich in meinem Herzen.

»Schon in Ordnung«, versuchte ich, so neutral wie möglich zu klingen. Die Hitze war aus mir gewichen, und nun bebte auch mein Körper vor Kälte.

»Wir sollten wieder rausgehen. Nicht, dass du dich noch erkältest und deine Tour nicht weiterspielen kannst«, schlug Leon vor.

Also schwammen wir wieder auf den Strand zu, wo mittlerweile genauso viel los war wie auf dem Pier. Kinder fischten mit Käschern nach kleinen Fischen oder Muscheln, und Jugendliche balancierten auf den Buhnen.

Glücklicherweise wärmte die Sonne unsere Haut, sobald wir aus dem Wasser waren. Daher rubbelte ich mich nur grob ab und legte mich stattdessen auf mein Handtuch, um mich von den Strahlen trocknen zu lassen.

»Ich glaube, ich hole mir ein heißes Getränk, um mich aufzuwärmen. Soll ich dir auch etwas mitbringen?«, fragte Leon, während er sich das Handtuch um die Hüfte band und sein Shirt anzog.

»Gern. Irgendwas Süßes. Überrasch mich einfach«, erwiderte ich, froh über den Themenwechsel.

»Okay«, antwortete er einsilbig und marschierte los.

Fuck, das war knapp. Aber wieso fühlt es sich so blöd an, dass er Distanz zwischen uns bringt, obwohl er nur meine Wünsche respektiert?

Ich musste mich zusammenreißen. So eine Situation wie eben durfte nicht noch einmal passieren.

Als Leon etwa zwanzig Minuten später wiederkam, war der Strand so überfüllt, dass wir beschlossen, den Rückweg zum Hotelparkplatz anzutreten. Mit meiner heißen Schokolade in der Hand spazierten wir diesmal auf einem kleinen Umweg durch die Stadt.

Die Wärme und Süße des Getränks waren eine Wohltat für meinen Unterleib, in dem ich heute ein leichtes Ziehen verspürte. Ein Blick in meine Zyklusapp heute Morgen hatte mir verraten, dass ich meinen Eisprung hatte.

Plötzlich durchzuckte mich ein Gedanke wie ein Blitz.

Meine Hormone spielen verrückt! Deswegen war ich so kurz davor, Leon zu küssen.

Kapitel 16

Diesmal fuhr ich wieder den Van und manövrierte uns zwischen zwei Weiden, auf denen Schafe grasten, entlang der Küste. Die Sonne machte sich schon auf den Weg hinter den Horizont, und ich musste meine Sonnenbrille aufziehen, damit ich die Straße besser erkennen konnte. Mein Fenster war heruntergelassen, und die orangen Strahlen liebkosten meinen Arm, den ich locker aus dem Fenster hängen ließ.

»Ich bin dir echt dankbar, dass du diesen Pausentag eingeplant hast. Viele Agenturen achten bei der Planung der Gigs nicht darauf, dass ihre Künstler genügend Auszeiten haben«, füllte Leon die Stille.

Seit dem Strand hatten wir vor allem Small Talk geführt. Ich hatte von Nancy erzählt und von meiner Arbeit im Café. Dass unsere Musikgeschmäcker sehr gegensätzlich waren, hatten wir bereits festgestellt. Im Auto hatte ich ihn aber von ein paar Remixes seiner geliebten Rockklassiker überzeugen können. Es herrschte zwar immer noch eine Spannung zwischen uns, allerdings bekamen wir es ganz gut hin, den Elefanten im Raum zu ignorieren.

»Oh, es kommen noch ein paar, keine Sorge. Ich lege oft ein paar freie Tage zwischen die Auftritte, damit ich auch mal Zeit zum Durchatmen habe. Einer der einzigen Vorteile, noch keine Agentur zu haben«, ging ich auf sein Lob ein.

»Das kommt noch. Warte erst mal das *Mercury*-Festival ab«, ermutigte er mich.

»Gerade das ist es, was mir Angst macht. Es fühlt sich wie meine letzte Chance an, meine Karriere weiterzuverfolgen. Auf Geburtstagen und Hochzeiten aufzulegen, macht Spaß, aber das will ich nicht mein ganzes Leben lang machen. Ich will endlich mal meine eigene Musik produzieren und spielen«, fasste ich meine Zukunftsängste zusammen.

»Ein toller Traum«, sagte Leon schlicht.

»Sofern er auch endlich in Erfüllung geht.«

»Wieso so pessimistisch?«, fragte er vorsichtig.

»Ich glaube, das ist meine Art, mir nicht zu viele Hoffnungen zu machen«, gab ich zu und seufzte. »Jedes Jahr denke ich, dass ich es endlich schaffe, und dann kommt ein Rückschlag. Eine weitere Absage einer Produktionsfirma. Ich arbeite hart, doch so langsam habe ich keine Kraft mehr, für diesen Traum zu kämpfen.« Ich merkte, wie sich ein Kloß in meiner Kehle bildete.

»Es tut mir leid, dass sich bisher noch nichts ergeben hat. Und du hast recht, irgendwann kann man einfach nicht mehr weitermachen. Aber ich glaube an dich und deine Fähigkeiten und unterstütze dich, wo ich kann. Du musst es nur sagen, wenn ich was tun kann.«

»Danke«, sagte ich und drückte ganz kurz seine Hand, bevor ich meine wieder ans Lenkrad legte.

Es war eine unschuldige Berührung ohne Hintergedanken. Ich war in diesem Moment einfach nur dankbar, dass er bei mir war. Und dass er an mich glaubte.

Die Sonne war schon dunkelrot gefärbt, als wir durch die kleine Hafenstadt Southbourne fuhren.

Hier würde ich am nächsten Mittag bei einem Strandfest für ein paar Stunden auflegen. Nancy war letztes Jahr zufällig hier gewesen, als das Fest stattgefunden hatte, und hatte mir danach davon berichtet. Ich hatte meinen Mut zusammengenommen und die Veranstalter gefragt, ob sie mich für dieses Jahr buchen wollten. Und das hatten sie getan. Ich beobachtete das Treiben auf der Straße. Da waren Kinder, die über den Bürgersteig rannten, und ältere Menschen, die sich auf dem Weg zum winzigen Supermarkt des Ortes begegneten und höchstwahrscheinlich Klatsch austauschten. Und natürlich sah man auch offensichtliche Touristen mit Sonnenhüten und Klappstühlen bewaffnet.

Wir passierten einen Laden, der frischen Fisch verkaufte, eine Patisserie und ein Süßwarengeschäft. Letzteres würde ich morgen auf jeden Fall noch auschecken müssen.

»Lust auf einen sehr späten Fünf-Uhr-Tee in diesem süßen Café, an dem wir eben vorbeigekommen sind?«, fragte Leon, als hätte er schon wieder meine Gedanken gelesen.

»Lust schon, aber ich muss zurzeit das Geld echt zusammenhalten.«

Ich lief rot an, weil es mir peinlich war, dass ich es mir nicht leisten konnte oder eher wollte. Das Benzingeld fraß schon ein Loch in meine Verdienste, da wollte ich nicht noch mehr für unnötigen ›Luxus‹ ausgeben.

»Aber geh ruhig hin. Ich fahre dann schon mal ins Hotel. Ich muss sowieso noch etwas vorbereiten«, schob ich hinterer.

»Nichts da. Ich lade dich ein«, entschied er.

Ich hielt in einer kleinen Bucht, um Leon herauszulassen. »Ach, Quatsch, so war das nicht gemeint.«
»Ich weiß, doch ich würde dich gern einladen«, bestand er auf sein Angebot.
»Das ist aber echt nicht nötig.«
»Doch. Das hatte ich sowieso noch vor. Schließlich hast du mir einen Job besorgt, und er macht auch noch Spaß.«
Bei der letzten Aussage hüpfte mein Herz ein wenig. Ich genoss die Arbeit mit Leon ebenso wie er. Allerdings kämpfte ich dieses Gefühl schnell nieder, bevor es zu sehr in mir aufkeimen konnte.
Ich seufzte. »Okay, ich danke dir.«

Die Auswahl war zu dieser späten Stunde nicht mehr so groß, dennoch hatten sie noch ein paar Leckereien im Angebot. Aufgrund der Touristen hätten sie im Sommer auch bis abends offen, verkündete ein mit Kreide beschriebenes Schild am Eingang.
Das flaue Gefühl im Bauch konnte ich in dem Moment nicht wirklich zuordnen: War es mein Hunger oder schlicht Leons Anwesenheit? Die letzten Tage hatten wir immer zwischendrin einen Imbiss zu uns genommen, aber wir hatten uns bisher nie die Zeit genommen, uns irgendwo reinzusetzen und das Essen so richtig zu genießen.
Eine ältere Dame mit einer bunten Schürze über ihrer Cargohose und einem roten Oberteil kam mit einem Zettel in der Hand auf unseren Tisch zu. Wir waren neben einer jungen Frau, die auf ihrem Laptop tippte, und einem Pärchen die einzigen Gäste.
»Guten Nachmittag, ich bin Phyllis. Was kann ich euch bringen?«, fragte die Kellnerin.

»Hi, ich hätte gern den Bagel mit Avocado und roter Beete. Und einen Darjeeling dazu«, machte Leon den Anfang.

»Sehr gute Wahl. Und was kann ich dir Gutes tun, Liebes?«

Sie hatte diesen ganz besonderen englischen Dialekt, den heutzutage nur noch ältere Menschen sprachen, und am liebsten hätte ich sie Granny genannt – so süß fand ich ihr ganzes Auftreten.

»Das hört sich alles so gut an. Ich kann mich nicht zwischen den Pancakes mit Walnüssen und dem Grilled-Cheese-Sandwich entscheiden.«

»Nimm beides«, forderte mich Leon auf.

»Das ist sicher zu viel.«

»Ich helfe dir im Zweifelsfall«, sagte er grinsend. *Ich meine damit eigentlich das Finanzielle.*

Phyllis wartete nicht auf meine Antwort und fragte nach meinem Getränkewunsch.

»Ach ja, ich nehme den frischen Ingwertee. Vielen Dank, Phyllis«, fügte ich lächelnd hinzu.

»Ich danke euch«, erwiderte sie und nahm uns die Speisekarten ab.

Wir beobachteten, wie Phyllis hinter dem Tresen verschwand und unsere Bestellung an die Küche weitergab. Ich schätzte sie auf über achtzig, dennoch bewegte sie sich sicher, wenn auch recht langsam. Aber in diesem idyllischen Ort hatte Hektik sowieso nichts zu suchen. Ich konnte nachvollziehen, wieso es Touristen hierher verschlug.

»Woran denkst du?«, fragte Leon. Er musste meinen verträumten Blick gesehen haben.

»Daran, wie schön ruhig es hier im Gegensatz zu London ist. Manchmal merkt man erst, dass man Ruhe brauchte, wenn man sich entspannt. Kennst du dieses Gefühl?«

»O ja, davon kann ich ein Lied singen. Schließlich musste ich erst einen Burn-out kriegen, bevor ich meinem Körper Ruhe gegönnt habe.« Diesmal sagte er es nicht mit der gewohnten Schwere in der Stimme, sondern lächelte mich an.

»Manche Sachen lernt man wohl nur auf die harte Tour«, stellte ich fest.

»Da hast du recht.«

Nun herrschte wieder Stille zwischen uns, doch diesmal empfand ich sie nicht als unangenehm. Ich genoss es sogar, dass ich das Treiben um uns herum beobachten konnte, ohne dass Leon erwartete, dass ich ihn unterhielt. Marc war manchmal wie ein kleines Kind gewesen, das unentwegt Aufmerksamkeit gewollt hatte. Er war nicht fähig gewesen, auch mal die Stille zuzulassen.

»So, ihr zwei Süßen, hier sind schon mal eure Getränke.« Phyllis servierte die beiden Tees und schaute uns dann fragend an. »Seid ihr von den Feuerkünstlern oder den Musikern?«

»Gut geraten. Rose legt morgen als DJ auf. Ich bin nur dafür da, dass alles funktioniert«, erklärte Leon.

»Wusste ich's doch. Toll, dass endlich mal eine Frau auflegt. Ich mache morgen einen Mädelsabend mit meiner Freundin Emily und schaue bestimmt auch mal vorbei«, plapperte die ältere Dame drauflos.

»Das freut mich. Dann haben wir schon einmal einen Fan und ich muss nicht vor einem leeren Platz auflegen«, scherzte ich, da ich mir nicht sicher war, ob Phyllis nur nett war oder wirklich vorhatte, in ihrem Alter auf das Fest zu gehen.

»Ach, ein paar Tanzwütige werden sich sicher finden. Hast du was von den Turtles oder den Beatles im Gepäck?«

Wer hätte gedacht, dass in Phyllis noch so eine Partymaus steckt?, dachte ich amüsiert.

Ich nickte nur grinsend. Das waren genau die Gruppen, die ich als Notfallprogramm für das ältere Publikum eingeplant hatte.

»Und was ist mit Selena Gomez? Ich liebe diese leichten Popsongs.«

Jetzt war ich *wirklich* überrascht.

»Natürlich, sie hat schon echt ein paar gute Lieder«, bestätigte ich.

Ich machte mir eine mentale Notiz, dass ich noch ein paar ihrer Songs zur Playlist hinzufügen musste, um Phyllis glücklich zu machen.

Ein Mann, der soeben an einem Tisch am Fenster Platz genommen hatte, winkte Phyllis zu sich herüber.

»Entschuldigt mich, ich muss weitermachen. Euer Essen kommt auch gleich.«

»Ich liebe mein Vergangenheits-Ich dafür, dass ich diesen Pausentag eingeplant habe«, griff ich das Thema von vorher noch einmal auf, als Leon und ich wieder allein waren.

»Ich auch«, erwiderte Leon und schaute mich lächelnd über seine Tasse hinweg an.

In diesem Moment hinterging mich mein Herz ein weiteres Mal an diesem Tag, denn es begann, schneller zu schlagen.

Während wir uns über die süßen und salzigen Leckereien hermachten, diskutierten Leon und ich wieder über Musik.

»Irgendwann will ich auch mal einen Remix aus verschiedenen klassischen Stücken machen. Das ist zwar ein Genre, in dem ich mich nicht wirklich auskenne, aber es gibt schon ein paar schöne Lieder«, erzählte ich. »Definitiv. Wobei ich so etwas eigentlich nur höre, wenn ich mich konzentrieren muss. Ich kann keine Noten lesen, und meine Gitarre spiele ich nach Akkorden oder frei Schnauze.«

»Du spielst Gitarre? Ich musste in der Schule Blockflöte lernen, aber für eine Karriere im Orchester hat mein Talent leider nicht gereicht«, erklärte ich gespielt traurig.

»Ach, nur so zum Spaß. Ich wollte früher mal in einer Band spielen und ein Rockstar werden. Doch auch meine Fähigkeiten haben dafür nicht gereicht. Du hast nicht zufällig deine Flöte dabei? Dann hätten wir eine gemeinsame Jamsession machen können.«

Wir beide brachen in lautes Gelächter aus. Seine braunen Iriden reflektierten dabei die Deckenlampe, die mittlerweile angeknipst worden war, weil es draußen dämmerte.

»Ich bin gleich wieder da«, verkündete ich und machte mich auf den Weg Richtung Toilette.

Zwar musste ich wirklich aufs Klo, aber ich wollte auch dieser Situation entfliehen. Ich genoss die Zeit mit ihm, für meine Vernunft verstanden wir uns allerdings viel zu gut. Der Abstand zwischen uns verringerte sich immer mehr, und das durfte ich nicht zulassen. Auf keinen Fall wollte ich Leon Hoffnung machen, dass ich sein Angebot doch noch annehmen würde.

Als ich einige Minuten später aus dem Gang mit den Toiletten wieder in den Gastraum des Cafés trat, blieb ich am Verkaufstresen stehen und schaute mir die Leckereien in der Auslage an. Dort lagen noch vereinzelt Petit-Fou mit glitzerndem Guss und Zimtschnecken, die mit ihrem Geruch den ganzen Raum einnahmen. Phyllis trat auf die andere Seite des Tresens und schaute mich erwartungsvoll an.

»Das sieht alles so lecker aus«, begründete ich meine Gafferei.

»Es schmeckt auch so, wie es aussieht«, sagte sie mit einem Grinsen im Gesicht.

»Ich muss auf jeden Fall wiederkommen, wenn ich das Geld dafür habe«, erwiderte ich etwas wehmütig.

»Darauf freue ich mich.«

»Und ich erst.«

»Erstes Date oder fester Freund?«, fragte die alte Dame plötzlich.

»Wie bitte?« Ich hatte sie schon verstanden, ich war nur zu verdutzt, um direkt zu antworten.

»Aus deinem Zögern schließe ich, dass ihr noch nicht so weit seid.« Sie zwinkerte mir zu. »Ich spüre da so eine ganz besondere Chemie zwischen euch. Aufregung und Vertrautheit gleichzeitig.«

»Wir sind nur Kollegen, und er ist der Vater einer Freundin«, antwortete ich knapp.

Wieso erzähle ich ihr das?

»Ah, jetzt verstehe ich.«

Was weiß sie schon?!

»Ich kenne nicht alle Umstände, wenn du allerdings nur ansatzweise das spürst, was er fühlt, solltest du deine Zweifel über Bord werfen. Aber ich bin nur eine alte Frau, der langweilig ist und die gern Leute beobachtet. Das denkst du doch gerade, oder?«, gab Phyllis meine ungefähren Gedanken wider. Mit den Händen wischte sie imaginäre Krümel vom Tresen, während sie das sagte.

Sie hat ja keine Ahnung, wie richtig sie damit liegt.

»Danke für den Rat«, murmelte ich verdutzt und ging wieder zu meinem Platz.

In meinem Kopf drehte sich alles. Ihre Worte waren einfach zu präzise, als dass ich sie verdrängen konnte. »Phyllis ist wirklich süß. Ich habe schon bezahlt. Wollen wir los?«, erklärte Leon, als ich am Tisch ankam. »Ja, das ist sie«, sagte ich abwesend und zog mechanisch meine Jacke an.

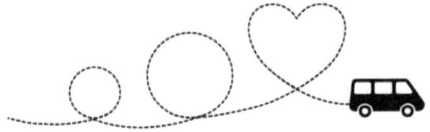

Das Hostel, das ich uns gemietet hatte, lag nicht weit von dem Café entfernt. Nachdem Leon und ich eingecheckt hatten, bummelten wir ein bisschen gemeinsam durch die Straßen des kleinen Ortes. Ich wollte noch nicht allein in mein Zimmer gehen, sondern diesen Tag so lange wie möglich genießen, bevor ich ab morgen definitiv mehr Abstand zu Leon aufbauen würde. Das hatte ich mir fest vorgenommen.

Je weiter wir die Straßen bergab liefen, desto stärker wurde der Salzgeruch. Irgendwann konnte man das Geräusch von brechenden Wellen hören, die auf Land trafen. Wir hatten also die Flut erwischt. Ansonsten hätten wir wohl nur eine große Matschepampe vor uns liegen gesehen.

Als wir um eine Ecke bogen, standen wir ganz plötzlich im Hafen. Nicht in dem geschäftigen Teil, in dem Fischer ihre Ware ausluden und sich mit neugierigen Touristen unterhielten. Nein, wir standen an einer Art Rampe, die zu einer Werft oder Ähnlichem gehörte. In ein paar Metern Entfernung saß ein einsamer

Angler. Ich war mir sicher, dass er hier nicht viel fangen würde. Vielleicht wollte er auch einfach nur die Ruhe genießen.

Leon und ich gingen ein Stück weiter die Rampe hinab, um dem Wasser näher zu kommen. Ich zog meine Schuhe aus und balancierte die rutschigen Steine entlang. Mein großer Zeh berührte das Wasser als Erstes. Es war noch kälter als am Worthing Beach. Daher konnte ich einen leisen Aufschrei nicht unterdrücken.

»Ich dachte, du bist jetzt abgehärtet?«, fragte Leon lachend.

»Das dachte ich auch. Aber *diese* Temperatur habe ich wirklich nicht erwartet.«

»So sahst du auch aus.« Er zog eine Grimasse, die wohl mein erschrockenes Gesicht darstellen sollte.

»Das soll ich sein?«, fragte ich sarkastisch.

»Ja, so hast du nun mal gerade ausgesehen«, antwortete er frech.

»Sagt der Richtige. Hast du schon mal in den Spiegel geschaut, wenn du Auto fährst?«, konterte ich und machte ein ernstes Gesicht, während ich ein imaginäres Lenkrad drehte.

»Ich bin eben konzentriert. Den Blick immer auf der Straße«, verteidigte er sich.

Bevor ich etwas erwidern konnte, zog es mir den Boden unter den Füßen weg und ich wedelte wie wild mit den Armen, um das Gleichgewicht wiederzufinden. Leon reagierte schnell und griff nach mir. Und nun lag ich in seinen Armen. Halb nach hinten gekrümmt, als führten wir einen Tangotanz auf.

»Danke«, sagte ich, doch meine Stimme versagte, als er mir tief in die Augen schaute.

Er war mir so nahe. Schon wieder.

Viel zu nahe!

Ich räusperte mich und richtete mich auf. Als ich wieder eigenständig auf den rutschigen Steinen stand, verkündete ich: »Genug Abenteuer für heute. Ich muss noch ein paar Lieder von Selena Gomez in meine Playlist für morgen packen.«

Leon sah etwas enttäuscht über das plötzliche Ende unseres Ausflugs aus. »Okay, ich werde mich noch ein wenig an den Strand setzen und lesen. Wenn du nachkommen willst, du hast ja meine Nummer.«

»Genau«, erwiderte ich, obwohl wir beide wussten, dass ich das nicht würde.

Weil ich es nicht durfte.

Kapitel 17

Am nächsten Morgen wachte ich mit leichten Kopfschmerzen auf. Schnell griff ich nach der Wasserflasche, die auf dem Boden neben meinem Bett stand, und trank ein paar große Schlucke. Das Southbourner Stadtfest war zwar nicht so groß wie das *Mercury*-Festival, dennoch war ich wie vor jedem Job aufgeregt. Schließlich wusste ich nicht – bis auf Phyllis –, ob die Gäste die Musik gut finden würden, die ich vorhatte aufzulegen.

Statt mich am Abend zuvor bei Leon zu melden, hatte ich an meinem Set gebastelt und war tatsächlich ganz zufrieden mit den Liedern. Es war eine gute Mischung aus Oldies, aktuellen Hits und Dauerbrennern. Ich hoffte, dass für alle Altersgruppen etwas dabei sein würde.

Kurz vor zweiundzwanzig Uhr hatte ich eine Nachricht von Nancy bekommen. Sie hatte sich mit Lea getroffen und eine schöne Nacht mit ihr verbracht. Etwas Ernstes würde es wohl nicht werden, aber ich freute mich, dass sie Spaß gehabt hatte. Wir hatten eine Weile hin- und hergeschrieben, bis meine Mitbewohnerin mir eine gute Nacht gewünscht hatte.

Bevor ich mich schlafen gelegt hatte, hatte ich noch eine Nachricht an Lesley geschrieben. Ich vermisste es, mit ihr zu reden, und hatte sie einfach wissen lassen wollen, dass ich an sie dachte. Sie hatte bisher nicht geantwortet, doch das war okay. Sicher steckte sie inmitten der Vorbereitungen für ihre Hochzeit und hatte keinen Kopf dafür, auf Unwichtiges zu antworten.

Ich zog meinen Schlafanzug aus und huschte nur mit einem Handtuch bekleidet in das Gemeinschaftsbad des Hostels, das einmal quer über den Gang lag. Diese Unterkünfte waren immer wesentlich günstiger als jene mit eigenem Bad. So blieb am Ende der Tour immerhin noch ein bisschen Geld übrig.

Ein Punkt, den ich unbedingt noch mit Leon besprechen musste. Bisher hatte er immer abgewunken, wenn ich mit ihm über seine Gage hatte sprechen wollen. Er hatte gemeint, dass wir nach Abschluss der Tour schauen würden, wie wir es am besten machten. Jetzt, da er mir das Essen ausgegeben hatte, fühlte ich mich noch schlechter ihm gegenüber. Ich hasste es, Schulden bei anderen zu haben. Andererseits hatte er darauf bestanden, mich einzuladen.

Nach einer langen Dusche ging es meinem Kopf schon etwas besser. Ich schielte auf mein Handy: Noch vier Stunden bis zur Eröffnung des Festes. In zwei war ich mit dem Veranstalter für einen Soundcheck verabredet. Also noch genug Zeit für ein ausgiebiges Frühstück.

Als ich wieder in meinem Zimmer war, schrieb ich eine schnelle Nachricht an Leon und fragte, ob wir uns im Speisesaal treffen wollten. Ein Teil von mir wünschte sich nichts mehr, der andere hoffte, dass er ausschlafen würde.

Ich schloss gerade den Gürtel über meinem Kleid, da piepte mein Handy mit einer Antwort von Leon.

Gern, ich hab' die Zimmernummer 503.

Das ist wohl eine Aufforderung, ihn abzuholen.
Ich ließ mir etwas Zeit und schminkte mich noch, bevor ich zehn Minuten später an seine Zimmertür klopfte.

Im Inneren waren Schritte zu hören, kurz darauf öffnete Leon mir mit seinem unverwechselbaren Lächeln die Tür. Direkt nach seinem Mund fiel mir sein Oberkörper auf. Denn er stand ohne T-Shirt vor mir.
Macht er das extra?
Ohne meinen Blick zu kommentieren, drehte er sich um und ging auf den schmalen Kleiderschrank zu. Das hatte den Vorteil, dass ich genügend Zeit hatte, das Kopfkino niederzuringen, das mich bei seinem oberkörperfreien Anblick wieder in die Vergangenheit katapultiert hatte.

»Guten Morgen, ich bin gleich fertig. Ich muss nur ...«
»... ein Hemd anziehen«, brach es aus mir heraus.
Habe ich das gerade laut gesagt?! Rose, du musst in Zukunft wirklich mehr darauf achten, was du wirklich aussprichst, schalt ich mich.

»Ja, und Schuhe fehlen auch noch«, erwiderte er mit einem Grinsen im Gesicht und deutete auf seine Füße. »Ich bin gleich wieder da.«

Während Leon ins Bad verschwand, das auf diesem Stockwerk genau gegenüber seines Zimmers lag, trat ich weiter in den Raum hinein und setzte mich aufs Bett. Die Bettdecke war zerwühlt, als hätte er nachts mit jemandem gekämpft.

Ich unterdrückte den Impuls, es ordentlich zu machen. Eine geordnete Umgebung war für mich essenziell, um arbeiten zu können. Aber das wollte ich in diesem Zimmer ja gar nicht. Ich sollte eigentlich nicht einmal in diesem Raum sein.

»Hattest du gestern noch einen ruhigen Abend?«, drang Leons Stimme aus dem Badezimmer. *Will er sich jetzt ernsthaft über den Gang mit mir unterhalten?*

»Ja, das war genau das, was ich gebraucht habe«, rief ich zurück, obwohl ich die Situation etwas seltsam fand. »Auch wenn ich meinen Schlafrhythmus damit endgültig zerstört habe. Wie war es am Strand?«

Er lachte leise. »Das lässt sich leider nicht verhindern in diesem Job.« Nach einer kurzen Pause, in der ich das Wasser laufen hörte, sprach er weiter. »Der Strand war schön. Ich bin etwas spazieren gegangen und habe ein paar nette Leute kennengelernt. Mehr als einmal kurz im Meer unterzutauchen, war aber nicht drin. Es war arschkalt.«

»Glaub' ich dir«, entgegnete ich und musste an meine gestrige Begegnung mit dem Wasser im Hafen denken.

Jetzt war nichts außer laufendes Wasser aus dem Badezimmer zu hören, also blickte ich mich weiter im Zimmer um. Der offene Kleiderschrank sah nicht besser aus als das Bett. Leons Kleidung lag kreuz und quer darin. Ein Hemd hing auf halbmast an einem Kleiderbügel. Sein Rucksack und seine Reisetasche waren wahrscheinlich nur schnell in die Ecke des Zimmers geknallt worden. Irgendwie hatte ich erwartet, dass er ordentlicher sei. Ich atmete auf. Noch ein Grund gegen eine Beziehung mit ihm.

Warte, warte. Wir fangen jetzt nicht an, eine Pro- und Kontraliste über Leon zu führen. Lesley reicht als Gegenargument!

Bei dem Gedanken zog ich mein Handy aus meiner kleinen Handtasche, die ich mir umgehängt hatte.

Immer noch keine Nachricht von meiner Freundin.

»Sorry, dass du warten musstest.«

Meine Antwort blieb mir im Hals stecken, als ich von meinem Telefon zu Leon aufblickte. Ein Unbekannter schaute mich an. Leon hatte sich rasiert, und ich wusste nicht, ob mir das gefiel.

Er musste mein Zögern bemerkt haben, denn er fuhr sich mit der rechten Hand übers Gesicht. »Ich dachte, ich versuche mal etwas anderes. Es ist Jahre her, dass ich glatt rasiert war.«

»Du siehst aus wie ein anderer Mensch«, stellte ich einsilbig fest.

»Wie ein hübscherer Mensch?«, versuchte er erneut, eine Reaktion aus mir herauszulocken.

»Einfach anders. Ich muss mir noch überlegen, was ich besser finde«, antwortete ich ehrlich.

»Ich bin gespannt auf dein Urteil. Komm, lass uns endlich etwas essen gehen.«

Das Frühstück war ein einziger Traum. So viele vegetarische und teilweise vegane Dinge, die man sich aufs Brot oder die frisch gemachten Pancakes schmieren konnte. Wir waren beide positiv überrascht, als wir den Frühstücksraum betraten, schließlich war das nicht gerade ein Vier-Sterne-Hotel.

Leon war schneller mit dem Essen fertig und griff sich mein Tablet, um mit mir zusammen die Planung der nächsten Tage durchzugehen. So konnte ich in Ruhe weiteressen.

»Mr Jackson treffen wir in einer halben Stunde zum Soundcheck, und um zwölf Uhr ist dann Eröffnung. Morgen haben wir eine Hochzeit, am Tag darauf eine Ladeneröffnung und am Wochenende eine Studenten-

Party. Darauf die Woche folgen Hochzeit Nummer zwei, ein Junggesellinnenabschied, dann verlasse ich dich und nächsten Freitag hast du das *Mercury*-Festival.«

Ich nickte, gab ein paar Kommentare zu den verschiedenen Aufträgen ab und versuchte, mir die Aufregung nicht anmerken zu lassen, die mich erfasste, wenn ich an meinen Auftritt auf dem Festival dachte. Max und ich waren ein super Team, wenn es um die Gigs an sich ging. Darüber hinaus redeten wir nicht viel und machten unser eigenes Ding. Mit Leon war das ganz anders. Es war eine schöne, neue Erfahrung, meine Gedanken während der Tour mit jemandem zu teilen.

»Ich finde, wir sind ein gutes Team«, sagte Leon.

»Das finde ich auch. Du solltest das professionell machen«, spielte ich auf seine damalige Firma an.

»Meinst du?«

Zur Antwort grinste ich ihn an.

»Ich würde lügen, wenn ich behaupten würde, dass ich die letzten Tage nicht überlegt habe, wieder einzusteigen«, teilte er seine Gedanken mit mir.

»Eine erste Kundin hättest du schon mal«, erwiderte ich und zeigte mit beiden Daumen auf mich, als wäre es nicht offensichtlich, wen ich meinte.

»Ich merk's mir.« Mit diesen Worten stand Leon auf, ging um den Tisch herum auf mich zu und reichte mir die Hand. »Dann wollen wir mal den Leuten aus Southbourne ordentlich einheizen.«

Das Publikum, wenn man die zehn Leute vor der Bühne als ein solches bezeichnen wollte, war noch sehr verhalten.

Aber hey, immerhin tanzen ein paar wenige.

Ich hielt immer wieder Ausschau nach Phyllis und ihrer Freundin. Sie hatte sich noch nicht blicken lassen. Es war allerdings früher Nachmittag, und vielleicht musste die alte Dame noch arbeiten.

Ich schaute auf den PC vor mir und sah eine Whats-App-Benachrichtigung aus dem rechten Rand in den Bildschirm fliegen.

> Sie werden schon in Schwung kommen. Gib ihnen noch ein bisschen Zeit und einen weiteren Pint Cider.

Ich schaute vom Laptop auf und suchte Leon auf dem Platz vor der Bühne. Er stand in der Nähe eines Wagens, der Getränke ausgab. Als sich unsere Blicke begegneten, prostete er mir mit seinem Becher zu. Ich lächelte ihn an. Es tat gut, so unterstützt zu werden.

Ich machte einen leichten Übergang zu *Killing me softly* von den Refugees und sah, dass sich Leons Kopf im Takt der Musik bewegte. Mit seiner freien Hand streckte er den Daumen nach oben, und ich erwiderte die Geste.

Ein junges Pärchen, nicht viel älter als achtzehn, trat auf den Platz vor mir und begann, eine Rumba zu tanzen. Während mich das Mädchen anlächelte, schaute der Junge nervös auf seine Füße. Sie waren keine Profis, doch man sah ihnen an, dass sie das nicht zum ersten Mal machten.

Jetzt folgte noch ein weiteres jugendliches Tanzpaar, und ein paar Leute kamen etwas näher an die Bühne heran und wiegten sich im Takt. Zwar nur ganz zaghaft, aber immerhin.

Ich schob schnell *Hit the Road, Jack* dazwischen und wurde von dem Mädchen, das mich angelächelt hatte, mit einem freudigen Ausruf belohnt. Nach einem kurzen Durcheinander tanzten nun vier Paare Jive vor der Bühne. Die Leute, die neben dem Getränkewagen auf Bänken saßen, schunkelten oder sangen mit.

Ein warmes Gefühl durchfuhr mich. Wieder suchte ich Leon, doch er stand nicht mehr an derselben Stelle. Ich ließ meinen Blick schweifen, aber fand ihn in der immer voller werdenden Menge nicht.

Plötzlich spürte ich eine warme Hand an meinem Ellbogen. Ich drehte mich um. Leon stand hinter mir und hielt mir auffordernd seine Hand hin.

»Lust auf einen Jive?«, fragte er lächelnd.

»Woher weißt du, dass ich Standard tanze?«, war meine überraschte Antwort.

»Ich habe da so meine Quellen«, erwiderter er geheimnisvoll.

Lesley.

Sie hatte ihm bestimmt erzählt, dass wir ein paarmal zusammen in einer Tanz-Bar gewesen waren.

»Ich hab' das schon ewig nicht mehr gemacht«, versuchte ich, mich aus der Situation zu retten.

»Egal, ich führe dich.«

Ich überlegte fieberhaft, wie ich mich verhalten sollte. Doch als auffordernde Rufe aus dem Publikum kamen, konnte und wollte ich Leon keinen Korb geben. Ich checkte kurz die Übergänge der Lieder und legte dann meine Hand in Leons.

»Wir fangen mit rechts an«, erklärte er, als wir ein paar Schritte vom DJ-Pult entfernt standen.

Ich gehorchte ihm, und schon tanzten wir los. Ob meine Schritte richtig waren, wusste ich nicht, aber das war auch egal. Mit Leon an meiner Hand flog ich nur so über die kleine Bühne. Er war ein begabter Tänzer, der das definitiv nicht zum ersten Mal machte. Ich hätte in diesem Moment ewig so weitertanzen können, doch das Lied war viel zu schnell wieder vorbei. In einer letzten Figur drückte sich Leon gegen mich, sodass sich mein Rücken nach hinten bog. So ähnlich wie gestern, als ich auf den Steinen ausgerutscht war und er mich aufgefangen hatte. Hoffentlich sah das heute nicht so tollpatschig aus.

Er holte Luft, als wollte er etwas sagen, schloss seinen Mund jedoch wieder und richtete mich auf.

Ich trat zurück ans Pult und widmete mich der Musik.

»Kann ich dir etwas zu trinken bringen?«, fragte Leon.

Das ist eine normale Frage, Rose. Sei nicht seltsam.

»Ja, gern. Apfelschorle.«

Und so entfernte sich Leon wieder von der Bühne. Als wären wir nur zwei Kollegen, die etwas Spaß beim Tanzen gehabt hatten. Nichts weiter. Wie es auch sein sollte. Ich war mir allerdings nicht sicher, wie lange ich mich auf diese Weise noch selbst würde belügen können.

Kapitel 18

Leon hatte wirklich ein Talent dafür, Dinge nicht seltsam werden zu lassen. Wie schaffte er es nur, seine Gefühle zu verbergen? Oder war die Sache für ihn einfach abgehakt? Hing ich nun mehr an ihm als er an mir? Ich hoffte inständig, dass er nicht gemerkt hatte, wie viel Willenskraft es mich gekostet hatte, ihn während unseres Tanzes nicht zu küssen.

Wir teilten uns die Strecken zu unserem nächsten Einsatzort, denn bis Gloucester waren wir um die drei Stunden unterwegs. Das hielt mich immerhin davon ab, zu viel über die immer wieder aufkeimenden Gefühle nachzudenken. Außerdem wurde mein Kopfkino ausgeschaltet, weil ich mich auf den Verkehr konzentrieren musste.

Aus dem Augenwinkel erkannte ich, dass Leon immer wieder auf seinem Handy tippte. Wahrscheinlich schrieb er mit Lesley.

»Wie laufen die Hochzeitsvorbereitungen?«, erkundigte ich mich.

»Gut, anscheinend brauchen sie mich doch nicht so dringend«, scherzte er.

»Na ja, deine emotionale Unterstützung kann Lesley sicher gut gebrauchen.«

»Ich weiß nicht. Könnte sein, dass ich sie mit meinen ständigen Nachrichten noch nervöser mache.«

»Tatsächlich? Ich hätte nicht gedacht, dass du *so einer* bist«, stellte ich überrascht fest.

»Bin ich eigentlich auch nicht. Aber diese Hochzeit bringt ganz neue Seiten von mir ans Tageslicht«, beichtete er verlegen und rieb sich mit der Hand übers Gesicht. Er sah abgespannt aus.

»Geht es dir gut?«

»Jaja, ich glaube, ich brauche nur ein bisschen frische Luft.«

»Soll ich anhalten?«

Um uns herum lagen saftig grüne Wiesen. Der perfekte Ort, um eine Pause einzulegen. Also wartete ich Leons Antwort gar nicht ab, sondern parkte bei der ersten Gelegenheit am Straßenrand.

»Lass uns ein paar Schritte gehen«, schlug ich vor.

Er nickte nur und folgte mir dann einen kleinen Hügel hinauf. Obwohl wir wieder mehr im Landesinneren waren, fühlte sich die Luft noch salzig und wohltuend an wie am Meer. Ich nahm ein paar tiefe Atemzüge und wandte mich dann Leon zu.

»Möchtest du über etwas sprechen?«, fragte ich vorsichtig.

Leon hatte sich gegen einen kleinen Felsen gelehnt und schaute mich aus müden Augen an. Er sah bedrückt aus. Ich fragte mich, wo dieser plötzliche Stimmungswechsel herkam.

»Danke für das Angebot, aber ich brauche einfach ein paar Minuten für mich. Entschuldige«, sagte er schließlich.

»Du musst dich doch nicht entschuldigen. Ich warte am Auto auf dich. Nimm dir so viel Zeit, wie du brauchst«, zwang ich mich zu sagen und trat den Rückweg zum Van an.

Ich wollte wissen, was mit ihm los war. Wollte dabei helfen, dass es ihm wieder gut ging. Doch wenn er allein sein wollte, musste ich das respektieren.

Mit geöffneter Tür saß ich auf dem Fahrersitz und scrollte durch mein Handy. In diesem Moment kam eine Nachricht von Nancy rein.

Na, immer noch keusch geblieben?

Gerade war mir nicht nach Witzen über Leon und mich zumute. Aber das konnte meine Freundin ja nicht wissen. Daher schickte ich ihr ein einfaches ›Ja‹ und das Emoji, das seine Zunge herausstreckte.

Vielleicht sollte ich mich auch bei Tinder anmelden. Ich muss mich von Leon ablenken. Wir hätten uns gestern fast geküsst …

Was? Und das schreibst du mir erst jetzt?

Sorry, es gab viel zu tun.

Alles gut! Aber das mit Tinder klingt nach einem vernünftigen Plan. Es sei denn, du möchtest doch mehr?

Nein, ich darf das nicht zulassen. Ich erstelle mir jetzt ein Profil und vergesse diesen Mann.

Viel Glück dabei …

Ich wusste, dass Nancy ihre letzte Nachricht lustig meinte, dennoch schmerzte es, sie zu lesen. Es würde nicht leicht werden, meine Gefühle für Leon zu vergessen. Nicht nur, weil ich ihn jeden Tag sah, sondern auch, weil er ein toller Mensch war, den ich gern um mich hatte.

Ein Knurren verließ meine Kehle, und ich drückte den Download-Button der Tinder-App.

Als Leon wieder auf das Auto zugelaufen kam, lächelte er mir zu.

Geht es ihm besser oder hat er nur eine Maske aufgesetzt, damit ich mich nicht sorge?

Er bestand jedenfalls darauf, die restliche Strecke bis Gloucester zu fahren.

Als hätte es diesen Zwischenfall nicht gegeben, verlief der Nachmittag wie die letzten Tage auch: Wir checkten in die Unterkunft ein, bauten unsere Technik am Veranstaltungsort auf, machten den Soundcheck und warteten danach darauf, dass die Feier losging. Leon und ich waren mittlerweile ein eingespieltes Team. Während ich an meinen Sets bastelte, streifte er umher und schaute sich die jeweiligen Orte an. Er ging aber nur so weit, dass er im Notfall schnellstmöglich da sein könnte. Bisher hatte alles geklappt. Das sollte sich aber an diesem Abend ändern.

Die Hochzeitsfeier fand in einem großen Pavillon am Ufer eines großen Sees statt. Die Deko war perfekt aufeinander abgestimmt. Entweder war hier eine Planungsfirma oder ein Paar am Werk gewesen, das ein Auge für so etwas hatte. Es sah wunderschön aus, machte mir allerdings auch ein bisschen Druck. Ich wollte bei jedem Auftrag einen guten Job machen, doch an solchen Abenden war ich besonders darauf bedacht, alle Wünsche zu erfüllen.

Nach der freien Trauung auf einer großen Plattform, die sich in der Mitte des Sees befand, kamen die Gäste zu einem Sektempfang unter den Pavillon. Ich spielte ein paar ruhige Jazzlieder. Erst nach dem Abendessen würde die richtige Arbeit auf mich zukommen. Denn dann stand der Hochzeitstanz an, nachdem die Gäste dann hoffentlich die Tanzfläche erobern würden.

Ich war froh darüber, dass wir vorhin noch einen Burger in einem kleinen Imbiss gegessen hatten. Denn es war immer eine Fünfzig-fünfzig-Chance, ob man von den Brautleuten zum Mitessen eingeladen wurde. Hier machte es bisher nicht den Anschein.

Erst als nach etwa anderthalb Stunden alle Teller geleert waren und die Unterhaltungen der Gäste lauter wurden, stand die Braut auf und kam auf mein Pult zu. Es war nicht mehr als ein ebenso schick dekorierter Tisch, auf dem meine Gerätschaften aufgebaut waren.

Ihre Wangen waren gerötet, und sie lächelte mich freundlich an.

»Herzlichen Glückwunsch!«, gratulierte ich, bevor sie anfing zu sprechen.

»Dankeschön. Mein Freund … Mann und ich würden jetzt gleich den Hochzeitstanz aufführen.«

Ich nickte. »Alles klar, ich bin bereit. Das war *Nothing Else Matters* von Metallica?«

Jetzt war sie diejenige, die nickte.

»Okay, ich bin bereit, wenn Sie es sind.«

Sie winkte den Bräutigam zu sich, kurz darauf nahmen sie ihre Position in der Mitte der Tanzfläche ein. Ich startete das Lied, und die beiden flogen mit einem

Wiener Walzer über das Parkett. Entweder hatten sie ihren Tanz extrem lange geübt oder sie waren Profis. Denn es war alles perfekt daran: die Haltung, die Schritte und das Lächeln auf den Lippen.

Fasziniert schaute ich ihnen zu, bis ich es auf meinen Kopfhörern knacken hörte. Ich ahnte, was als Nächstes passieren würde. Die Lautsprecher gaben einen merkwürdigen Ton von sich, dann war es still in dem Pavillon.

Für einen kurzen Moment war ich wie erstarrt, bevor ich mir die Kopfhörer herunterriss und sie auf den Tisch vor mir pfefferte. Ich zog an etlichen Kabeln und steckte sie wieder ein, aber ich fand nicht das richtige. Wieso musste es gerade jetzt kaputt gehen? Ausgerechnet während des Hochzeitstanzes?

Die Braut stand direkt vor dem Pult und redete auf mich ein, doch ich konnte nicht verstehen, was sie sagte. Meine Ohren rauschten, während ich immer noch an den Kabeln herumfummelte, um die Musik wieder zum Laufen zu bringen. Ich griff nach meinem Handy, das auf dem Tisch lag. Schnell tippte ich ›SOS‹ und schickte die Nachricht an Leon ab. Dann richtete ich mich auf, um die Braut zu beruhigen.

»Tun Sie doch etwas! Das ruiniert den Abend«, sagte sie aufgebracht.

»Mein Kollege wird bald da sein und das wieder hinkriegen. Es tut mir sehr leid. Gleich geht es weiter!«

»Wieso fangen wir nicht mit einem der Spiele an, bis sich das geklärt hat?«, schlug eine etwa vierzigjährige Frau vor, die auf uns zukam. Ich war froh über ihre Intervention.

»Aber wir wollten doch den Hochzeitstanz tanzen«, quengelte die frisch gebackene Ehefrau.

»Ich weiß, aber den könnt ihr später noch mal in Ruhe anfangen«, beruhigte die blonde Frau sie, die ich als Schwester oder Trauzeugin identifizierte.

Sie schob sowohl Braut als auch Bräutigam, der bis jetzt verwirrt auf der Tanzfläche gestanden hatte, in Richtung der Tische. Als ich mich wieder den Boxen zuwenden wollte, berührte mich jemand am Arm.

»Was ist los?«, hörte ich Leons Stimme an meinem Ohr.

»Es gab ein lautes Knacken, danach war die Musik plötzlich aus. Ich habe schon an ein paar Kabeln gerüttelt, doch das hat nicht geholfen«, informierte ich ihn über die Situation.

»Ich schaue mir das mal an«, sagte er ruhig und ging vor dem Verstärker in die Hocke.

»Fuck, sie hassen mich jetzt schon. Es ist während des Hochzeitstanzes passiert.«

»Ganz ruhig, wir kriegen das wieder hin. Ich muss erst mal herausfinden, ob es an der Box oder am Kabel liegt.«

»Wie lange dauert das?«, fragte ich ungehalten.

Ein Lachen schallte durch den Raum und weckte meine Aufmerksamkeit.

»Siehst du? Sie sind fürs Erste abgelenkt«, machte Leon mir Mut.

Das Problem war schnell gefunden, denn es lag zu unserem Glück nur an einem kaputten Kabel. Leon hatte in weiser Voraussicht ein Ersatzkabel eingepackt, sodass die Party nach einer Viertelstunde weitergehen konnte.

Nach Beenden des Hochzeitsspiels kamen Braut und Bräutigam mit einem Lächeln auf dem Gesicht wieder an mein Pult getreten, um zum zweiten Mal an diesem Abend ihren Hochzeitstanz zu beginnen.

Ich hielt den Atem an, als wir zu der Stelle im Lied kamen, an der das Kabel den Geist aufgegeben hatte. Nichts passierte, und die beiden schwebten an Leon und mir vorbei. Ich atmete hörbar aus und lehnte mich gegen Leon, der immer noch hinter mir stand. Er gab nicht nach und schlang seinen rechten Arm um mich. Das nächste Lied begann, und nun strömten ein paar der Gäste auf die Tanzfläche. Die Braut wurde von einem älteren Mann aufgefordert, wahrscheinlich ihrem Vater, und der Bräutigam tanzte mit der blonden Trauzeugin.

»Das ist doch noch mal gut gegangen«, stellte Leon fest und wiegte sich im Takt des Liedes.

Mit einer schnellen Bewegung drehte ich mich zu ihm um. »Wie kannst du so gute Laune haben? Ich bin froh, dass sie uns nicht hochkant gefeuert haben.«

»Hey, so schlimm war es auch wieder nicht. Ärgerlich und vielleicht ein bisschen peinlich, doch manchmal einfach nicht zu ändern. Und was hätte es ihnen gebracht, wenn sie uns rausgeschmissen hätten? Dann hätten sie auch keine Musik«, versuchte Leon, mich zu beruhigen.

»Leon, das ist mein Leben. Ich kann es mir nicht leisten, eine schlechte Bewertung zu bekommen. Oder noch schlimmer, den schönsten Tag im Leben zweier Menschen zu zerstören.«

»So war das nicht gemeint. Natürlich ist das scheiße gelaufen, aber wir haben das Beste draus gemacht und der Abend ist noch lang. Die beiden werden das heute schon wieder vergessen haben. Denn es zählt, was du aus den nächsten Stunden machst«, ermutigte er mich.

»Du hast recht. Ich muss mich jetzt auf meinen Job

konzentrieren«, gab ich schnippisch zurück. Ich setzte meine Kopfhörer auf und widmete mich meiner Musik.

In diesem Moment hatte ich das Gefühl, dass Leon nicht verstand, wie wichtig mir diese Sache war. Es war kein Hobby, das ein bisschen Geld einbrachte. Ich wollte irgendwann davon leben können. Dafür musste ich immer mein Bestes geben und durfte meinen guten und zuverlässigen Ruf nicht verlieren. In der Hinsicht hatte Leon recht: Ich konnte die nächsten vier Stunden zum schönsten Abend des Brautpaares machen. Vorausgesetzt, ich war konzentriert.

Ich spürte einen Luftzug hinter mir. Leon war wahrscheinlich aus dem Pavillon geschlüpft und trieb sich wieder in der Umgebung herum – bereit, wiederzukommen, wenn die Party vorbei war.

Ich seufzte und war froh darüber, dass die laute Musik das Geräusch verschluckte. Tatsächlich schaffte ich es nach einer gewissen Zeit, wieder entspannter zu werden. Nun trauten sich auch die Gäste öfter mal zu mir, um sich ein Lied zu wünschen.

Nachdem ich den letzten Musikwunsch der Braut erfüllt hatte, gab mir einer der Kellner ein Zeichen und ich blendete das Lied ganz langsam aus. Passend dazu gingen die Lichter an. Die ersten Gäste verließen den Pavillon und machten sich auf den Weg zum Haus, das als Hotel fungierte. Andere protestierten gegen das Ende der Party. Bei ihnen würde sicher auf dem einen oder anderen Zimmer noch eine Afterparty stattfinden.

Während die Kellner das Büfett abbauten, trennte ich meinen PC von den Kabeln und verstaute alles in meinem Rucksack. Ich musste nicht lange auf Leon warten. Als er das Zelt betrat, begann er direkt damit, die Boxen zusammenzupacken und sie in die passenden Säcke zu stecken.

»Hat alles funktioniert?«, fragte er nebenbei.

»Bis auf den Ausfall, meinst du? Ja.«

Wieso bin ich immer noch so gereizt?

Er nickte und räumte weiter auf.

Okay, er ist pissed.

Schweigend arbeiteten wir nebeneinander her, bis der Van beladen war. Dann klemmte ich mich hinters Steuer und fuhr uns die knappen zehn Kilometer zu unserer Unterkunft. Während der ganzen Fahrt sagte keiner von uns ein Wort. Die Stimmung war so angespannt, dass ich mich nicht einmal traute, das Radio anzuschalten.

Das kleine Hotel hatte einen eigenen Parkplatz, für den ich in diesem Moment doppelt dankbar war. Ich hatte keine Lust, jetzt auch noch schweigend auf die Suche nach einer Lücke zu gehen, die groß genug für unser Auto war.

Als wir ausstiegen, schwiegen wir uns immer noch an. Seufzend ging ich um den Wagen herum auf Leon zu, wusste aber nicht, was ich sagen sollte. Also betraten wir immer noch schweigend durch die Schiebetür das Foyer des Hotels.

Es war eine Hotelkette, die vor allem für Geschäftsleute ausgelegt war. Das Gute daran: Die Zimmer waren relativ günstig, da ihnen jeglicher Luxusschnickschnack fehlte. Das hatten wir einzig dem großen Kongresscenter zu verdanken, das hier in der Nähe lag. Ansonsten gäbe es solch ein Budgethotel sicher nicht in dieser abgelegenen Gegend.

»Hier.«

Ich zuckte im ersten Moment zusammen, weil ich nicht erwartet hatte, seine Stimme an diesem Abend noch einmal zu hören.

»Danke«, sagte ich leise, als er die Karte zu meinem Zimmer in meine geöffnete Hand fallen ließ.

Er nickte und ging in Richtung Aufzüge.

Ich schaute auf die Schlüsselkarte. Zimmer Nummer 304.

Als ich nach Leon den Aufzug betrat, leuchteten bereits die Nummern zwei und drei. Er schlief also ein Stockwerk unter mir.

Ich schaute zu Boden, weil ich nicht wissen wollte, wie es in seinem Gesicht aussah. Jetzt hatte er sicher kein Lächeln auf den Lippen. Er schien meinem Blick ebenfalls auszuweichen, denn er positionierte sich mit dem Rücken zu mir.

Als die Tür im zweiten Stockwerk aufschwang, murmelte er etwas, das wie »Gute Nacht« klang, und trat schnellen Schrittes auf den Hotelflur. Einem Impuls folgend, stellte ich meinen linken Fuß in den Sensor, damit sich die Aufzugtür nicht schloss.

»Leon?«

Er drehte sich um und schaute mich fragend an.

»Es tut mir leid, ich hätte meine schlechte Laune nicht an dir auslassen dürfen«, entschuldigte ich mich.

»Ich hab' schon verstanden«, sagte er, doch es klang nicht ehrlich.

»Tust du das wirklich?«, fragte ich daher und bereute es direkt.

»Ja, ich weiß, dass dir deine Karriere wichtig ist und so etwas einfach kein gutes Licht auf dich wirft.« Seine Stimme klang monoton.

Ich nickte in Zustimmung. »Aber?«

»Nichts.«

Jetzt war er derjenige, der sich abweisend verhielt. Doch konnte ich es ihm wirklich verübeln? Ich hatte schließlich damit angefangen.

Er seufzte. »Rose, lass uns einfach schlafen gehen. Morgen ist ein neuer Tag.«

»Okay.«

Er wandte sich zum Gehen, und ich trat wieder in den Aufzug. Ein Stockwerk höher stieg ich aus und machte mich auf die Suche nach meinem Zimmer. Es lag nicht weit vom Aufzug entfernt, sodass ich es schnell fand. Ich betrat den kleinen Raum und schmiss meine Tasche und mich selbst gleich dazu aufs Bett.

Wie fast jeden Abend, seit ich auf Tour war, kreisten meine Gedanken unaufhörlich in einem Strudel aus Chaos, Gefühlen und Zweifeln.

Ich kann jetzt nicht einfach schlafen gehen. Nicht, bis er weiß, dass es mir wirklich leidtut. Bis ich ihm erklärt habe, wie wichtig mir das Ganze ist.

Mit Schwung stand ich vom Bett auf, steckte die Schlüsselkarte, die ich noch in der Hand hielt, in meine Hosentasche und verließ mein Zimmer. Ich ließ den Aufzug links liegen und nahm die Treppe.

Als die Tür des Treppenhauses wenige Minuten später hinter mir zufiel, hatte ich ein schlechtes Gewissen. In meiner Zeitrechnung war es noch früher Abend, aber in Wahrheit war es mitten in der Nacht und die meisten Hotelgäste höchstwahrscheinlich schon im Bett.

Während ich durch den Gang lief, fiel mir auf, dass ich gar nicht wusste, in welchem Zimmer Leon übernachtete. Er war nach links gegangen, nachdem er den Aufzug verlassen hatte. Aber auf dieser Seite lagen sechs Zimmer. Und ich würde ganz sicher nicht an jede einzelne Tür klopfen.

Das ist eine dumme Idee.

Mit einem Seufzen ließ ich mich an der Wand entlang nach unten sinken und saß nun auf dem weichen Teppich.

Was mache ich hier überhaupt?

Ich hatte keine Gelegenheit, mir diese Frage selbst zu beantworten, denn eine Tür auf dieser Seite des Flurs wurde geöffnet und Leon trat heraus. Als er mich auf dem Boden sitzen sah, riss er seine Augen auf und kam schnell auf mich zu.

»Was machst du denn hier?«, flüsterte er.

Ich überlegte kurz, ob ich ihm eine Ausrede auftischen sollte, entschied mich dann aber für die Wahrheit.

»Ich wollte zu dir, doch wusste deine Zimmernummer nicht.«

Er nickte. »Ich wollte eine Runde Luft schnappen. Lust auf einen kleinen Spaziergang?«

Kapitel 19

Als wir nach draußen traten, atmete ich die frische Luft ein. Es war die erste Nacht, in der man keine Jacke mehr brauchte. Im Gegensatz zu tagsüber war es aber noch angenehm kühl.

Wir gingen in Richtung Parkplatz und setzten uns auf die hüfthohe Mauer aus rotem Backstein. Durch die Glastür konnte ich die Rezeptionistin des Hotels beobachten. Sie starrte auf den Bildschirm vor sich und tippte ab und zu etwas auf der Tastatur.

Leon zog eine Zigarettenschachtel aus seiner Jackentasche.

»Wenn Lesley das wüsste«, versuchte ich, die Situation aufzulockern.

Schließlich war Lesley strikte Nichtraucherin und würde das bei ihrem Vater sicher nicht gutheißen. Sie machte sich ja sowieso schon Sorgen um seine Gesundheit.

Leon zündete die Zigarette mit einem Klappfeuerzeug an, nahm einen Zug und sprach erst, als der Rauch seine Lunge verließ. »Wirst du mich verpetzen?«

»Quatsch, das bleibt unser Geheimnis«, flüsterte ich verschwörerisch.

»So wie unser One-Night-Stand?«

Autsch.

»Dachte ich mir schon«, sagte Leon bitter, als ich nichts erwiderte.

»Leon–«

»Nein, ich hab' das schon verstanden«, unterbrach er mich, »Wirklich. Dir geht es nicht darum, dass ich Lesleys Vater bin. Du weißt selbst, dass sie das verstehen würde. In Wahrheit hast du keinen Bock, dir einen Klotz wie mich ans Bein zu binden. Und, Rose, ganz ehrlich: Ich kann verstehen, wenn du nicht mit einem Kranken zusammen sein möchtest.«

»Wovon sprichst du?«, fragte ich ehrlich verwirrt.

»Was glaubst du, wieso ich immer noch in Therapie bin und es nach fünf Jahren nicht geschafft habe, wieder eine Arbeit zu finden?«

»Das tut mir leid. Ich wusste nicht—«

»Weil du es nicht wissen wolltest. Du blockst doch alles ab, was uns einander näherbringen könnte.«

»Weil es nicht anders geht, andernfalls ...«, versuchte ich, es zu erklären, aber mir fehlten die Worte.

»... würdest du mich vielleicht mögen?«

»Ich mag dich, Leon, sogar sehr«, sprach ich endlich das aus, was schon lange in mir rumorte.

»Und wieso korbst du mich immer wieder?«

»Weil es nicht anders geht.«

»Weil dir deine Karriere wichtiger ist als dein Privatleben?«

Da war er: der Satz, den Marc mir immer wieder an den Kopf geworfen hatte. Ich wusste nicht, wieso ich anfing zu weinen – ob aus Wut oder Trauer. Ich wusste nur, dass das Bild von Leon vor meinen Augen verschwamm und ich meine Atmung nicht mehr kontrollieren konnte. Wie ein Schatten nahm ich wahr, dass Leon von der Mauer sprang und sich vor mich stellte.

»Rose, ich wollte dich nicht zum Weinen bringen«, entschuldigte er sich. Seine Stimme hörte sich nun wieder sanfter an.

»Das ist nicht deine Schuld«, sagte ich zwischen zwei Schluchzern. »Ich weiß nur gerade nicht, wie ich mit alledem umgehen soll.«

»Was meinst du mit ›alledem‹?«, fragte Leon ganz nahe an meinem Ohr.

Ich nahm tiefe Atemzüge, um meine Atmung zu beruhigen, und schaute auf meine Hände, die ich in meinem Schoß faltete. »Nach der Trennung von Marc habe ich mich auf meine Karriere konzentriert, habe Vollgas gegeben und bin nach zwei Jahren nicht viel weiter als damals. Dieser Sommer sollte *mein* Sommer werden. Ich wollte es endlich schaffen. Dann bist du wieder in mein Leben getreten, und ich merke immer mehr, dass ich dich mehr mag, als ich sollte. Lesley redet jetzt schon kaum mehr mit mir. Wie soll das erst werden, wenn ich ihr erzähle, dass wir miteinander geschlafen haben und ich dich nicht vergessen kann?« Nach dem letzten Satz überrollten mich meine Gefühle abermals und mein Schluchzen wurde lauter.

Leon schnipste seine Zigarette auf den Boden, ergriff meine Hände und versuchte, mich zu beruhigen. »Rose, hör mir mal zu.« Seine Hand an meinem Kinn, hob er meinen Kopf an, damit ich ihn direkt ansah. »Das ist *dein* Sommer, schließlich darfst du auf dem *Mercury*-Festival auflegen. Es tut mir leid, dass du das Gefühl hast, dich entscheiden zu müssen. Aber das musst du nicht. Ich bin für dich da und unterstütze dich in deinen Karriereplänen! Es war nie meine Absicht, dich unter Druck zu setzen. Und was Lesley betrifft: Vielleicht solltet ihr mal miteinander reden und besprechen, was ihr euch gegenseitig für eure Freundschaft wünscht. Ganz unabhängig von uns.«

»*Du* hast mich nicht unter Druck gesetzt. Ich setze

mich selbst unter Druck. Mit allem. Dabei will ich einfach nur meine Ruhe. Ich kann meine Gedanken nicht abschalten. Und ja, ich weiß, wie verdammt egoistisch das klingt.«

»Tut es nicht. Jedenfalls nicht für jemanden, der dieses Gefühl kennt. So ging es mir damals auch. Ich dachte, wenn ich den nächsten Gig noch schaffe, wird alles einfacher, und dann kam wieder einer. Und dazu noch der nächste Streit mit Claudia und die nächste Schulveranstaltung von Lesley, die ich verpasst habe. Ich war wie ein Getriebener. Bis nicht ich, sondern mein Körper den Stecker zog. Aus diesem Grund habe ich vorhin so reagiert. Deine Verzweiflung beim kaputten Kabel hat mich so sehr an mein früheres Ich erinnert. Ich will nicht, dass du irgendwann während eines Auftritts umfällst«, erklärte er, und ich hörte den Schmerz in seiner Stimme.

»Es tut mir so leid. Ich hätte dich nicht so anmachen dürfen.«

»Das muss es nicht. Ich hätte erkennen müssen, dass du nicht ich bist. Vor allem bin ich nicht in der Position, deine Entscheidungen zu kritisieren. Ich glaube, in dem Moment haben wir beide überreagiert.«

Meine Mundwinkel hoben sich zu einem Lächeln, und er erwiderte es.

»Vielleicht.«

Ich blinzelte die Tränen weg, um ihn wieder klar zu sehen. Er kam mit seinem Gesicht näher und legte seine Stirn an meine. Und dann küsste er mich.

»Leon«, keuchte ich, dabei wusste ich selbst nicht, ob ich damit gegen den Kuss protestieren wollte oder dagegen, dass er nicht weitermachte.

»Ich wollte dich noch ein letztes Mal küssen. Du

hast recht: Du solltest dich auf deine Karriere konzentrieren, und das mit uns würde unser Leben nur verkomplizieren.« Er strich mir mit dem Handrücken über die Wange und ging zurück ins Hotel.

In diesem Moment brach mein Herz entzwei. Ich wusste, dass er recht hatte, dennoch wollte ich ihn bei mir haben. So sehr wie noch nie zuvor.

Kapitel 20

Trotz des ganzen Stresses, der an dem Tag auf mich eingeprasselt war, fand ich sofort in den Schlaf, sobald ich meinen Kopf auf das Kissen legte.

Am nächsten Morgen schlief ich aus – das hatte zur Folge, dass ich mich mit dem Duschen beeilen musste und nicht frühstücken konnte. Aber es hatte sich gelohnt. Ich fühlte mich ausgeschlafen und bereit dafür, in eine professionelle Zukunft zu schauen. Ohne Leon. Auch wenn mir dieser Gedanke einen Stich versetzte.

Als ich meine Schlüsselkarte an der Rezeption abgab, um auszuchecken, wartete Leon schon im Foyer. Er sah wie das genaue Gegenteil von mir aus. Als wäre er erst vor fünf Minuten aufgestanden. Er hatte wie fast an allen Tagen ein Bandshirt und darüber seine Lederjacke an. Doch irgendwie wirkte er darin an diesem Morgen nicht so lässig wie sonst.

Ich ersparte mir die Frage danach, ob er gut geschlafen hatte, denn das hatte er offensichtlich nicht. So ging ich mit einem gespielten Lächeln auf ihn zu und bekam einen Bruchteil des Leuchtens zurück, das sein lachendes Gesicht sonst ausstrahlte.

Noch immer spürte ich die Berührung seiner Lippen auf meinen. Es war ein bittersüßer Kuss gewesen. Ich hatte die Hoffnung, dass es für uns beide wirklich ein Abschluss war, damit wir nach der Tour ohneeinander weitermachen konnten.

Überraschenderweise schafften wir es, eine professionelle Distanz zu wahren. Das war bei der Ladeneröffnung, auf der ich den ganzen Tag beschäftigt war, auch nicht schwer. Leon schaute ab und zu vorbei oder übernahm die Aufsicht, während ich auf die Toilette ging oder mir etwas zu essen holte.

Erst bei der Autofahrt fiel auf, dass die ungezwungenen Momente zwischen uns fehlten. Wir hingen beide unseren Gedanken nach und redeten nicht viel miteinander. Von Zeit zu Zeit machte Leon einen Kommentar über ein Lied, das gerade lief. Ich hatte die letzten Tage immer wieder Songs zu unserer Roadtrip-Playlist hinzugefügt, von denen ich dachte, dass Leon sie mögen könnte.

Ich schaute nervös auf das Navi.

Mist, noch vierzig Minuten.

Ich musste dringend pinkeln. Aber mittlerweile war es dunkel draußen und weit und breit keine Tankstelle oder eine andere Gelegenheit, um auf Klo zu gehen.

»Alles in Ordnung?«, fragte Leon, der meinen Blick auf das Navi vermutlich bemerkt hatte.

»Jein. Ich weiß nicht, ob ich es bis zu unserem Ziel noch aushalte oder vorher eine Toilettenpause brauche. Sorry.«

Ein raues Lachen erklang. Nur ein schwacher Abklatsch des sonst so fröhlichen Tons. Aber es reichte, um ein warmes Gefühl in meinem Bauch zu erzeugen.

»Hier ist weit und breit niemand. Ich fahre kurz links ran, dann kannst du dort hinter die Bäume gehen.«

Er hatte recht. Uns war schon seit längerer Zeit kein Auto mehr entgegengekommen.

Also schnallte ich mich ab und schlüpfte aus dem Van, sobald Leon das Fahrzeug am Straßenrand abgestellt hatte. Ich lief eine Weile, um sicherzugehen, dass man mich von der Fahrbahn aus wirklich nicht sehen konnte. Dann hockte ich mich hinter einen der Bäume, auf die Leon gedeutet hatte. Als ich fertig war, hörte ich plötzlich ein Rascheln und erstarrte in meiner Bewegung.

Sind wir wirklich allein?

Ich zog meine Hose ganz langsam hoch und schaute mich währenddessen panisch in der Gegend um. Zum Van und Leon waren es mindestens hundert Meter.

Soll ich rennen? Quatsch, das war sicher nur der Wind in den Bäumen.

Also versuchte ich so entspannt wie möglich, schnellen Schrittes wieder zum Auto zu kommen. Da ertönte das Geräusch erneut. Diesmal näher.

»Leon!«, entwich es mir, dann rannte ich los.

»Was ist los?« Leon hatte nicht wie erwartet hinter dem Steuer auf mich gewartet, sondern sprang nach meinem Ruf aus dem hinteren Teil des Vans und kam auf mich zugelaufen.

»Ich hab' ein Geräusch gehört und mich erschreckt. Entschuldige, da war wahrscheinlich nichts.« Trotzdem war ich froh, wieder in Leons Nähe zu sein.

Dieser ging ein paar Schritte in die Richtung, aus der ich gerade gekommen war.

»Lass uns einfach weiterfahren«, bat ich ihn.

Plötzlich kam ein Blöken aus der Dunkelheit. Gefolgt von Leons schallendem Lachen.

»Schafe …«, murmelte ich und kam mir total doof vor.

»Ich glaube, da hatte jemand Angst, dass du sein

Revier markierst«, sagte Leon schmunzelnd, während er wieder auf mich zukam.

»Was hast du eigentlich hier hinten gemacht?«, fragte ich, um schnell das Thema zu wechseln.

»Ach, ich dachte, ich nutze die kurze Pause, um die Stille hier zu genießen. In der Stadt kannst du das ja vergessen.« Um seine Aussage zu untermauern, ließ er sich auf der Matratze nieder und schloss die Augen.

Ich widerstand dem Drang, mich neben Leon zu setzen. Wer wusste schon, was passieren würde, wenn ich meinen Verstand ausschaltete und meinem Bauchgefühl folgte.

»Jetzt, da ich weiß, dass es Schafe waren, kann ich dich auch noch eine Weile alleinlassen und spazieren gehen.«

Er seufzte. Wir wussten beide, dass er nicht allein sein wollte.

»Nein, lass uns weiterfahren und heute früh schlafen gehen«, schlug er vor.

Die folgenden Tage verliefen ruhig. Am Samstagabend legten wir bei der Studenten-Party auf, am Montag folgte die zweite Hochzeit. Die Zeit dazwischen war von unseren Fahrten geprägt und den von mir eingeplanten Ruhetagen, die Leon und ich getrennt voneinander verbrachten. Wir schafften es seit unserem Kuss, eine professionelle Distanz zwischen uns zu bewahren, doch ich konnte nicht behaupten, dass mich das glücklich machte. Im Gegenteil: Ich vermisste Leon und die unbeschwerte Zeit, die wir miteinander geteilt hatten.

Am Mittwoch fand der Junggesellinnen Abschied in Watford statt – unser letzter gemeinsamer Auftritt, bevor Leon zurück nach Hause fahren würde, um Lesley bei den weiteren Hochzeitsvorbereitungen beizustehen. Wir checkten in unser Hotel ein, das schräg gegenüber von der Location lag, und begannen mit den Vorbereitungen vor Ort. Wie die letzten Tage auch, packten wir routiniert unser Equipment aus; immer darauf bedacht, nicht darüber zu sprechen, was uns wirklich bewegte.

Die Mutter der Braut zeigte uns die Suite, die für den Anlass gemietet wurde, und gab Leon und mir Instruktionen. Sie wollte unbedingt noch einmal die Playlist mit mir durchgehen, die ich auf ihren Wunsch erstellt hatte. Und ich war froh über die Ablenkung.

Ich bemerkte jedoch, dass sie sich nicht hundertprozentig auf die Liste der Lieder konzentrierte. Stattdessen schaute sie immer wieder auf und beobachtete Leon. Ich war die Letzte, die ihr die neugierigen Blicke verübeln könnte. Dennoch merkte ich, wie ein saures Gefühl meine Magengegend hinaufkroch.

»Reicht das oder wollen Sie die ganze Liste durchgehen? Das sind etwa hundertfünfzig Lieder«, sagte ich leicht genervt und klappte den Deckel des Tablets zu.

Sie schien mir nicht richtig zuzuhören und nickte nur, bevor sie in Leons Richtung ging.

»Dein Tontechniker sorgt ganz schön für Furore«, meinte jemand hinter mir.

Ich drehte mich um und sah, dass eine kleine Frau mit schwarzen Locken vor mir stand. Wir mussten etwa im gleichen Alter sein. Sie gehörte offensichtlich zum Deko-Team, denn sie hielt eine riesige Schleife aus Papier in den Händen.

»Was meinst du damit?«, fragte ich sie.

»Na ja, die Brautmutter ist nicht die Einzige, die ihm hinterherguckt. Ich bin übrigens Layla.«

»Ist das so?«, erwiderte ich und versuchte, dabei lässig zu klingen. Ich war mir nicht sicher, ob das funktionierte.

Layla ging nicht weiter darauf ein und hielt mir ihre Hand hin, die ich annahm, ehe ich mich ebenfalls vorstellte.

»Ich liebe deine Latzhose«, sagte ich und meinte es auch so.

Das senfgelbe Kordmaterial und das weiße Shirt, das sie darunter trug, bildeten einen Kontrast zu ihrer Schwarzen Haut. Ihre offenen Haare hatte sie mit zwei Spangen zurückgesteckt, die in einem ähnlichen Gelb wie die Latzhose waren.

»Danke schön. Sie ist auch supergemütlich und damit perfekt für die Arbeit«, erklärte sie, während sie an sich herunterschaute.

»Das glaube ich dir. Ich muss mich später noch etwas aufhübschen, sonst bekomme ich bestimmt Haue von Tracy.«

Während ich das sagte, deutete ich auf die Brautmutter, die sich mit Leon unterhielt und ihn von der Arbeit abhielt. Layla und ich lachten laut auf, denn wir konnten uns wohl beide gut vorstellen, dass meine grauen Leggings und das weite grüne Shirt nicht ihren Vorstellungen entsprachen.

»Ich bin froh, dass ich hier nur auf- und abbauen muss. Auf einen Haufen betrunkener Frauen habe ich keine Lust.«

»Ach, meistens sind sie harmlos.«

Layla schaute mich zweifelnd an.

»Na gut, wenn ich das vierte Mal hintereinander *Wannabe* von den Spice Girls spielen muss, nervt es ein bisschen.«

»Wenn das dein einziges Problem ist, ist das ja ein recht gechillter Job«, stellte Layla fest.

»Ich kann mich nicht beschweren«, erwiderte ich grinsend.

»Layla, wir müssen mal fertig werden«, riss uns ein Mann aus unserem Gespräch, der damit beschäftigt war, eine Girlande aufzuhängen.

»Sorry, ich muss weitermachen.«

»Ja, ich glaube, ich muss Leon auch mal befreien.«

Kopfschüttelnd wandte sich Layla ab und machte sich daran, ihrem Chef beim Aufhängen der ›Team Bride‹-Girlande zu helfen. Ich hingegen trat auf Leon und seinen neuen Fan zu und räusperte mich.

»Leon, könntest du mir beim Ausladen der Boxen helfen? Die Zeit wird langsam knapp«, klinkte ich mich in Tracys und sein Gespräch ein.

Er schaute auf seine lederne Armbanduhr und nickte.

»Du hast recht. Lass uns mal einen Zahn zulegen. Wir sehen uns ja sicher später noch, Tracy.«

Die Brautmutter strahlte und nickte, was ihre langen Ohrringe zum Wackeln brachte.

»Danke für die Rettung«, flüsterte Leon mir zu, als wir auf dem Hotelflur Richtung Fahrstuhl gingen.

»So schlimm?«

»Nein, eigentlich war sie sehr nett, aber sie hat mich von der Arbeit abgehalten.«

Irgendwie hatte ich mir insgeheim gewünscht, dass er sie ganz furchtbar findet.

Genießt er es etwa, von ihr angeschmachtet zu werden?

Oder bildete ich mir das nur ein? Schließlich war

Tracy wirklich zuvorkommend. Ein Kontrollfreak, was den Junggesellinnenabschied ihrer Tochter anging, aber sehr nett. Das bewies sie auch damit, dass sie Leon und mich ab jetzt in Ruhe aufbauen und die Technik testen ließ. Nun war ich es, die ihr verstohlene Blicke zuwarf, um zu überprüfen, ob sie Leon beobachtete. *Das kann ja noch was werden.*

Nachdem Leon alle Geräte doppelt gecheckt hatte, damit nicht wieder ein Ausfall passierte, gingen wir noch einen Happen essen. Gegenüber des Hotels war ein kleiner Imbiss, der auch Pizza anbot.

Ich wollte mich gerade an einen kleinen Tisch setzen, um auf unsere Bestellung zu warten, da deutete Leon auf sein Zigarettenpäckchen und trat vor den Imbiss. Es war mir zu blöd, ihm hinterherzugehen, also blieb ich sitzen.

Ich lauschte dem Pizzabäcker, der mit einem Headset telefonierte, während er unsere Pizzen belegte. Er sprach Italienisch, und ich verstand zwischendrin immer nur »Pizza«. Entweder nahm er eine weitere Bestellung auf oder er erzählte seinem Gesprächspartner, was er gerade tat. Es roch himmlisch nach Oregano und gebackener Zwiebel, was meinen Magen dazu veranlasste, gierig zu knurren.

Nach ein paar Minuten kam Leon wieder herein und setzte sich gegenüber von mir auf einen Stuhl.

»Ich will gleich noch mit Lesley telefonieren, daher werde ich meine Pizza mit aufs Zimmer nehmen«, erklärte er.

»Oh, okay. Klar. Ich muss mich ja auch bald umziehen und schminken. Treffen wir uns dann um halb vier in der Lobby?«

»Ja, passt.«

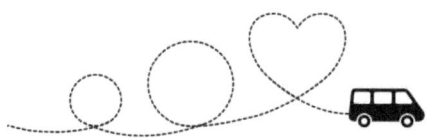

Die Pizza schmeckte köstlich, doch so richtig konnte ich sie nicht genießen. Ich hatte den Eindruck, dass sich Leon seltsam verhielt. Obwohl wir unsere Beziehung auf einer professionellen Ebene hielten, hatten wir die Tage zuvor immer zusammen gegessen, wenn es zeitlich gepasst hatte. Und irgendwie war da im Imbiss eine komische Stille zwischen uns entstanden. Ich schüttelte den Gedanken ab. Es lag sicher an der Müdigkeit – unser Roadtrip war schließlich Arbeit und dementsprechend anstrengend.

Nachdem ich meine Pizza runtergeschlungen hatte, zog ich mich um. Bevor ich mein Zimmer kurze Zeit später verließ, betrachtete ich mich noch einmal im Spiegel. Ich trug kurze Jeansshorts und ein langes Fransentop aus Strick darüber. Hoffentlich würde das Tracys Ansprüchen genügen.

Mein Outfit wurde von einem braunen Krempenhut und ein bisschen Glitzer auf den Wangen abgerundet. Ich fühlte mich ein bisschen so, als würde ich auf das Coachella-Festival gehen. Dabei erwartete mich das *Mercury* ja erst in zwei Tagen. Bei dem Gedanken daran krampfte sich mein Magen zusammen. Zwar freute ich mich auf die Chance, das verringerte den Druck aber nicht, den ich mir deshalb machte.

Ich schob mir eine verirrte Strähne hinters Ohr und verließ das Zimmer. Auf dem Weg zu den Aufzügen schrieb ich noch eine Nachricht an Lesley. Ich hatte versucht, sie zu erreichen, während ich mich umgezogen hatte. Beim ersten Mal war besetzt gewesen.

Also war es wohl keine Ausrede von Leon gewesen. Beim zweiten Mal war sie nicht rangegangen. Ich hatte ein komisches Gefühl im Bauch. Wir waren uns so fremd geworden, und ich vermisste sie. Morgen hatte ich den ganzen Tag Zeit, dann würde ich sie sicher erreichen.

Ich wollte gerade mein Handy einstecken, da kam eine Nachricht von Nancy rein. Es war nichts Besonderes. Sie fragte nur, wie es mit Leon und der Tour lief. Doch jetzt war nicht die Zeit zu antworten.

»Hast du alles?«, fragte Leon, als ich auf ihn zukam, und ich nickte.

Wir verließen gemeinsam das Hotel und überquerten die Straße, wo das Hotel mit der Suite lag. Ich hätte nichts dagegen gehabt dort zu wohnen, aber das hätte uns locker das Doppelte gekostet.

»Wenn alles läuft, kannst du dich ruhig zurückziehen«, durchbrach ich die Stille zwischen uns.

»Mach' ich. Ich halte mich wie immer in Laufnähe.«

Zur Antwort nickte ich nur.

Während wir den Fahrstuhl in die Suite nahmen, scrollte ich durch Instagram. Ich nahm aber gar nicht wahr, was ich dort sah. Es war lediglich ein Mittel, um Leon nicht anzuschauen. Ich war mehr als erleichtert, als Tracy vor uns stand, als sich die Aufzugtür öffnete.

»Hi, da seid ihr ja. Ich gehe jetzt meine Tochter abholen. Wir haben ja alles abgesprochen.«

»Alles klar. Wir sind bereit, wenn ihr wiederkommt«, beruhigte ich sie, denn sie tänzelte nervös von einem Fuß auf den anderen.

Ich atmete tief durch und ging in Richtung des Zimmers. Dort wurden wir von fünf Frauen begrüßt, die alle schon ein Sektglas in der Hand hielten und mit ihren Handys die geschmückte Suite fotografierten.

Ich stellte mich hinter das Pult und machte noch letzte Einstellungen, damit es losgehen konnte, wenn die zukünftige Braut das Zimmer betreten würde. Eine dunkelhaarige Frau mit einem solch akkuraten Make-up, dass es mich neidisch machte, trat nett lächelnd auf mich zu.

»Danke, dass Sie heute für uns Musik machen. Amanda wird sich sicher freuen. Schon seit sie klein war, stellt sie sich ihre perfekte Hochzeit vor.«

»Dann freue ich mich, dass ich einen kleinen Teil dazu beitragen kann«, entgegnete ich.

»Dürfen wir uns später auch Lieder wünschen?«, fragte sie.

»Na klar. Sofern ich die Lieder habe, erfülle ich gern Wünsche!«

»Perfekt. Oh, das ist Tracys Zeichen.« Sie hielt ihr Handy hoch, worauf ein eingehender Anruf von Tracy zusehen war. Die dunkelhaarige Schönheit rief den anderen zu: »Alle mal leise sein, sie sind jetzt im Aufzug.«

Daraufhin versammelten sich alle in der Mitte des Raumes und Stille legte sich über die Anwesenden. Leon und ich standen gemeinsam an meinem PC und warteten auf unseren Einsatz.

Zuerst trat die Brautmutter durch die Tür, dann zog sie ihre Tochter an einer Hand hinterher. Tracy hielt ihren Zeigefinger an ihre Lippen, um uns zu signalisieren, dass wir leise sein sollten. Amanda trug eine Augenbinde und konnte daher nicht sehen, wo sie sich befand. Dann trat ihre Mutter hinter sie und nahm ihr die Augenbinde ab.

In diesem Moment schrien ihre Freundinnen im Chor: »Überraschung!«

Jetzt war ich dran. Ich startete die Musik, und es drangen die Spice Girls aus den Boxen neben mir. Leon gab mir ein Zeichen, dass alles klappte, wie es sollte.

Amanda liefen große Tränen über die Wangen, und sie strahlte übers ganze Gesicht. Erst als sie all ihre Freundinnen einmal fest gedrückt hatte, beruhigte sie sich.

Ich musste grinsen. Obwohl ich diese Frauen nicht kannte, freute ich mich so sehr mit ihnen mit. Ob Lesley wohl genauso glücklich auf ihrem Junggesellinnenabschied war? Auch wenn sie diesen ganz unkonventionell mit Thomas in einem Spa-Hotel verbracht hatte, wäre ich gern dabei gewesen. Schließlich hatte ich so vieles bisher verpasst.

Leon streifte meinen Arm mit seiner Hand und gab mir ein Zeichen, dass er nun gehen würde. Ich antwortete mit einem Daumen nach oben und beobachtete, wie er das Hotelzimmer verließ. Er hatte eine Gabe, sich im richtigen Moment unbemerkt zu entfernen, um die Feierlichkeiten nicht zu stören.

Kapitel 21

Ich hatte Leon nie gefragt, was er so trieb, wenn er darauf wartete, dass ich fertig war. Jedenfalls blieb er dieses Mal einige Stunden weg, bevor er sich wieder blicken ließ. Die Damen waren gerade damit beschäftigt, eine Runde Wahrheit oder Pflicht zu spielen. Ich verstand nicht alles, aber über einige wusste ich nun mehr, als *ihnen* vielleicht lieb war.

Es überraschte mich, wie ungezwungen Amanda und ihre Freundinnen über Themen wie Sex, Selbstbefriedigung und den eigenen Bodycount in Anwesenheit von Tracy redeten. Und auch sie schien sich an diesen schlüpfrigen Themen nicht zu stören, sondern lauschte den Geschichten, während sie genüsslich an einem Lolli in Penisform lutschte.

Als sie sah, dass Leon den Raum betrat, stand Tracy auf und hielt ihn auf, bevor er auf mich zukommen konnte. Er schaute mich fragend an, doch ich nickte nur, sodass er wusste, dass alles in Ordnung war. Dann wandte er sich wieder Tracy zu und unterhielt sich mit ihr.

Es war ein etwas seltsames Bild, denn während sie Leons Ausführungen lauschte, lutschte sie weiterhin an dem Lutscher in Phallusform und grinste ihn an. Irgendwann sagte sie etwas, das ich aufgrund der Musik nicht verstehen konnte. Es musste aber etwas sehr Lustiges gewesen sein, denn Leon warf seinen Kopf zurück und lachte ein schallendes Lachen.

Dann berührte er Tracy am Arm, flüsterte ihr ins Ohr und deutete auf mich. Ich schaute schnell weg, damit sie nicht bemerkten, dass ich sie beobachtet hatte. Verkrampft beugte ich mich nach vorn und betrachtete meinen Computerbildschirm, als Leon an meine Seite trat.

»Na, alles in Ordnung?«, fragte er über die Musik hinweg.

»Ja, bisher ist alles unauffällig. Ein bisschen enttäuscht bin ich aber schon: Ich hätte gedacht, dass Tracy einen Stripper für Amanda organisiert.«

»Ach, ich glaube, so klischeemäßig sind die beiden dann doch nicht. Tatsächlich hat Tracy eine ganze Menge möglich gemacht, damit das hier zustande kommt.«

»Ach ja?«, fragte ich schärfer als beabsichtigt.

»Ja, Tracy spart schon Jahre, um Amanda die Hochzeit finanzieren zu können, die sie sich wünscht«, erklärte Leon.

»Es ist toll, dass sie sich so um ihre Tochter bemüht«, antwortete ich nun wieder milder.

Amanda konnte sich glücklich schätzen, dass sie eine Mutter hatte, die an ihre Träume glaubte. Selbst wenn es ›nur‹ der einer perfekten Hochzeit war. Dennoch fand ich Tracy aus irgendeinem unerfindlichen Grund unsympathisch. Vermutlich fühlte ich mich so, weil Leon ihr sein Lächeln zeigte, während er mich mit Neutralität strafte. Ich schüttelte den Kopf, um diese Gedanken zu vertreiben.

Du bist echt albern, Rose!

»Ich wollte dir nur Bescheid sagen, dass ich zusammen mit Tracy nach unten an die Bar gehe. Wenn irgendetwas sein sollte, bin ich sofort da.«

Ich nickte nur, während ich noch versuchte, seine Worte zu verarbeiten. Er ging mit Tracy nach unten an die Bar. Ja, wir hatten uns darauf geeinigt, dass es keinen Sinn mit uns beiden hatte. Aber irgendwie war ich noch nicht bereit dazu, ihn zu teilen. Ihn gehen zu lassen. Das hatte nichts mit Tracy zu tun.

Nach der Runde Wahrheit oder Pflicht tanzten die Mädels durch das Hotelzimmer und kamen in regelmäßigen Abständen zu mir, damit ich meiner Playlist neue Wunschlieder hinzufügte. Ich war, ehrlich gesagt, froh über diese Ablenkung.

Solange ich etwas zutun hatte, war es kein Problem. Nur in den Pausen, in denen ich nachdenken konnte, schweiften meine Gedanken wieder zu Leon ab.

Ich stellte mir vor, wie er immer wieder Tracys Arm berührte, während sie nebeneinander auf Barhockern saßen. Oder waren sie schon gemeinsam auf eines der Hotelzimmer gegangen? Sie waren schließlich schon fast zwei Stunden unterwegs. Ja, ich hatte auf die Uhr geschaut.

Als die Tür aufging, warf ich sofort einen Blick darauf. Tracy und Leon kamen herein. Ich scannte ihn, um herauszufinden, ob zwischen den beiden etwas passiert war. Als könnte ich ihm ansehen, wenn er mit Tracy Sex gehabt oder auch nur rumgemacht hätte.

O Gott, Rose. Was sind das schon wieder für Gedanken?

Viel Zeit blieb mir für meine infantile Analyse nicht, denn Leon und ein Hotelangestellter schoben eine riesige Torte aus Pappmache in die Suite. Leon zwinkerte mir zu, als die Torte in der Mitte des Raumes zum Stehen kam. Ich ahnte, was jetzt kommen würde. Während sich die Frauen im Hotelzimmer um die Torte herum positionierten, kam Leon auf mich zu.

»Du hattest recht. Es gibt doch einen Stripper. Ich soll dir sagen, dass nun Amandas Lieblingslied gespielt werden soll«, flüsterte er mir zu.

Und plötzlich wusste ich Bescheid. Tracy hatte mir in der Vorbesprechung berichtet, dass ich unbedingt Amandas Lieblingslied spielen sollte. Sie würde mir Bescheid geben, wann es so weit war.

Ich spielte das Lied *Big Energy* an, und schon sprang ein Mann aus der Torte. Noch hatte er einen dunkelblauen Anzug an, als er jedoch aus der Torte herausgeklettert kam, trug er schon nicht mehr sein Jackett und das weiße Hemd war zur Hälfte aufgeknöpft. Er hatte eine glatt rasierte Brust, die entweder durch Schweiß oder Öl im Schein des gedimmten Lichts glitzerte.

Mit ernster Miene ging er auf Amanda zu, die mittlerweile mit einer ›Bride-to-be‹-Schärpe gekennzeichnet worden war. Der Stripper bewegte sich gut im Takt der Musik, und sein Auftritt schien seine Wirkung nicht zu verfehlen. Nur zwei Personen schienen nicht vom Stripper, sondern von sich eingenommen zu sein.

Leon und Tracy tanzten im Takt der Musik miteinander. Bei diesem Anblick bildete sich ein unangenehmer Kloß in meinem Magen. Ich hätte mich nie als einen extrem eifersüchtigen Menschen eingeschätzt. Dieser Moment strafte meine Ansicht jedoch Lügen. Mir wurde heiß und schlecht, und ich wusste nicht, ob ich sauer oder traurig sein sollte. Schließlich war ich es gewesen, die Leons Avancen immer wieder abgeblockt hatte. Ich hatte kein Recht auf diese Gefühle.

Hastig trank ich einen Schluck aus meiner Wasserflasche, um den sauren Geschmack zu verdrängen, der meine Kehle hinaufstieg.

Du musst dich auf deine Arbeit konzentrieren, Rose.

Statt Tracy und Leon anzuschauen, zwang ich mich, den Stripper dabei zu beobachten, wie er sich vor Amanda auf dem Boden rekelte. Die zukünftige Braut schien die Aufmerksamkeit in vollen Zügen zu genießen. Nach drei Liedern war die Show vorbei und der Stripper verließ in einen Morgenmantel gewickelt und unter Protest einiger Damen das Hotelzimmer.

Als ich meinen Blick wieder durch das Zimmer schweifen ließ, bemerkte ich, dass Leon nicht mehr da war. Mit rasendem Herzen suchte ich die Suite ab und entdeckte zu meiner Erleichterung Tracy an der Seite ihrer Tochter. Sie redeten miteinander und strahlten dabei übers ganze Gesicht.

Die Uhr am oberen Rand meines Laptopbildschirms zeigte 0:34 Uhr an. Ich war schon eine halbe Stunde über meiner gebuchten Zeit. Normalerweise rechnete ich ab einer halben Stunde überschüssige Zeit ab. Das bedeutete also mehr Geld für mich. Doch eigentlich wollte ich nicht länger in dieser Umgebung bleiben.

Daher war ich froh, als Tracy auf mich zukam und mir dankend verkündete, dass ich nun »entlassen« sei. Als ich die Musik langsam ausklingen ließ, protestierten einige, jedoch konnten sie mit einem Bluetooth-Lautsprecher besänftigt werden, den die Brautmutter aus einer Tasche zog.

Ich bedankte mich bei Tracy für den Auftrag und wünschte Amanda eine schöne Hochzeit. Zum Glück würden wir erst am nächsten Morgen unser Equipment abbauen müssen. Schließlich wollten wir die Feiernden nicht stören.

So ging ich also nur mit meinem Laptop unterm Arm den kurzen Fußweg zu meinem Hotel. Im Aufzug schrieb ich Leon, dass er nun entspannen konnte und nicht mehr auf Abruf sein musste. Er antwortete sofort und wünschte mir eine gute Nacht. Nicht mehr und nicht weniger.

Kapitel 22

Ich wollte eigentlich ausnutzen, dass ich schon um ein Uhr ins Bett kam und lange schlafen konnte. Aber ich fand nicht zur Ruhe, also zog ich meine großen Kopfhörer über und drehte die Musik fast vollständig auf. Mit Blick zur Decke ließ ich meine Gedanken kreisen und versuchte, mich mithilfe von Rockmusik abzureagieren.

Normalerweise holte mich das nach einer Weile runter und ich schlief ein. Doch nicht in dieser Nacht. Denn meine Gedanken schweiften immer wieder zu Leon ab. Nicht nur die Tatsache, dass zwischen Tracy und Leon etwas gelaufen sein könnte, machte mir Angst, sondern auch der Gedanke, mich morgen von ihm verabschieden zu müssen.

Es fühlte sich an wie ein Abschied für immer. Wir würden uns auf Lesleys Hochzeit begegnen, aber danach würden wir uns aus den Augen verlieren. Da war ich mir sicher.

Das ist doch eigentlich das, was ich die ganze Zeit wollte. Oder? Am Anfang ja, aber jetzt nicht mehr, wurde es mir bewusst.

Es schmerzte in meiner Brust, wenn ich daran dachte, dass er nicht mehr in meiner Nähe sein würde. Und dieses Lachen … Ich würde es nie wieder hören.

»Fuck!«, rief ich laut aus.

Ich schlug mir meine rechte Hand vor den Mund, weil ich ein schlechtes Gewissen meinen Zimmernachbarn gegenüber hatte. Mit einem Schwung stieg ich aus dem Bett und schlüpfte in meine Sneaker. Dann schnappte ich mir meine Schlüsselkarte und ließ meine Hotelzimmertür leise hinter mir ins Schloss fallen. Ich würde die Sache zwischen uns beiden ein für alle Mal klären. Also ging ich langsam den Gang entlang und blieb vor der Tür mit der Nummer 411 stehen. Leons Zimmer.

Bevor ich den Mut verlor, klopfte ich leise. Als nach ein paar Sekunden nichts zu hören war, wandte ich mich zum Gehen. Wahrscheinlich war er noch draußen unterwegs. Oder bei Tracy ...

Als ich schon drei Türen weiter war, hörte ich, wie sich seine Zimmertür doch noch öffnete.

»Rose? Wolltest du zu mir?« Seine Stimme klang, als hätte er schon geschlafen.

»Ja, aber ist nicht so wichtig. Tut mir leid, dass ich dich geweckt habe«, entschuldigte ich mich.

»Du klopfst mitten in der Nacht an meine Tür und sagst dann, dass es nicht wichtig ist?«

Erwischt.

»Ähm ... ich wollte einfach Danke sagen«, log ich.

»Okay.«

Es klang nicht so, als glaubte er meinen Worten. Ich schluckte schwer und fragte dann, ob ich hereinkommen dürfe.

Leon nickte, sodass ich wieder zu ihm zurückging. Er trug eine blaurot gestreifte Schlafanzughose und das Shirt, das er am Abend getragen hatte.

Im Zimmer setzte ich mich aufs Bett, und Leon lehnte sich mir gegenüber an den kleinen Schreibtisch. Mit vor der Brust verschränkten Armen beäugte er mich, und ich brachte keinen Ton heraus. Vielleicht hätte ich mir auf dem Weg hierhin überlegen sollen, was ich eigentlich zu ihm sagen wollte. Leon schaute mich gespannt an und wunderte sich höchstwahrscheinlich über mein seltsames Verhalten.

»Tut mir leid, dass ich dich geweckt habe. Aber ich konnte nicht schlafen, weil ich mir Gedanken gemacht habe«, fing ich erst einmal allgemein an.

Er ließ seine Arme fallen und sah nun weniger bedrohlich aus. »Rose, du wirst das auf dem *Mercury* super machen. Da bin ich mir sicher.«

Ich lachte laut auf, denn ich hatte an das Festival nicht halb so viele Gedanken verschwendet wie an ihn.

»Das *Mercury* macht mir zwar eine Scheißangst, aber es ist etwas anderes, das mich wachhält.«

»Wie meinst du das?« Er hauchte seine Frage, als wüsste er die Antwort nicht sowieso schon.

Wortlos stand ich auf und ging zum Fenster. Ich konnte ihn nicht ansehen. Nicht bei dem, was ich ihm nun sagen wollte.

»Der Gedanke daran, dass wir uns morgen verabschieden müssen, macht mir Angst.«

»Ich bin nicht aus der Welt. Wir sehen uns auf Lesleys Hochzeit wieder.«

»Wo ich dann zusehen darf, wie du mit anderen Frauen flirtest. So wie heute?«, spuckte ich die letzte Frage aus. Jetzt drehte ich mich doch zu ihm um und zwang mich, ihn direkt anzusehen.

»Du bist eifersüchtig ... auf Tracy?«, fragte er verdutzt.

»Ja. Es tut so weh, wenn ich nur daran denke, wie du sie angeschaut hast.« Wie ein Raubtier fing ich an, in dem kleinen Raum umherlaufen.

»Rose, ich wollte dich nicht verletzen. Tracy und ich haben uns einfach nur gut verstanden«, versuchte er, mich zu besänftigen.

»Ich weiß, und es ist dein gutes Recht. Schließlich hast du mir gegenüber keine Verpflichtungen. Mir ist klar, dass ich das Problem bin.«

»Ich dachte, wir waren uns einig darüber?«, fragte er verwundert.

»Ja, das waren wir auch. Und doch stehe ich hier«, gab ich zu.

Stille.

Leon holte Luft, um etwas zu sagen, aber ich kam ihm zuvor.

»Ich stehe hier vor dir und flehe dich an, dass wir es doch miteinander versuchen«, sprach ich das aus, was sich mein Herz insgeheim schon die ganze Zeit wünschte. Ein Schluchzer machte mir erst klar, dass ich weinte und die meisten meiner Worte verschluckt wurden. »Ich war so dumm. Ich hätte dich nicht wegstoßen dürfen. Ich möchte, dass du ein Teil meines Lebens bist. Egal, ob etwas aus meinen Karriereplänen wird oder nicht. Ich möchte, dass du Teil dieser Zukunftspläne bist.«

Mit wenigen Schritten verringerte Leon den Abstand zwischen uns und nahm mich in den Arm. Ich sog seinen Geruch ein, als wäre er eine Droge, die ich schon zu lange nicht mehr konsumiert hatte. Einige Minuten standen wir einfach nur so da. Als meine Tränen langsam versiegten, nahm Leon mein Gesicht in seine Hände und schaute mich besorgt an.

»Rose, ich habe nicht das geringste Interesse an Tracy oder einer anderen Frau. Meine Gedanken sind bei dir – wenn ich abends einschlafe und wenn ich morgens aufwache. Die letzten zwei Wochen waren Folter und das Paradies zugleich. Denn ich durfte sie mit dir verbringen. Ich möchte ebenso mit dir mein Leben teilen … aber ich habe auch Angst davor, verletzt zu werden, wenn du deine Meinung wieder änderst.«

Ich atmete ein, um etwas zu sagen.

»Lass mich ausreden. Ich denke, dass wir das alles gemeinsam durchstehen, auch wenn es sicher Leute geben wird, die unsere Beziehung verurteilen. Die Hauptsache ist, dass wir uns sicher sind. Dass du dir sicher bist, dass du diese Beziehung wirklich willst«, beendete er seine Ansprache.

»Es tut mir leid, dass ich dir in der Vergangenheit wehgetan habe. Ich bitte dich um eine zweite Chance. Diesmal bin ich mir sicher, denn ich …« Ich schluckte schwer, bevor ich weiterredete. Jetzt war ich mir sicher, was ich sagen wollte. »Ich liebe dich, Leon.«

Anstatt mir zu antworten, küsste er mich. Ich erwiderte den Kuss, badete in diesem warmen Gefühl. Irgendwann ließen wir uns gemeinsam aufs Bett fallen. Die Schmetterlinge in meinem Bauch, die ich die letzten Wochen wie in einem Gefängnis gehalten hatte, waren nun nicht mehr aufzuhalten und flatterten wild durcheinander.

Ich weiß nicht, wie lange wir knutschend auf dem Bett lagen, aber irgendwann begannen wir, uns gegenseitig auszuziehen. Es fühlte sich vertraut und aufregend neu zugleich an. Mit jedem ausgezogenen Kleidungsstück gierten wir nach mehr, als wären wir Raubtiere, die schon zu lange nichts mehr gefressen hatten.

Als wir schließlich nackt nebeneinanderlagen, betrachteten wir uns gegenseitig. Ich studierte seine Grübchen im Gesicht, und er strich über jede Falte an meinem Bauch. Dann küssten wir uns wieder und Leon versuchte, einhändig ein Kondom aus seinem Portemonnaie zu fischen. Widerwillig gab ich seinen Mund frei, damit er es zu greifen bekam und es überziehen konnte.

Ich ließ ihm keine Verschnaufpause und setzte mich auf seinen Schoß. Mit einem Stöhnen begrüßte ich ihn in mir. Rhythmisch bewegte ich mich auf und ab, dabei küssten wir uns so sehr, dass sich mein Mund bald ganz rau anfühlte.

Eine Spur seiner Liebe.

Ich ritt ihn so lange, bis erst er und dann ich zum Orgasmus kam. Meinen Kopf legte ich auf seiner Schulter ab und verharrte eine Weile mit geschlossenen Augen in dieser Position. Ich hörte seinen schweren Atem immer gleichmäßiger werden. Dann rollte ich mich von ihm herunter und stützte mich auf meine Hand, um ihn zu beobachten. Keiner von uns sagte etwas. Wir genossen beide den Augenblick.

Nach einigen Minuten atmete ich tief ein und erhob mich vom Bett. Leon, der seine Augen ebenfalls geschlossen hatte, öffnete diese.

»Keine Angst, ich gehe nur auf die Toilette«, beruhigte ich ihn.

Er nickte, entledigte sich des Kondoms und ließ seinen Kopf wieder in die Kissen sinken. Als ich wiederkam, öffnete er seine Arme und ich kuschelte mich in die dadurch entstandene Kuhle.

»Diesmal bleibe ich bei dir und schleiche mich nicht einfach weg«, flüsterte ich ihm ins Ohr.

Kapitel 23

»Ist es klischeehaft, zu fragen, woran du denkst?«, flüsterte Leon mir ins Ohr, während er mit einer meiner Haarsträhnen spielte.

»Schon«, antwortete ich trocken. »Aber ich find's süß.«

Ich platzierte einen Kuss auf seiner Brust. Dabei kitzelten mich seine Haare in der Nase, und ich musste ein Niesen unterdrücken.

»Ich habe über das *Mercury* nachgedacht. Und über«, ich seufzte, »Lesley.«

Ich bereute es keineswegs, noch einmal mit Leon geschlafen zu haben. Im Gegenteil, ich war wie von einer Last befreit und froh, dass ich endlich zu meinen Gefühlen stand. Dass ich mir erlaubte, diesen Mann zu lieben. Dennoch plagte mich ein schlechtes Gewissen meiner Freundin gegenüber.

»Ach, Rose«, begann er.

»Tut mir leid, ich wollte die Stimmung nicht verderben.«

»Das hast du nicht. Ich habe gefragt, und du warst ehrlich«, beruhigte er mich.

Bei seinen Worten hob er mein Kinn an, sodass ich ihn anschaute. Er blickte mir tief in die Augen und schenkte mir, ohne weiter etwas zu sagen, ein Gefühl von Sicherheit.

Ich gab ihm einen langen Kuss, den er erwiderte. Ein Feuerwerk entzündete sich in meinem Bauch.

»Ich wünschte, wir könnten den Tag einfach in diesem Zimmer verbringen«, keuchte ich.

»Ich auch«, flüsterte er. »Ich will dich auf jedwede Art erkunden, Rose.«

Was macht dieser Mann nur mit mir?

In meinem Inneren pulsierte es, denn ich wollte ihn auf die gleiche Weise kennenlernen. Ich ließ mich wieder auf die Matratze sinken und zog ihn mit, sodass Leon nun direkt über mir lag. Mit meinen Daumen zeichnete ich seine Gesichtszüge nach. Am Kinn verharrte ich und grinste ihn an.

»Ich glaube, der Bart gefällt mir besser«, fällte ich mein spätes Urteil über seine Rasur.

»Ehrlich? Ich dachte, ich sehe ohne vielleicht jünger aus«, sagte er peinlich berührt.

»Du wolltest wegen mir jünger wirken?«, fragte ich halb belustigt, halb schockiert.

Er nickte, wandte den Blick ab und schaute stattdessen aus dem Fenster.

Leon ist etwas peinlich? Das ist ja ganz was Neues.

»Hey.« Diesmal war ich es, die sein Kinn drehte, damit er mich anschaute. »Für mich bist du perfekt. Ich liebe dich für die Person, die du bist.«

Und da war es wieder: sein strahlendes Lächeln.

»Ich liebe dich auch«, entgegnete er und küsste mich abermals. Diesmal leidenschaftlicher, und schnell bahnte er sich seinen Weg meinen Hals entlang.

Plötzlich klingelte sein Handy. Wir schreckten beide auf, weil wir so sehr in unserer Blase der Verliebtheit gesteckt hatten. Er griff nach dem Smartphone und stellte seinen Wecker aus.

»Mist, wir müssen los«, verkündete er. Er stand auf, jedoch nicht, ohne mir noch einmal einen langen Kuss zu geben.

Stöhnend krabbelte ich ebenfalls aus dem Bett. »Die Technik räumt sich ja leider nicht von allein ins Auto.« Gerade war alles andere so nebensächlich. Auch der Auftritt auf dem Festival erschien im Gegensatz zu dem, was Leon und ich hatten, unglaublich unwichtig. Aus diesem Grund machte ich mich eher widerwillig auf den Weg in mein eigenes Zimmer, um mich für den Tag zu rüsten.

Bevor ich seine Tür hinter mir schloss, rief Leon mir hinterher: »Es wird alles gut, Rose. Mach dir nicht so viele Gedanken.«

Ich war mir nicht sicher, ob er meinen morgigen Auftritt oder die Sache mit uns und Lesley meinte. Aber das spielte in diesem Moment keine Rolle. Ich nickte und lächelte ihn an. Etwas anderes hätte ich beim Anblick dieses schönen Mannes ohnehin nicht machen können.

Kapitel 24

Hey, wie weit bist du?

Ich bin schon backstage und mache gleich einen kleinen Soundcheck.

Toll! Ich drücke die Daumen. Was macht die Aufregung?

Ich versuche gerade, sie nicht die Oberhand gewinnen zu lassen. Was macht ihr heute?

Du schaffst das! Dein Set wird die Leute umhauen. Ich werde Lesley heute hauptsächlich mit dem Auto überall hinfahren. Letzte Kleideranprobe, Probeschminken ... Sie ist so gestresst, dass ich sie nicht hinters Steuer lasse.

Haha, o nein, die Arme. Sie freut sich sicher, dass du endlich da bist.

Ja, und ich bin auch froh, dabei zu sein. Aber jetzt konzentrier dich erst mal auf deinen Job.

Okay. Ich melde mich später. 🐱

Habe ich wirklich gerade ein Kuss-Emoji verschickt?
Ich fühlte mich wie ein verliebter Teenie. Aber so ganz ohne etwas wollte ich die Nachricht nicht enden lassen.

Ich grinste, als ich Leons Antwort sah: ein großes rotes Herz.

»Rose, du kannst jetzt deinen Soundcheck machen«, rief mir ein kleiner Mann in einem grünen Overall und mit passender Cap und Schnurrbart zu. Phillip – er war für die gebuchten Künstler zuständig.

»Okay, danke dir«, antwortete ich und ließ mein Smartphone in eine der hinteren Taschen meiner Jeansshorts gleiten.

Ich folgte ihm auf die Bühne. Diesmal stand dort ein echtes DJ-Pult – kein großer Tisch, den ich für meine Zwecke umfunktioniert hatte.

Als ich sah, dass schon ein paar wenige Menschen vor der Bühne standen und sich den Soundcheck anhörten, rutschte mir mein Herz in die Hose. Ich durfte mir nun keinen Fehler erlauben, ansonsten würde ich später sicher kein großes Publikum anlocken.

Während ich ein paar Titel anspielte und die Soundleute die Parameter nach meinen Wünschen einstellten, sammelten sich immer mehr Leute vor der Bühne. Einige saßen auf dem Boden im Gras, andere hielten sich beim Getränkewagen auf, der etwa hundert Meter entfernt stand.

Publikum ist gut. Du willst Publikum, Rose. Du willst das hier, machte ich mir Mut.

In diesem Moment wünschte ich mir Leon an meine Seite. Nicht nur weil er sicher einen Ratschlag gegen mein Lampenfieber gehabt hätte, sondern auch weil ich diesen wichtigen Schritt in meiner Karriere mit ihm teilen wollte. Mit diesem besonderen Menschen, der mein Herz gestohlen hatte.

> So, Soundcheck ist durch. Ist es sehr kindisch, dass ich dich jetzt schon vermisse?

Diesmal dauerte es ein bisschen, bis er mir antwortete. Ich hatte schon Sorge, dass ich ihn mit meiner anhänglichen Nachricht vergrault haben könnte. Doch das Gegenteil war der Fall.

> Das Gleiche wollte ich dich auch fragen. Ich muss immerzu an dich denken.

Ich lachte vor Glück laut auf, sodass mich die Mitglieder der Backstage-Crew für verrückt halten mussten. Jedenfalls drehten sich zwei von ihnen um.

> Dann sind wir immerhin zu zweit. Was machst du gerade?

Als hätte Leon, die Nachricht schon vorbereitet, schickte er mir ein Bild von einem Kaffee, der auf einem kleinen Tisch stand.

> Ich lausche gerade Lesley, wie sie mit der Schneiderin über die Farbe ihres Kleides spricht. Ich wusste nicht, dass es so viele verschiedene Weißtöne gibt.

> Du müsstest es doch besser wissen, schließlich bist du derjenige, der schon einmal verheiratet war. Aber immerhin wurdest du mit Kaffee versorgt.

> Jaja, ich hab' es gemütlich. Ich hoffe, ich schlafe nicht gleich in diesem Sessel ein.

> Dann trink mal schön deinen Kaffee. Ich werde jetzt versuchen, meine Nerven zusammenzuhalten, bevor es losgeht.

> Mach das! Ich denke an dich. <3

> 💜

Ich bekam es kaum hin, meinen Lidstrich zu ziehen, so sehr zitterte ich.

Heute ist nichts anders. Du hast dieses Set schon tausendmal im Aqua *gespielt,* redete ich mir gut zu.

Heute wollte ich keine Experimente mit meinen eigenen Mixes wagen. Ich hatte lediglich ein paar Übergänge geändert und sie etwas elektronischer gemacht.

»Kein Grund zur Nervosität. Die Leute an der Bühne C sind eigentlich immer ein dankbares Publikum. Mach dein Ding, dann gehen die Leute schon mit.« Phillip war an mich herangetreten und lächelte mich freundlich an.

»Danke. Du glaubst gar nicht, wie sehr ich das gerade gebraucht habe«, erwiderte ich.

Er nickte und hielt mir die Hand hin, um mich aus meinem Schneidersitz auf die Beine zu ziehen. Ich hatte im Backstagebereich aka der umzäunten Wiese hinter der Bühne gesessen und versucht, an nichts zu denken. Ohne Erfolg. Meine Gedanken kreisten zwischen Leon, Lesley und dem hin und her, was mich nun erwartete.

»Du bist gleich dran, du kannst also schon mal umstöpseln«, erklärte Phillip und bedeutete mir, die Bühnenfläche zu betreten.

Ich wusste in dem Moment nicht, ob die Aufregung oder der Beat der Musik mein Herz zum Rasen brachte. Doch das war egal. Ich betrat die Bühne und vermied, die Menschen davor anzuschauen. In diesem Augenblick war ich mir unsicher, was ich schlimmer fände: Wenn viele oder sehr wenige Leute da wären.

Der DJ, der gerade spielte, hob seinen Daumen und deutete auf die Kabelanschlüsse, damit ich ohne Pause nach seinem letzten Track weitermachen konnte. Er beachtete mich nicht weiter, sondern machte eine dankende Geste in Richtung Publikum. Nun folgte ich seinem Blick vor die Bühne und musste schlucken. Auf der Wiese standen und saßen mehrere hundert Menschen.

Ich war vor ein paar Jahren einmal als Zuschauerin hier gewesen. Damals hatten sich mittags höchstens fünfzig Leute auf der Wiese aufgehalten. Der innere Druck in mir stieg noch weiter.

Ich blickte schnell wieder auf den Laptop vor mir. *Konzentrier dich.*

Ich kontrollierte noch einmal, ob alles richtig angeschlossen war, und wartete auf meinen Einsatz. Nach ein paar Minuten wandte sich der andere DJ wieder mir zu und nickte.

Ich drehte meine Musik auf und spielte einen einigermaßen passenden Übergang. Das ist die höchste

Hürde, den eigenen Stil an den Vorgänger anzupassen und darauf zu hoffen, dass man mit seiner Musik die Leute nicht vergraulte.

Ich fiel in den Applaus ein, den die Zuschauenden vor der Bühne dem DJ bereiteten. Er verließ die Bühne, und ich war allein. Nun hatte ich die Verantwortung, für gute Stimmung zu sorgen. Diese eine Stunde war meine Chance.

Ich sah, wie sich einige Menschen von der Bühne entfernten.

Das ist normal, Rose. Kein Grund zur Panik.

Nun war nur noch mein Track zu hören. Es war eines meiner Lieblingslieder, und als der Gesang aus den riesigen Boxen kam, entspannte ich mich etwas. Ich würde die Zeit nutzen und genießen. Denn das hier sollte Spaß machen, oder nicht? Ich ließ mich von der Musik tragen und begann, von einem Fuß auf den anderen zu wippen.

Als ich sah, dass drei Frauen aufstanden und sich ebenfalls zu der Musik bewegten, lächelte ich. Ich erinnerte mich daran, was diese Musik für mich bedeutete: Freiheit, Glück und Leidenschaft.

Und ganz plötzlich, als wäre ein Knoten geplatzt, waren die Anspannung und der Gedanke an eine Agentur, die mich hier entdecken könnte, vergessen. Ich lauschte Mogli, wie sie immer wieder die Zeilen von *Winter Sun* sang, und merkte, wie mein Lächeln breiter wurde.

Das war es: das Gefühl, das ich jeden Tag erleben wollte. Ich wollte erleben, dass die Menschen ihrem Alltag entflohen und die Musik genossen. Auch wenn es nur für die Länge eines Liedes war.

Wärme breitete sich in meinem Inneren aus und

begleitete mich durch die Tracks. Als mein Set nach einer guten Stunden vorbei war, war das Adrenalin immer noch da.

Die Stimmung war toll gewesen. Ich hatte nicht viel mit der Menge interagiert, dennoch hatte ich eine Verbindung zwischen den Menschen und mir gespürt. Nun klatschten die Zuschauer, und ich konnte die Tränen hinter der Bühne nicht mehr zurückhalten.

Der Druck der letzten Tage und Wochen entlud sich schlagartig in diesem Moment, und ich wusste nicht, ob ich vor Freude oder Erleichterung weinte. Ich ließ es geschehen, und danach ging es mir so gut wie schon lange nicht mehr. Es war eine Art Katharsis meiner Gedanken, an deren Ende ich hoffnungsvoller in die Zukunft schaute.

Ich stand vor einem der Foodtrucks und verschlang einen leckeren Veggieburger. Nun, da mein eigener Auftritt vorbei war, konnte ich endlich der Musik der anderen DJs lauschen, die nach mir auf die Bühne kamen. Derzeit spielte eine Frau teilweise ihre eigenen Tracks, gemixt mit bekannten Popsongs. Irgendwann würde ich auch meine eigenen Tracks präsentieren. Aber für den Moment war ich stolz auf mich, den Auftritt gemeistert zu haben.

Mein Handy vibrierte in meiner Hosentasche. Ich presste es mir ans Ohr und versuchte, gegen die Lautstärke anzuschreien, als ich Leon begrüßte.

»Hey, ich weiß nicht, ob du mich hören kannst. Aber ich lebe noch und es war fantastisch«, scherzte ich.

»Ich habe nicht alles verstanden, doch fantastisch klingt schon mal gut«, entgegnete er.

»Ja!«

Ich fühlte mich wie im Rausch. Nach dem tollen Auftritt telefonierte ich nun auch noch mit Leon. Es fühlte sich an, als wäre das zu viel Glück auf einmal für mein Gehirn.

»Ich glaube, es hat keinen Sinn zu telefonieren. Hab noch eine schöne Zeit und melde dich, wenn du Zeit hast«, schlug er vor.

»Mach' ich. Bis dann.«

Sosehr ich Leon von dem Tag erzählen wollte, ich war noch nicht bereit, das Festival zu verlassen. Der Adrenalingehalt in meinem Blut war viel zu hoch, und wie oft hatte man schon die Chance, kostenlos so viele andere Musiker und Musikerinnen zu hören?

Ich steckte mein Handy in meine Bauchtasche, die ich über meine Schulter geschnallt hatte, und schaute wieder zur Bühne. Da schob sich plötzlich eine bekannte Gestalt in mein Sichtfeld.

»Was machst du denn hier?«, schrie ich und stürmte auf Nancy zu.

»Na, du Super-DJ. Darf ich dich eigentlich noch einfach so ansprechen oder muss ich das erst mit deinem Management abklären?«, scherzte meine Freundin und grinste mich an.

»Für dich habe ich immer Zeit! Danke, dass du gekommen bist«, krächzte ich gegen die Musik an.

»Ist doch klar – ich kann mir nicht den Durchbruch deiner Musikkarriere entgehen lassen.«

Als Ausdruck meiner Dankbarkeit drückte ich ihr einen fetten Schmatzer auf die Wange und umarmte sie fest.

»Du willst nicht gleich abhauen, oder? Ich wollte mir noch The Kilians auf der Hauptbühne anschauen«, erklärte Nancy.

»Nein, ich bin gerade erst dabei, mich zu entspannen. Außerdem soll sich dein Ticket ja lohnen«, erwiderte ich völlig aufgekratzt. Das war alles so surreal.

»Sehr gut. Dann lass uns was zu trinken holen und auf dich anstoßen.«

»Gern.«

Ich überlegte, ob ich Leon schreiben und Bescheid geben sollte, dass ich mit Nancy zusammen sicher noch länger hierbleiben und es spät werden würde. Andererseits hatte er gesagt, dass ich mich melden sollte, wenn ich Zeit hatte. Musste ich ihn über jeden meiner Schritte informieren? Marc hatte immer darauf bestanden, dass ich ihm regelmäßig schrieb, wenn ich auf Tour war. Aber Leon war nicht mein Ex-Freund, und so ließ ich mein Handy in meiner Tasche und folgte Nancy Händchen haltend durch die tanzende Menge.

Kapitel 25

ach zwei Stunden ließen wir uns verschwitzt und heiser in zwei Sitzsäcke fallen, die in der Chillout-Area des Festivalgeländes verteilt waren.

»Wow, ich hab' schon lange nicht mehr so sehr mitgegrölt.«

»Es war aber auch echt eine geile Stimmung!«, stimmte ich meiner Freundin zu.

»Ja«, krächzte Nancy, und wir mussten beide darüber lachen.

Ich nahm einen Schluck von meinem Radler, bevor ich meine Freundin gespielt ernst fragte: »Wie geht es dir, Nancy?«

»Mir ging es nie besser«, antwortete sie mit geschlossenen Augen.

»Ich meine so generell.«

Jetzt öffnete sie ihre Lider und schaute mich verwirrt an. »Warum fragst du das so?«

»Weil ich in letzter Zeit eine ganz schön egoistische und anstrengende Freundin war.«

»Ach, Rose, solche Phasen hat doch jeder mal«, beschwichtigte sie mich.

»Ich weiß, aber mir ist während der Tour aufgefallen, dass ich schon ewig kein vernünftiges Gespräch mehr mit dir oder Lesley geführt habe«, erklärte ich.

»Da hast du recht. Meistens ging es bei uns um deine

Karriere oder Leon. Apropos: Wie ist der aktuelle Stand an der Daddy-Front?«

Ich kicherte bei dem Gedanken an Leon los, was mich endgültig zu einem verliebten Teenager machte.

»Ähm, ich update dich gleich. Erst einmal will ich wissen, was dich so beschäftigt hat in letzter Zeit«, versuchte ich, so neutral wie möglich zu antworten. Dabei platzten meine Gedanken fast aus mir heraus.

»Okay …« Nancy schien genauso ungeduldig zu sein wie ich, dennoch fing sie an zu erzählen, während sie am Etikett ihrer Flasche herumspielte. »Also, ich überlege, meinen Job zu wechseln. Ich habe das Gefühl, dass ich mich in meiner jetzigen Firma nicht mehr weiterentwickeln kann.«

»Obwohl du erst kürzlich den Pitch gewonnen hast?«

»Ich weiß, aber irgendwie macht es mich nicht glücklich. Die ganze Arbeit stresst mich einfach nur noch.«

»Süße, das tut mir leid. Ich finde jedoch gut, dass du dir das selbst eingestehen kannst und was ändern willst. Kann ich dich da irgendwie unterstützen?«, fragte ich und streichelte ihr über den Arm.

»Danke. Ich sag' Bescheid, wenn mir was einfällt. Doch ich merke gerade, dass es hilft, es dir endlich erzählen zu können.«

Ich beugte mich zu ihr rüber und drückte sie. Dabei sanken wir beide noch weiter in ihren Sitzsack, und ich kam nach der Umarmung kaum mehr hoch. Das nutzte Nancy aus und zog mich komplett auf ihren Schoß.

»So, jetzt bist du dran«, forderte sie mich auf zu erzählen.

»Na gut, aber versprich mir eins: Sag mir das nächste

Mal gleich, wenn ich mich wieder wie eine Egoistin aufführe.«

»Okay«, erwiderte sie und quittierte meine Bitte mit einem Küsschen auf meine Wange.

Nun holte ich tief Luft. »Ich weiß gar nicht, wo ich anfangen soll. Also, Leon und ich, wir sind zusammen …«

»Was?« Nancy war ehrlich schockiert, und ich wusste nicht, wie ich darauf reagieren sollte.

»Ja …«

Dann grinste meine Mitbewohnerin verschwörerisch. »Ich wusste doch, dass ihr einander nicht widerstehen könnt.«

»Da hattest du wohl den richtigen Riecher«, entgegnete ich erleichtert.

»Und was ist mit Lesley? Weiß sie Bescheid?«, löcherte mich Nancy.

»Nein, das ist alles noch so frisch. Wir sind bis zum letzten Abend standhaft geblieben ….«

Ich erzählte Nancy im kleinsten Detail von dem Hin und Her der letzten zwei Wochen. Sie hörte zu, streute nur hie und da ein »Uh« oder »O Mann« ein, aber grinste mich dabei dauerhaft an. Als ich mit meinem Bericht fertig war, umarmte sie mich noch einmal und drückte ihre Freude über mein Glück aus.

»Ich freu' mich wirklich für dich, doch was ist euer Plan mit Lesley? Ihr könnt sie nicht weiterhin anlügen«, sprach sie das Unvermeidliche aus.

»Ich weiß. Leon und ich haben uns darauf geeinigt, dass wir damit bis nach der Hochzeit warten. Also bitte behalte das alles für dich«, bat ich Nancy ein weiteres Mal, die Lüge aufrechtzuerhalten.

»Das klingt vernünftig. Na klar, ich bin eure Geheimniswahrerin«, sagte sie, ohne mit der Wimper zu zucken.

»Schon wieder. Tut mir leid.«

»Alles gut. Diesmal ist es ja hoffentlich nicht für lange.«

Am nächsten Morgen wachte ich mit Kopfschmerzen und dem aufdringlichen Klingeln meines Handys auf. Das lag weniger am Alkohol – ich war bei meinem einen Radler geblieben –, sondern eher an dem Fakt, dass Nancy und ich bis drei Uhr über das Festivalgelände gestreift und danach nach Hause gefahren waren.

Als ich gegen fünf Uhr endlich wieder in meinem eigenen Bett gelegen hatte, hatte ich noch schnell eine Nachricht an Leon geschrieben, dass ich mich morgen melden würde. Meinen Eltern hatte ich noch auf dem Festivalgelände in einer kurzen Nachricht von meiner gelungenen Tour berichtet.

Mit geschlossenen Augen und fluchend tastete ich nach dem Smartphone, das ich neben meinem Bett vermutete. Als ich es endlich zu fassen bekam, drückte ich auf Annehmen, ohne zu schauen, wer anrief.

»Hallo?«

»Rose? Hab' ich dich geweckt?«, fragte Lesley.

»Vielleicht«, erwiderte ich und musste ein Gähnen unterdrücken.

»Geht's dir gut?«, erkundigte sich meine Freundin.

»Ja, ich war nur bis drei Uhr mit Nancy feiern.«

»Ach ja, wie lief dein Auftritt?«

»Es war super«, antwortete ich kurz angebunden, denn langsam wurde mir bewusst, mit wem ich sprach. Noch immer verschlafen richtete ich mich auf und lehnte meinen schmerzenden Kopf gegen die Wand hinter dem Bett.

»Ich drücke die Daumen, dass du positiv aufgefallen bist«, sagte Lesley, doch es klang wie auswendig gelernt.

»Ist denn alles gut bei dir?«, hakte ich nach.

»Jaja, es ist nur alles sehr stressig.«

»Kann ich dir irgendwas abnehmen?«

»Ich denke nicht. Meine Mutter gibt schon ihr Bestes als meine Planerin. Ich wollte dich eigentlich nur fragen, ob du morgen zum Probeessen kommen möchtest?«

Jetzt war ich hellwach. Das Probeessen, bei dem Lesleys und Thomas' engster Familienkreis anwesend sein würde.

»Ich?«, quiekte ich.

»Ja, Thomas' Cousin ist leider krank geworden und will sich schonen, damit er bis zur Hochzeit wieder fit ist. Und da er schon eingeplant war, dachte ich, dass ich dich frage, bevor das Essen verdirbt. Wir haben uns ja so ewig nicht mehr richtig gesehen – bis auf die Sportkurse.«

»Oh, ich hoffe, er wird schnell gesund. Aber klar, ich komme gern. Also, wenn das auch Thomas recht ist«, versuchte ich noch, einen Ausweg aus der Situation zu finden.

»Na klar, er freut sich, dich besser kennenzulernen.«

»Okay, cool.«

Ist es das wirklich, Rose?

»Super, dann schicke ich dir gleich die Adresse und Uhrzeit. Bis morgen.«

Kaum war das Gespräch beendet, fühlte ich mich überrumpelt. Doch auch geehrt. Schließlich hätte Lesley eine andere Freundin fragen können. Und zuletzt war da wieder dieses unangenehme Gefühl in meinem Bauch. Schließlich würden Leon und ich so tun müssen, als wären wir nur Bekannte.

Kapitel 26

Nancy traf sich spontan mit Lea. Bevor sie ging, betonte sie noch einmal, dass es sich dabei nur um eine körperliche Beziehung handelte. Ich nutzte die sturmfreie Wohnung und lud Leon zu mir ein. Nun stand ich im Türrahmen und wartete darauf, dass sich der Fahrstuhl auf unserer Etage öffnete. Ich war aufgeregt, weil wir uns das erste Mal in normaler Umgebung trafen – als Pärchen. Der Gedanke ließ ein Kribbeln durch meinen Unterleib ziehen. Oder war das etwa gar keine Liebe, sondern meine Periode, die heute Morgen angeklopft hatte? Ich schmunzelte über meine eigenen Gedanken. Es war alles so surreal. Vor ein paar Tagen hatte ich Leon meine Liebe gestanden.

Ich musste ein paar Tränchen wegdrücken, als ich sah, dass Leon mit einem kleinen Blumenstrauß auf mich zukam. Zwar hatte ich keine Ahnung von Pflanzen, aber sie sahen wunderschön aus – wie sie mir so bläulich und weiß entgegenstrahlten.

»Ich dachte, zu unserem ersten offiziellen Date bringe ich Blumen mit. Kurz hatte ich an Rosen gedacht, doch das wäre zu kitschig gewesen, oder?«, fragte Leon verlegen.

Rosen, so wie mein Name.

»Ja, das wäre etwas drüber gewesen. Pfft …«, scherzte ich und schloss ihn in die Arme.

Ich weiß nicht, wie lange wir in dieser Position verharrten, ich ließ mir jedoch Zeit, seinen Geruch und die Wärme wahrzunehmen, die von ihm ausgingen: eine Mischung aus seinem minzigen Duschgel und dem Haarwachs, mit dem er auch heute seine Locken gebändigt hatte. Vermischt mit den Blumen in seiner Hand, war es der beste Duft der Welt.

»Du hast mich vermisst?«, hakte er nach, als ich ihn schließlich freigab und er mir die Blumen überreichte.

»Du mich etwa nicht?«, fragte ich gespielt schockiert und legte meine freie Hand an meine Brust.

»O doch.«

Er hauchte den Satz nur, drängte mich gegen die Wohnungstür, die ich soeben geschlossen hatte, und küsste mich leidenschaftlich. Im ersten Moment überrascht von dieser wilden Geste, ließ ich die Blumen fast fallen. Doch dann schlang ich meine Arme um seinen Nacken und erwiderte den Kuss.

Da war es wieder: dieses Kribbeln, das meinen Bauch befiel, sobald mich Leon berührte oder ich nur an ihn dachte. Dieses überschwemmende Glück, das ich empfand, weil ich mich in seiner Nähe wohlfühlte. Gesehen. Auf körperlicher, aber auch emotionaler Ebene.

»Ich musste gestern den ganzen Tag an dich denken. Du weißt nicht, wie glücklich ich war, als ich deine Nachricht gelesen habe«, flüsterte er in mein Ohr.

»Und ich habe noch überlegt, ob ich dir überhaupt schreiben soll«, keuchte ich zwischen zwei Küssen.

»Wie meinst du das?« Er ließ von mir ab und schaute mich fragend an.

»Na ja, ich wollte dich nicht nerven«, erklärte ich schüchtern.

»Habe ich jemals den Anschein gemacht, genervt von dir zu sein?« Er klang belustigt, und mir wurde die Situation noch unangenehmer.

»Nein, aber …«

»Ich will am liebsten jede freie Minute mit dir verbringen, Rose. Denn ganz ehrlich: Ich kann mein Glück kaum fassen, dass du mit mir zusammen sein willst.« Bei seinen Worten kamen mir nun doch die Tränen, was dazu führte, dass mich Leon besorgt anschaute.

»Rose, was–«

»Es ist alles gut«, sagte ich und wischte mir die Feuchtigkeit unter den Augen weg, wobei ich mir ein Lachen nicht verkneifen konnte. »Ich bin genauso glücklich. Das sind einfach meine Hormone. Ich hab heute meine Periode bekommen und glaube, das Gefühlschaos der letzten Tage war einfach ein bisschen viel für meinen Uterus.«

Erleichterung machte sich auf Leons Gesicht breit. Er stimmte in das Lachen ein. »Hätte ich dir lieber Schokolade statt Blumen mitbringen sollen?«

»Nein, die Blumen sind perfekt. Ich sollte sie mal ins Wasser stellen.«

»Kriege ich danach eine Führung durch die Wohnung?«

»Na klar«, erwiderte ich und zog ihn mit mir an der Hand vom Flur ins Wohnzimmer.

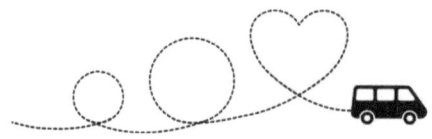

»Bist du aufgeregt?«

Mein Kopf lag auf Leons nackter Brust. Nachdem er nicht gleich auf meine Frage geantwortet hatte, schaute ich ihn an.

Den gestrigen Abend hatten wir mit einem Glas alkoholfreiem Wein und einem Film verbracht. Aber wir hatten nur mit halbem Ohr hingehört, denn wir hatten uns über alles Mögliche unterhalten – unsere Kindheit, meine Schwester und Lesleys Hochzeitsvorbereitungen –, während wir eng aneinander gekuschelt auf dem Sofa gelegen hatten. Irgendwann waren wir eingeschlafen und mitten in der Nacht schlaftrunken in mein Schlafzimmer gewandert.

Jetzt schenkte er mir das für ihn typische Grinsen. »Ja, du etwa nicht?«

»Doch, deswegen frage ich ja. Und ich weiß nicht einmal, wieso. Wir werden uns ja noch nicht als ›Paar‹ outen.« Ich machte Gänsefüßchen in die Luft.

Paar.

Das Wort klang seltsam in meinen Ohren. Nach zwei Jahren ohne Partner hatte ich mich wieder exklusiv auf einen Mann eingelassen, und es fühlte sich komisch an. Aber auch verdammt gut.

»Vielleicht ist es ja gerade diese Heimlichkeit, die uns nervös macht«, analysierte Leon die Situation.

Ich betrachtete ihn, um herauszufinden, ob da noch eine andere Bedeutung hinter seinen Worten steckte. »Willst du Lesley doch schon von uns erzählen?«

»Ja, aber ich denke nicht, dass das eine gute Idee ist.« Eine Falte bildete sich zwischen seinen Augenbrauen.

Mein Puls hatte sich schon auf einen aufgeregten Galopp eingestellt, beruhigte sich bei seinen Worten nun allerdings wieder. »Das denke ich auch. Und außerdem ...«

Ich biss mir auf die Zunge. Obwohl ich mit Leon sonst sehr offen reden konnte, war ich beim Thema Lesley noch unsicher, wie viel ich mit ihm besprechen konnte.

»Ja?«

»Ach, nichts«, versuchte ich, abzuwiegeln.

Ich legte meinen Kopf wieder auf seiner Brust ab und begann, nervös mit der Bettdecke zu spielen. Innerlich verfluchte ich mich, weil mein Mund schneller als mein Kopf gewesen war.

Anstatt die Zeit mit Leon zu genießen, hatte ich dieses Thema angeschnitten. Heute Abend würden wir eine Rolle spielen, und bis dahin wollte ich seine Nähe noch genießen.

Er sagte nichts, sondern nahm meine Hand in seine und hielt mich davon ab, die Bettdecke weiter zu verwurschteln. Daraufhin schaute ich ihn wieder an und seufzte.

»Ich habe Angst, auf Lesley zu treffen. Wir hatten in den letzten Monaten nicht so viel Kontakt, was vor allem an mir lag, und ich habe das Gefühl, dass sie nicht gut auf mich zu sprechen ist. Ich habe eine Scheißangst davor, sie als Freundin zu verlieren, wenn wir ihr von unserer Beziehung erzählen. Vor allem, wenn sie erfährt, wie lange wir ... na ja ... schon scharf aufeinander sind«, erklärte ich meine Sorge.

»Das verstehe ich. Ich habe auch Angst davor, dass sich meine Beziehung zu ihr verändern könnte. Aber ich denke, das wird schon, wenn wir gemeinsam mit ihr reden. Es ist jedoch ein gutes Zeichen, dass sie dich zum Probeessen eingeladen hat«, beruhigte er mich.

»Das stimmt. Ach, das ist alles so kompliziert. Sollte Liebe nicht einfach sein? Zwei Menschen, die zusammen sein wollen, fertig«, machte ich meinem Ärger Luft.

»Das müsste man eigentlich vermuten, stattdessen ist Liebe kompliziert, schmerzhaft und manchmal sogar der eigene Untergang«, stimmte Leon zu.

»Wow, wie konnte das so schnell so *dark* zwischen uns beiden werden?«

Leons schallendes Lachen füllte den Raum aus und gab mir das warme Gefühl in meinem Bauch zurück. Während er nach seinem Handy griff, das auf meinem Nachttisch lag, küsste er meinen Scheitel.

Er las eine Nachricht und machte dann ein trauriges Gesicht. »Leider muss ich los. Ich hab versprochen, dass ich Claudia und ihren Mann vom Bahnhof abhole. Sie reisen anscheinend mit mehreren Koffern an.«

»Ich würde ja anbieten, mitzukommen, aber ich glaube, ich passe gar nicht mehr neben die Koffer.«

»Haha, außerdem bist du doch noch mein kleines Geheimnis«, erinnerte er mich.

»Ach, da war ja was.«

Ich beobachtete, wie er sich unter der Bettdecke hervorschälte und seine Kleidung zusammensuchte, die er gestern achtlos ausgezogen hatte.

Kaum zu glauben: Ich bin offiziell-inoffiziell mit Leon zusammen, schoss es mir wieder durch den Kopf.

Ich versuchte, mir vorzustellen, wie er bei der Hochzeit im Anzug aussehen würde, bekam allerdings kein Bild zustande. Er konnte unmöglich noch schöner aussehen als unrasiert und mit verwuschelten Haaren.

»Willst du noch duschen? Ich kann in der Zeit Kaffee kochen«, schlug ich vor.

Er schaute kurz auf seine Uhr und nickte dann. »Das wäre ein Traum. Es sei denn, du möchtest mitkommen.« Er ließ seine Augenbrauen lasziv auf und ab wippen.

»Würde ich liebend gern, aber erstens musst du dich beeilen und zweitens habe ich ja meine Tage«, murmelte ich beschämt.

»Mit der Zeit hast du recht. Das Blut wiederum würde mir nichts ausmachen. Ich verstehe jedoch, wenn du dich nicht nach Sex fühlst.«

Wie kann dieser Mann noch perfekter werden?

»Was?«, fragte er mit schief gelegtem Kopf.

»Nichts, ich bin nur froh, dass wir so offen darüber reden können. Ein paar meiner Ex-Freunde waren bei dem Thema immer etwas ... empfindlich«, erklärte ich ihm.

»Das tut mir leid.«

»Muss es nicht. Und jetzt ab ins Bad, sonst kommst du bei deiner Ex-Frau noch in Erklärungsnot.«

Mit diesem Satz schleuderte ich ihm eine seiner Socken hinterher, die er im Bett vergessen hatte.

Zehn Minuten später stand Leon mit nassen Haaren hinter mir und küsste meinen Hals.

»Mach mir bloß keinen Knutschfleck, sonst komme *ich* in Erklärungsnot«, warnte ich ihn und reichte ihm seine Kaffeetasse.

»Wieso will ich es jetzt noch viel mehr?« Seine Augen funkelten schelmisch, bevor er einen großen Schluck nahm. »Es tut mir leid, dass wir den Tag nicht gemeinsam verbringen können.«

»Nicht schlimm, ich muss sowieso noch Rechnungen schreiben und solchen langweiligen Kram machen«, erklärte ich.

»Wie passend. Außerdem sehen wir uns ja heute Abend beim Essen.«

Er trank noch einen Schluck und stellte die Tasse auf der Arbeitsplatte der Küche ab. Ich folgte ihm in den Flur, wo er in seine Sneaker schlüpfte, ohne die Schleifen zu lösen. Er gab mir einen letzten Kuss, den ich so lange wie möglich ausdehnte, bis ich ihn schließlich widerwillig freigab.

Er machte die Tür auf und wollte heraustreten, doch dort stand Nancy. Sie verstand schnell, was ich an ihrem breiten Grinsen erkennen konnte, das sich auf ihrem Gesicht abzeichnete.

»Guten Morgen, du bist wahrscheinlich Leon. Ich bin Nancy, Roses Mitbewohnerin«, stellte sie sich vor.

Leon ergriff Nancys Hand und grinste ebenso fröhlich zurück. »Ja, genau. Schön, dich kennenzulernen. Ich muss leider los, aber lass uns doch bald mal zusammen brunchen oder so.«

Dieser Mann ist wirklich ein Fan von Brunches, stellte ich amüsiert fest.

»Gern, du wirst ja sicher nun öfter bei uns vorbeikommen.«

»Genau.«

Immer noch ein Grinsen auf den Lippen, blickte Leon ein letztes Mal zu mir und ging dann schnellen Schrittes in Richtung der Aufzüge.

»Es ist schön, dich so glücklich zu sehen«, bemerkte Nancy.

»Selber«, erwiderte ich und ließ meine Augenbrauen wippen.

Sie zog mich in eine Umarmung und gab mir einen Kuss auf die Wange.

»Frühstücken wir zusammen, nachdem du deinen Sexgeruch abgeduscht hast?«, fragte ich sie gespielt angeekelt.

Sie lachte mir laut ins Ohr, sodass ich kurz nur ein Piepen hörte. »Klar, ich hab' sogar Brötchen vom Bäcker mitgebracht.«

Kapitel 27

»Wow, Lesley, das ist eine fantastische Location.«

Ich umarmte meine Freundin und schaute mich dann wieder in dem Restaurant um. Es lag im höchsten Stock eines Wolkenkratzers inmitten von Covent Garden – inklusive Dachterrasse – über den Dächern Londons.

Aber das war nicht das einzig Atemberaubende an diesem Ort: Überall waren Lichterketten und beige Lampions an den Palmen befestigt, die in riesigen Töpfen steckten. Es sah aus wie in einem fantastischen Reich, und ich rechnete jederzeit damit, dass eine Fee mir um den Kopf fliegen würde.

»Schön, dass es dir gefällt. Nächste Woche haben wir das dann natürlich alles für uns. Heute geht es ja nur um das finale Menü«, erklärte Lesley aufgeregt. Ihre Nervosität zeigte sich nicht nur durch ihre zitternde Stimme, sondern auch an ihren geröteten Wangen.

»Wenn es jetzt schon so zauberhaft ist, wie soll das nächsten Samstag noch getoppt werden?!«, erwiderte ich nicht minder begeistert.

»Lass dich überraschen.«

»Danke noch mal für die Einladung heute. Es ehrt mich, dass ich in diesem engen Kreis dabei sein darf«, sagte ich und streichelte ihr über den Arm.

»Und ich freue mich und hoffe, dass du einen schönen Abend haben wirst. Komm, ich stell' dich allen vor.«

Ich folgte Lesley auf die Terrasse zu einer langen Tafel, an der schon eine größere Gruppe Platz genommen hatte. Am einen Ende des Tisches saß Thomas und neben ihm eine jüngere Version von ihm. Das musste sein kleiner Bruder Victor sein. Lesley hatte mir erzählt, dass er kürzlich angefangen hatte, in Liverpool zu studieren. Daneben saß eine kleine Frau, die sich angeregt mit Victor unterhielt. Das war vermutlich die Mutter der beiden. Was mit Thomas' Vater war, wusste ich nicht, und ich würde mich hüten, sie direkt danach zu fragen. Eigentlich ging mich das auch gar nichts an.

Als er uns reinkommen sah, winkte der Bräutigam in spe mir freundlich zu. Ich hatte kaum mehr als ein paar Sätze mit ihm gewechselt, als ich ihn einmal auf einer Party kennengelernt hatte. Dennoch hatte ich ein gutes Gefühl bei ihm, und sympathisch war er auf jeden Fall.

Leon schwärmte ebenfalls in den höchsten Tönen von seinem zukünftigen Schwiegersohn. Keine Spur von: ›Den muss ich mir mal vorknöpfen.‹ Allein bei der Vorstellung, dass Leon solch ein Theater aufführen würde, musste ich grinsen. Das würde so gar nicht zu seinem sonstigen Charakter passen.

Auf Thomas' Geste hin drehten sich nun auch die Personen um, die mit dem Rücken zu uns saßen und mein Erscheinen bisher nicht bemerkt hatten. Abgesehen von zwei jugendlichen Jungen und einem Mädchen, das ich auf etwa acht Jahre schätzte. Diese klebten an ihren Handys, was ich ihnen nicht verübeln konnte. Ich hatte das Essengehen mit der Familie früher auch immer langweilig gefunden.

Mein Herz setzte für einen Moment aus, als sich Leons und meine Blicke trafen. Reflexartig stand er auf und kam auf mich zu, um mich in den Arm zu nehmen. Kurz genug, dass wir als gute Bekannte durchgingen, und lange genug, dass er mir unbemerkt sanft über den Rücken streichen konnte.

»Hey, Leute, das ist meine gute Freundin Rose. Sie ist spontan für Marty eingesprungen«, verkündete Lesley.

Leon setzte sich wieder und linste auf das Handy der Kleinen neben ihm. Sie schien gerade dabei gewesen zu sein, ihm zu erklären, wie das Spiel funktionierte, das sie zockte. Danach erhob sich die Frau auf Leons anderer Seite.

»Rose, das sind meine Mum und mein Stiefvater Steven«, stellte Lesley vor.

Steven blieb sitzen und winkte mir freundlich zu.

»Und ich habe keinen Namen, oder wie?«, fragte die Frau gespielt bestürzt. »Ich bin Claudia und freue mich sehr, dich kennenzulernen.«

»Gleichfalls. Danke, dass ich dabei sein darf«, bedankte ich mich zum zweiten Mal.

»Ach, eigentlich ist das doch perfekt. Heute kannst du dich entspannen. Lesley hat erzählt, dass du bei der Hochzeit für die Musik zuständig sein wirst. Dann kannst du die Feier selbst ja gar nicht richtig genießen.«

»Stimmt, so kann man das auch sehen, aber ich mache das wirklich gern.«

»Diese Worte kenne ich von irgendwoher.« Claudia legte eine Hand auf Leons Schulter, der sich daraufhin verwirrt zu uns umdrehte.

»Wie bitte?«, fragte er.

»Ach, nichts. Ich habe nur gerade festgestellt, dass Rose und du euch ähnelt. Das muss die Branche sein. Ich hab' schon gehört, dass ihr euch auf der Tour bestens verstanden habt«, klärte Claudia ihren Ex-Mann auf.

Ich schluckte bei diesen Worten. Jetzt hieß es, locker zu bleiben und sich nichts anmerken zu lassen. Auch Leon schien meine Antwort spannender zu finden als das Spiel der Kleinen, denn er schaute erwartungsvoll zu mir hinauf.

»Ja, wir waren ein ganz gutes Team. Ich bin sehr dankbar für seine Hilfe. Und dein Verständnis, dass ich deinen Vater geklaut habe«, versuchte ich, den Ball wieder an Lesley zurückzuspielen.

Ich strich Lesley abermals über den Arm und wurde mir erst dann bewusst, wie unfreiwillig zweideutig meine Aussage gewesen war.

Bloß nicht rot werden, Rose.

Lesley winkte erneut ab und bedeutete mir, Platz zu nehmen.

»Die Jungs sollen mal aufrücken, dann kann sich Rose zu uns setzen«, befahl Claudia.

Ohne von ihren Handys aufzuschauen, bewegten sich die beiden Jungen einen Stuhl weiter.

Sie sind handysüchtig, aber anscheinend gut erzogen.

»Deine?«, fragte ich Claudia.

»Ja, Lesley ist, wie du weißt, Leons und meine Tochter. Harry und Archie haben Steven und ich in die Welt gesetzt. Es wird sich zeigen, ob sie mit Lesley mithalten können«, scherzte Claudia.

»Hey, Lesley hat uns auch ein paar Jahre voraus«, protestierte einer der beiden.

»Sie macht doch nur Spaß, Archielein«, beschwichtigte Lesley ihren kleinen Bruder und kniff ihm demonstrativ in die Wange.

Er sah auch nicht *wirklich* beleidigt aus und widmete sich wieder seinem Handy.

Nachdem ich mich gesetzt hatte, kam sofort ein Kellner an meine Seite und fragte, was ich trinken wollte. Ich entschied mich für eine Cola, und kurze Zeit später kamen gemeinsam mit meinem Getränk auch schon die Vorspeisen.

Als alle einen kleinen Teller vor sich stehen hatten, erklärte Lesley: »Es gibt von jedem Gang drei Varianten. Ihr bekommt jeweils eine kleine Menge und könnt alle drei probieren. Mithilfe der Zettel könnt ihr für euren Favoriten abstimmen. Auch wenn wir sicher Einwände von der älteren Generation bekommen werden, haben Thomas und ich uns dazu entschieden, das Menü komplett vegetarisch und teilweise vegan anzubieten.«

In der heutigen Gruppe schien niemand etwas dagegen zu haben, denn es kam kein Murren. Im Gegenteil: Plötzlich schienen Harry und Archie aufzutauen, denn sie legten ihre Handys neben ihre Teller und klatschten laut.

Ich bin wohl nicht die einzige Vegetarierin am Tisch.

»Sympathisch, die beiden«, sagte ich in die Runde und prostete den Jungen zu.

»Steven, hörst du? Dann haben wir doch etwas richtig gemacht«, meinte Claudia und grinste ihren Mann an.

Dieser reagierte mit einem leisen, grunzenden Lachen. Claudia war eindeutig die gesprächigere in der Beziehung.

Während sie sich eine Gabel Salat mit Ziegenkäse in den Mund schob, fragte sie mich nach der Tour, dem *Mercury* und meiner liebsten Musikrichtung. Ich beantwortete alles brav, während ich von der Tomatensuppe probierte. Zum Glück waren das alles Fragen, die ich schon tausendmal beantwortet hatte. Die Details der Tour ließ ich aber weg.

Immer, wenn sich Claudia zu ihrem Mann umdrehte, warf ich einen scheuen Blick zu Leon, der mir durch die neue Sitzordnung nun quer gegenübersaß. Er antwortete mit einem Schmunzeln.

Das Ganze war schon eine echt groteske Situation. Obwohl ich Claudia von der ersten Minute an sympathisch fand, konnte ich den Gedanken nicht abschütteln, dass ich nun mit ihrem Ex-Mann zusammen war. Sie hatte Charme, war witzig und herzlich. Ich konnte mir schon vorstellen, wieso sich Leon damals in sie verliebt hatte. Ebenso verstand ich die Anspielung auf Leons Arbeitsweise besser, als Claudia wissen konnte. Schließlich hatte Leon mir erzählt, wieso sich die beiden getrennt hatten und dass seine Arbeit einer der Gründe für das Scheitern ihrer Ehe gewesen war.

Als der Hauptgang aufgetischt wurde, herrschte für eine Weile Stille am Tisch.

»Also, ich finde diese veganen Rouladen köstlich. Darf ich zweimal dafür abstimmen?«, rief Leon in die Runde, als ich gerade die vegetarische Lachsvariante probierte.

»Nein, schummeln gibt es nicht, Leon. Außerdem ist die Seitanente viel besser«, protestierte Claudia.

»Da muss ich meinem lieben Leon zustimmen. Die Rouladen sind sehr lecker.« Diese Worte kamen überraschenderweise von Steven, der bis dahin eher schweigend und nickend an unseren Gesprächen teilgenommen hatte.

»Wo gibt's denn so was? Meine beiden Männer verbünden sich gegen mich«, stellte Claudia schockiert fest.

»Also, ich finde die Rouladen etwas zu trocken«, mischte sich Thomas' Mutter nun in das Gespräch ein. Bisher hatte sie nur mit ihren Söhnen und Lesley geredet. Was vor allem daran lag, dass wir für ein Gespräch zu weit auseinander saßen.

»Ich finde ja den Lachs am besten«, schaltete ich mich ebenfalls ein und bauschte die Diskussion damit noch weiter auf.

»Aber Fisch essen viele nicht gern«, gab Leon zu bedenken.

»Ich dachte, es geht hier um meinen Geschmack«, scherzte ich.

»Ja und nein. Wir haben als Probeesser eine gewisse Verantwortung«, erinnerte Leon uns an unsere heutige Aufgabe.

»Sagt derjenige, der Sprite zu seinen köstlichen Rouladen trinkt«, frotzelte ich.

»Und Cola zum Fisch ist besser, oder wie?«

So schaukelten Leon und ich uns immer weiter hoch, ohne dass sich die anderen an dem Disput beteiligen konnten. Für Außenstehende musste es sich schon fast wie ein Streit anhören. Aber Leon und ich wussten beide, dass es nur Spaß war.

Lesley hatte wohl auch Angst, dass die Situation eskalierte, und wies noch einmal auf die Stimmzettel hin. Leon grinste mich schelmisch an und schwieg dann.

Nachdem Lesley eine kleine Pause zwischen den Gängen angekündigt hatte, erhoben sich die drei Kinder und spielten Fangen zwischen den Tischen. Steven und Thomas' Mutter taten sich als die beiden einzigen Raucher zusammen und qualmten gemeinsam in einer Ecke der Terrasse. Leon ließ seit der Tour seine Finger wieder von den Glimmstängeln.

»Ich mache mich mal auf die Suche nach der Toilette«, flüsterte ich Claudia zu.

Sie nickte und stand dann auch auf. »Ich komme mit.«

Auch die Toilettenräume spiegelten den modernen Stil des Restaurants wider. Die Fliesen waren aus einem dunklen Stein, und an den Wänden über den Waschbecken hingen große beleuchtete Spiegel. Grüne Vasen mit Pampasgras rundeten das Bild ab. Doch das Besondere waren die Türen der einzelnen Klokabinen. Sie bestanden aus durchsichtigem Glas. Erst wenn die Kabine abgeschlossen wurde, wurde das Glas milchig und man war vor neugierigen Blicken geschützt.

»Ein lustiges *gadget*, aber auch irgendwie gruselig«, kommentierte Claudia.

»O ja, ich war in Wien schon einmal auf einer solchen Toilette und völlig verwirrt, was diese durchsichtige Tür zu bedeuten hatte.«

Claudia lachte über meine Anekdote, ging in eine Kabine und schloss ab. Ich tat es ihr gleich. Während ich so in der Hocke dastand, mein gerafftes Kleid in beiden Händen, wurde mir bewusst, dass ich gerade allein mit Leons Ex-Frau war.

Wieso mache ich daraus so eine große Sache? Claudia ist offensichtlich glücklich mit Steven, und auch Leon macht nicht den Eindruck, dass er noch romantische Gefühle für seine Ex hat.

Klar, Leon und Claudia gingen vertraut miteinander um, das war allerdings kein Wunder, wenn man lange zusammen gewesen war und eine gemeinsame Tochter hatte. Ich bewunderte die beiden wirklich für ihre Freundschaft. So viele Paare verloren sich nach der Trennung aus den Augen oder gingen im Streit auseinander.

Vielleicht war meine Nervosität, mit Claudia allein zu sein, auch ein Zeichen von Intuition. Denn als das Glas der Tür wieder klar wurde und ich aus der Kabine trat, stand Claudia schon vor dem Spiegel und wusch sich die Hände. Ihr Spiegelbild grinste mich an, als ich mich neben sie stellte und es ihr gleichtat.

»Ich habe dich eben erst kennengelernt, darf ich dir dennoch eine private Frage stellen?«, fragte sie, während sie ihre Hände mit Papierhandtüchern abtrocknete.

O nein.

»Klar. Mal sehen, ob ich sie auch beantworte«, versuchte ich, locker zu bleiben.

Sie zögerte kurz. »Läuft da was zwischen dir und Leon?«

Augenblicklich schoss mir Hitze in den Kopf. Ich musste rot wie eine Tomate sein. »Wie kommst du denn darauf?«

Erst mal rantasten, kann nicht schaden.

»Keine Ahnung. Ich spüre da so ein Knistern zwischen euch. Versteh mich nicht falsch, ich spiele hier gerade nicht die eifersüchtige Ex-Frau.«

Und was sonst?

»Ich würde mich für Leon freuen. Wirklich. Aber weiß Lesley davon?«, fragte sie weiter.

O Gott, es wird immer schlimmer.

Sie deutete mein Schweigen als Antwort und seufzte. Schließlich hatte ich es nicht vehement abgestritten, wie ich es sonst getan hätte, wenn nichts an ihrer Vermutung dran gewesen wäre. Doch ich wollte Claudia nicht anlügen, wenn sie mich so direkt fragte. Ich war es einfach leid, Menschen anzulügen. Daher gab ich mich geschlagen.

»Nein, wir wollten bis nach der Hochzeit warten. Wir wissen nicht genau, wie sie es auffassen wird. Schließlich war es nicht geplant, dass Leon und ich zusammenkommen.«

»Ihr seid ein Paar?«, fragte sie, wobei ihrer Stimme ein schriller Ton entglitt.

»Ja, seit ein paar Tagen. Ich weiß auch nicht, wie das passieren konnte«, gestand ich.

»Wann sind Gefühle schon geplant? Aber ich kann euch verstehen. Normalerweise mische ich mich nicht in die Beziehungen anderer Leute ein. Doch da es hier um meine Tochter geht, muss ich etwas sagen. Erst mal: Du bist sympathisch, und ich gönne es Leon, glücklich zu sein.« Sie ergriff meine Hand und drückte sie fest. »Aber je länger ihr wartet, desto betrogener wird sich Lesley fühlen, wenn sie davon erfährt. Ich würde es noch vor der Hochzeit machen, solange es frisch ist.«

»Danke. Doch meinst du wirklich, dass das eine gute Idee ist?«

»Nein, aber wenn ihr noch länger wartet, wird es nur schlimmer werden«, betonte sie. »Rose, ich bitte dich als ihre Mutter darum. Ich möchte meine Tochter nicht anlügen müssen.«

»Okay, ich werde mit Leon reden.«

»Danke.« Nun öffnete sie die Tür zum Restaurant und hielt sie für mich auf. »Komm, lass uns wieder zu den anderen gehen.«

Den restlichen Abend saß ich verkrampft vor meinem Teller, während die leckersten Speisen vor mir ausgebreitet wurden. Die gute Stimmung von vorhin war wie weggewischt.

Ich schaute immer wieder zu Lesley und musste an das Gespräch mit Claudia denken. Sie hatte recht: Je länger wir das Gespräch mit Lesley vor uns herschoben, desto schlimmer würde es werden. Ich liebte Leon und wollte es auch jedem zeigen. Dennoch würde sich einiges ändern.

Früher hatte ich mit Lesley über meine Beziehungsprobleme gesprochen – sie hatte mich ja schließlich aufgenommen, nachdem ich Marc erwischt hatte. Ich würde garantiert nicht mit ihr über mich und ihren Vater sprechen. Jetzt wurde mir zum ersten Mal richtig bewusst, was meine Entscheidung für diese Beziehung wirklich bedeutete: Ich würde einen Teil unserer Freundschaft aufgeben müssen.

»Alles Ordnung?«, riss mich eine vertraute Stimme aus meiner Gedankenspirale.

Ich musste eine Weile auf mein Essen gestarrt haben, denn als ich jetzt meinen Kopf hob, schaute ich in Leons dunkle Augen, die mich besorgt musterten.

»Jaja, ich bin nur irgendwie immer noch total geeschlaucht von der Tour«, versuchte ich mich an einer Ausrede.

»Es beruhigt mich, dass es dir auch so geht. Ich dachte schon, dass ich alt werde«, scherzte Leon.

»Du hast ja teilweise besser durchgehalten als ich«, erwiderte ich und lächelte. »Ich denke, ich werde mich bald verabschieden.«

»Oh, wie schade. Aber verständlich. Wir sehen uns aber ja bald wieder.« Claudia legte mir eine Hand auf die Schulter und lehnte ihren Kopf kurz an den meinen.

»Genau«, antwortete ich einsilbig. Ich trank meinen letzten Schluck Cola aus und erhob mich dann, um mich von Thomas und Lesley zu verabschieden. »Es tut mir so leid, ihr beiden. Doch ich bin einfach noch etwas fertig von der Tour.«

»Mach dir keinen Kopf. Hauptsache, du bist bei der großen Party fit.« Thomas lächelte mich aufmunternd an.

»Klar, bis dahin bin ich wieder vollkommen hergestellt. Vielen Dank noch mal für das leckere Essen. Ich konnte mich kaum entscheiden.« Mit diesen Worten händigte ich den beiden meinen Stimmzettel aus.

»Komm, ich bring' dich noch zum Aufzug«, sagte Lesley beim Aufstehen und legte den Arm um mich.

Bevor wir gemeinsam wieder ins Innere des Restaurants gingen, klopfte ich auf den Tisch und winkte allen zu. Anschließend machte ich eine hoffentlich unauffällige Geste in Leons Richtung, die heißen sollte: ›Wir schreiben.‹

Wie gern ich ihn jetzt geküsst hätte. Doch das ging nicht – nicht mit diesen ganzen Menschen als Zeugen. Die Vorstellung, Leon vor Lesley zu küssen, kam mir ohnehin seltsam vor. Es wirkte so, als bewegte ich mich in zwei verschiedenen Welten. In der einen war ich glücklich mit Leon zusammen, in der anderen waren wir Bekannte, die sonst nichts miteinander zu tun hatten.

»Ich hoffe, du hattest einen schönen Abend, obwohl du außer meinem Vater niemanden kanntest«, meinte Lesley.

»Ja, hat Spaß gemacht. Deine Mutter ist richtig nett. Jetzt weiß ich, woher du deine soziale Ader hast«, antwortete ich und zwinkerte ihr zu.

Sie lachte. »Freut mich. Jetzt müssen wir bei der Hochzeit nur Thomas' Familie mehr integrieren.«

»Sie sind wohl alle etwas zurückhaltender. Aber ich bringe ein paar Songs mit, bei denen sie auf die Tanzfläche rennen werden«, ermutigte ich meine Freundin.

»Haha, okay. Komm gut nach Hause.«

Wir waren am Aufzug angekommen. Als sich die Tür öffnete, umarmte mich Lesley und ging dann wieder nach draußen zu ihren anderen Gästen.

Ich muss es ihr sagen.

Einen kurzen Moment überlegte ich, ob ich ihr hinterhergehen und ihr alles beichten sollte. Doch ich bewegte mich nicht. Die Angst vor ihrer Reaktion lähmte mich.

Als sich die Aufzugtür schon fast geschlossen hatte, schob sich eine Hand zwischen den Schlitz, sodass sie mit einem Quietschen wieder aufging. Leon kam schweigend herein. Ich schenkte ihm einen irritierten Blick, bekam aber keine Antwort. Erst als sich die Tür geschlossen hatte und wir nach unten fuhren, zog er mich an sich heran und küsste mich gierig.

»Du siehst heute besonders hübsch aus«, sagte er grinsend und rieb seine Nase an meiner.

»Danke, gleichfalls.«

Ich hatte mich für ein einfaches royalblaues Kleid mit Spaghettiträgern entschieden. Meine Haare waren in einem praktischen Dutt zusammengebunden. Nichts besonders Aufwendiges, trotzdem freute ich mich, dass es Leon gefiel.

Er hatte sein Bandshirt heute gegen ein einfarbiges Modell in Dunkelgrün eingetauscht. Statt einer Jeans trug er eine blaue Chinohose.

»Bist du wirklich müde oder ist etwas passiert?«, fragte er, und die Falte zwischen seinen Augenbrauen trat hervor.

»Beides. Ich hatte ein ... sagen wir mal interessantes Gespräch mit Claudia.«

»Wie meinst du das?«, fragte er nun noch besorgter.

»Sie hat bemerkt, dass zwischen uns etwas läuft.«

»Shit. Was hat sie denn gesagt?«

»Ich sollte ihr versprechen, dass wir noch vor der Hochzeit mit Lesley sprechen«, fasste ich das Wichtigste zusammen. Gerade hatte ich keine Kraft, das ganze Gespräch wiederzugeben.

»Verstehe. Ich werde auch noch mal mit Claudia darüber reden«, sagte er gedankenversunken. Wahrscheinlich versuchte er, eine Lösung für das neue ›Problem‹ zu finden.

»Nein, das ist doch richtig peinlich für mich. Als wäre ich direkt zu meinem Daddy gelaufen und hätte gepetzt.«

»Aber bin ich nicht dein Daddy?« Er grinste mich an, und trotz dieser stressigen Situation musste ich lachen. Oder gerade deswegen?

»Du weißt, was ich meine«, erwiderte ich und gab ihm einen Klaps gegen die Brust.

Die Tür des Aufzugs öffnete sich, und wir traten gemeinsam in die Lobby. Der Boden hier bestand aus einem hellen Stein, der mit goldenen Adern durchzogen war. Nicht ganz mein Geschmack, doch passend für die Lobby eines Hochhauses mit Dachterrassen-Restaurant.

Leon ergriff meine Hand. »Rose, fahr nach Hause und schlaf dich richtig aus. Wir werden schon eine Lösung finden, okay?«

»Okay. Danke fürs Runterbringen.« Ich deutete auf die Fahrstühle.

Leon nahm mich in den Arm, und schon hatte ich das Gefühl, dass mir nichts mehr passieren konnte, solange er mich nur weiterhin hielt. Nach viel zu kurzer Zeit gab er mir einen Kuss auf den Scheitel und löste sich aus unserer Umarmung.

»Ich muss wieder hoch. Wir telefonieren, ja?«

»Machen wir«, erwiderte ich und trat meinen Weg zur U-Bahn an.

Kapitel 28

Am nächsten Morgen klopfte es leise an meiner Tür. Ich realisierte es zunächst gar nicht. Mein Unterbewusstsein war noch in einem Traum gefangen, in dem während meines Auftritts beim *Mercury* der Strom ausfiel. Doch diesmal war kein rettender Leon da, um die Musik wieder zum Laufen zu bringen. Es klopfte ein weiteres Mal, und ich schreckte endgültig aus dem Schlaf auf.

»Herein«, sagte ich mit rauer Stimme.

Nancy steckte den Kopf durch die Zimmertür. »Hab' ich dich geweckt?«

»Ja, aber ist nicht schlimm. Du hast mich quasi aus einem Albtraum gerettet«, erklärte ich und winkte sie ins Zimmer.

Sie schaute mich mitleidig an. »O nein, was hast du denn geträumt?«

»Ach, nur so einen Blödsinn vom Festival. Gut, dass ich das hinter mir habe, ansonsten wäre ich jetzt wirklich verunsichert.«

»Das war wirklich ein super Abend!«, rief sie so aufgeregt wie ein Kind im Süßwarenladen.

Sie ist aufgedrehter als sonst.

»Fand ich auch«, bestätigte ich noch etwas schlaftrunken.

Ich klopfte neben mich aufs Bett und machte Platz

für Nancy. Sie nahm die Einladung an und kuschelte sich neben mich unter die Decke.

»Alles okay?«, fragte ich besorgt, denn so benahm sich meine Mitbewohnerin sonst nicht.

»Jein, ich brauche mal deinen Rat.«

»Was ist denn passiert?«

»Noch nichts. Ich hatte nur überlegt, Lea mit auf Lesleys Hochzeit zu nehmen. Sie hat mir gestern geschrieben und mich gefragt, ob ich jemanden mitbringe, damit sie das entsprechend einplanen kann«, erklärte meine Mitbewohnerin.

»Mmh, das kommt darauf an, wie Lea und du das zwischen euch seht. So, wie du das beschrieben hast, ist es nichts Ernstes. Wenn du einfach nur Spaß haben willst, bring sie mit. Auf der anderen Seite könnte sie das aber auch als Hinweis verstehen, dass du doch mehr möchtest als nur eine Affäre«, analysierte ich die Situation. Eine Aufgabe, die sonst Nancy selbst erledigte, jedoch tat es gut, auch mal auf der anderen Seite zu stehen.

Nancy zog die Bettdecke höher und versteckte sich dahinter. »Ich weiß nicht so richtig, wie ich mich fühlen soll. Kann sein, dass ich doch etwas verknallt bin.«

Sie ließ die Decke sinken, sodass ich ihren hochroten Kopf sehen konnte. Ich kicherte, weil ich Nancy nur selten so verlegen sah.

»Wahrscheinlich ist es das Beste, wenn du mit Lea darüber sprichst und sie fragst, wie sie zu der Sache steht. Wenn es gut läuft, kannst du sie zur Hochzeit einladen.« Ich legte meinen Arm um sie und streichelte ihren Oberarm.

»Das wäre natürlich das Vernünftigste. Aber irgendwie habe ich Angst davor. Warum muss es immer am schwersten sein, mit Menschen zu sprechen, die man gern hat?«, fragte sie und gab dann einen frustrierten Laut von sich.

»Weil wir bei ihnen am meisten zu verlieren haben«, sagte ich abwesend und dachte an Lesley.

Ich wusste, dass Claudia recht hatte: Ich musste so schnell wie möglich mit Lesley reden. Doch ich hatte auch verdammt große Angst davor.

Nachdem Nancy und ich einige Momente schweigend nebeneinandergelegen hatten, schlug meine Mitbewohnerin die Bettdecke zurück und stand auf. »Weißt du was? Ich mach' das jetzt wie bei einem Pflaster: Ich rede sofort mit Lea, dann habe ich es hinter mir.«

»Das ist so typisch du. Du kannst mir gern ein bisschen von deinem Pragmatismus abgeben«, lobte ich sie.

Sie grinste mich an und wedelte mir imaginäre Energie zu, bevor sie mein Zimmer verließ. Die Energiestrahlen reichten aber leider nicht bis zu mir. Denn ich entschied, mein Problem ein weiteres Mal vor mir herzuschieben. Statt mit Lesley zu sprechen, ging ich ins Fitnessstudio – Sport war bei mir schließlich in den letzten zwei Wochen viel zu kurz gekommen.

Nach einer fünfundvierzigminütigen Kardio-Einheit auf dem Laufband saß ich in der Sauna des Studios. Leon hatte sich an diesem Tag noch gar nicht gemeldet. Wahrscheinlich war er damit beschäftigt, Botengänge für die Hochzeit zu erledigen. Aber genau das genoss ich an unserer Beziehung. Keiner von uns fühlte sich gezwungen, den anderen über jeden seiner Schritte zu unterrichten. Es war so ganz anders als damals mit Marc. Die Beziehung zu ihm hatte sich zuletzt wie eine tägliche To-do-Liste angefühlt.

Ich genoss die wohltuende Hitze der Saunakabine. Beim Einatmen spürte ich, wie gut mir diese Auszeit tat. Mein Körper entspannte sich, und ich wusste, dass die Wärme dafür sorgen würde, dass ich keinen allzu heftigen Muskelkater bekam. Ich fragte mich nicht zum ersten Mal, wieso ich das nicht öfter machte. Generell nahm ich mir viel zu wenig Zeit nur für mich – war immer auf dem Sprung.

Dagegen zog mich Leons scheinbare Gelassenheit magisch an. Ich wollte lernen, das auch auf mein eigenes Leben anzuwenden. In dem Moment konnte ich ein weiteres Mal nicht fassen, dass ich mit diesem tollen Mann fortan mein Leben teilen würde.

Als ich die Augen schloss, schweiften meine Gedanken immer weiter ab. Ich stellte mir den Alltag mit Leon vor. Wie es wohl sein würde? Doch zwischen die Bilder schummelte sich immer wieder Lesleys Gesicht.

Nachdem ich vergeblich versucht hatte, sie aus meinem Kopf zu vertreiben, fasste ich einen Entschluss: Ich würde mit ihr reden – noch heute. Ihr von dem One-Night-Stand erzählen und dass Leon und ich uns ineinander verliebt hatten.

Irgendwie hatte ich ein schlechtes Gewissen wegen Leon, weil ich diese Entscheidung ohne ihn traf, aber ich konnte einfach nicht länger warten. Und wir waren uns ja einig, dass wir Lesley von uns erzählen mussten.

Ich wusste nicht, ob es die Wirkung der Sauna war,

jedenfalls wich meine Anspannung einer Entschlos-
senheit. Also stand ich auf, ging in die Umkleide und
wusste: Ich würde das Pflaster jetzt abreißen.

Kapitel 29

Die schmale Straße vom Bahnhof war von alten Häusern gesäumt. Doch ich hatte kein Auge für die Schönheit dieser geschichtsträchtigen Gebäude etwas außerhalb von London – konnte den Anblick der moosbedeckten Schieferdächer und efeubewachsenen Mauern nicht genießen. Ich war zu aufgeregt, was mich am Ende der Straße erwarten würde. Dort lag Lesleys Haus.

Ein Gebäude ebenso schön wie jene, die ich auf meinem Weg passierte. Ein Zuhause, um das ich sie immer beneidet hatte. Aber jetzt konnte ich an nichts anderes mehr denken als an das Gespräch, das vor mir lag.

Wie wird sie reagieren? Wird sie mich rausschmeißen oder Verständnis haben?

Ich wusste es nicht. Zum ersten Mal, seit wir befreundet waren, konnte ich nicht einschätzen, was sie tun würde. Und das machte mir Angst. Das Schlimmste an der ganzen Sache: Ich könnte es ihr nicht einmal verübeln, sollte sie nicht mehr mit mir befreundet sein wollen.

Mit klopfendem Herzen erreichte ich die letzte Ecke, die mich von meinem Ziel trennte. Trotz der warmen Temperaturen in diesem Sommer zitterte ich. Ich blieb stehen, atmete noch einmal tief durch und lief dann schnellen Schrittes auf die Eingangstür zu, wo ich klingelte. Während ich wartete, dass sich etwas im Haus regte, knetete ich nervös meine Hände. Sie waren jetzt schon schweißnass.

Als ich bereits dachte, dass sie nicht zu Hause war, und mich wieder auf den Weg zur Bahnstation machen wollte, hörte ich Schritte. Kurz darauf öffnete sich die Tür und Lesley schaute mich überrascht an.

Die Freude auf ihrem Gesicht verschwand schlagartig, als ich in ernstem Ton sagte: »Wir müssen reden.«

Kapitel 30

»Okay, komm rein«, erwiderte sie und machte eine einladende Geste.

Mit einem Nicken folgte ich ihr den Flur entlang, bis wir vor der offenen Tür zum Wohnzimmer standen.

»Ich muss kurz etwas mit Rose besprechen. Fangt schon mal ohne mich an«, erklärte Lesley den Anwesenden.

Als ich einen kurzen Blick ins Wohnzimmer erhaschen konnte, sah ich, dass um den Kaffeetisch Leon, Claudia, Thomas und Steven saßen.

Mist, ich hätte anrufen und nicht einfach hier aufkreuzen sollen.

Leon warf mir einen fragenden Blick zu. Zur Antwort zog ich nur die Schultern hoch, denn ich wusste selbst nicht, was ich hier gerade machte.

Ich folge Lesley weiter in die Küche, und sie schloss die Tür hinter uns. Hier hatten wir schon so oft über Gott und die Welt geredet. Doch das, was ich jetzt mit ihr besprechen würde, wäre keins dieser locker-leichten Gespräche.

»Setz dich«, sagte sie in ungewohnt strengem Ton.

»Ich bleib' lieber stehen.«

»Okay.« Sie lehnte sich mit vor der Brust verschränkten Armen gegen die Arbeitsplatte, in der das Spülbecken lag. Dann schaute sie mich auffordernd an und wartete darauf, dass ich etwas sagte.

Ich schluckte. »Es tut mir leid, dass ich hier einfach so hereinplatze.«

»Schon gut, es scheint ja wichtig zu sein.« Wieder klang sie gestresst und irgendwie auch abweisend.

»Danke.«

Schweigen.

»Und?«

Sie war aus irgendeinem Grund sauer auf mich. Keine gute Basis für dieses Gespräch. Dennoch erinnerte ich mich an das Pflaster.

Jetzt oder nie.

»Es tut mir leid, dass ich nicht früher mit dir gesprochen habe. Ich hatte einfach Angst, dass du nie wieder mit mir reden würdest.«

»Was ist los, Rose?«, fragte sie nun offensichtlich genervt.

Ich ging einen Schritt auf sie zu, weil ich die Distanz zwischen uns nicht aushielt. Hielt dann aber inne, als ich Lesleys verschlossenen Blick sah.

»Okay, ich werde dir nun etwas sagen, das dir nicht gefallen wird, doch ich bitte dich, mir bis zum Ende zuzuhören, okay?«, versuchte ich, noch etwas Zeit zu schinden.

Lesley ließ ihre Hände sinken und stützte sich damit an der Arbeitsplatte ab. »Okay.«

»Erinnerst du dich noch, als ich Marc beim Fremdgehen erwischt habe und du mich bei dir aufgenommen hast?«, fragte ich, um über die richtige Formulierung nachdenken zu können.

Sie nickte langsam.

»Nachdem du noch mal ins Krankenhaus musstest, ist zwischen deinem Vater und mir etwas passiert, das nicht hätte passieren sollen. Ich war in dem Moment so einsam und verletzt und habe nicht nachgedacht–«

»Ich weiß«, unterbrach sie mich, bevor ich *es* aussprechen konnte.

Was?

Zuerst dachte ich, ich hätte mich verhört.

Meine Freundin seufzte. »Ich weiß von deinem One-Night-Stand mit meinem Vater. Er hat es mir gebeichtet, bevor ihr gemeinsam auf Tour gegangen seid.«

»Was?«, fragte ich entsetzt.

»Er hat mir auch gesagt, dass er dich nicht vergessen konnte.«

Ihre Worte drangen wie durch Watte zu mir durch. Ich konnte nicht glauben, was sie da sagte. Außerdem war ich geschockt davon, dass Leon bereits mit ihr gesprochen hatte.

»Okay … und es stört dich nicht?«, brach es aus mir heraus. Für einen Moment hatte ich die Hoffnung, dass dieses Gespräch besser verlief, als ich es mir ausgemalt hatte.

»Ich finde es seltsam, aber ihr seid beide erwachsen und ich habe kein Recht, euch zu verurteilen«, erwiderte sie in einem Ton, der so gar nicht zu dem passte, was sie sagte.

Daher brachte ich nur ein gestottertes »Danke« heraus.

»Was mich aber stört«, fuhr sie kühl fort, »ist, dass eine meiner besten Freundinnen nicht den Mut hatte, es mir zu sagen.«

»Lesley, es tut mir leid. Ich hatte Angst, dass du dann nicht mehr mit mir befreundet sein willst«, warf ich ihr schnell entgegen.

»Und da dachtest du, du führst unsere Freundschaft einfach auf einer Lüge weiter?«

»Nein … Ja. Ich weiß nicht, was ich dachte.«

»Das denke ich auch. Jeder macht Fehler, Rose, jedoch muss man auch mit den Konsequenzen leben können. Wie kommst du gerade jetzt darauf, es mir doch zu erzählen? Kurz vor meiner Hochzeit?«, fragte sie.

»Ich wollte nicht länger, dass etwas zwischen uns steht«, gestand ich kleinlaut.

»Das hat dich die letzten zwei Jahre doch auch nicht gestört. Meinst du, dass ich nicht gemerkt habe, wie du dich immer mehr distanziert hast? Ich hätte dir Thomas so gern besser vorgestellt und mein Glück mit dir geteilt, aber du hast mich gemieden.« Nun zitterte ihre Stimme. Ob vor Trauer oder vor Wut, konnte ich nicht sagen.

»Die Distanz hat mich genauso gestört. Ich konnte dir aber einfach nicht in die Augen sehen.«

Sie ging nicht darauf ein. »Rose, nicht der Fakt, dass es mein Vater ist, hat unsere Freundschaft zerstört, sondern das Geheimnis, das du daraus gemacht hast. Verstehst du das nicht?« Den letzten Satz schrie sie mir entgegen.

»Es tut mir leid«, schluchzte ich.

Ich wusste nicht, was ich noch sagen sollte. Lesley hatte recht – ich konnte dem nichts entgegensetzen.

Meine Gedanken waren ein komplettes Chaos. Lesley wusste bereits von Leon und mir, dennoch hatte sie seine Hilfe angeboten; hatte mich auf das Probeessen eingeladen.

Wieso habe ich es für eine gute Idee gehalten, es ihr zu verheimlichen?

Am liebsten wäre ich davongelaufen. Doch ich musste Lesley die ganze Wahrheit erzählen, wenn ich darauf hoffte, dass sie mir irgendwann verzeihen würde.

»Es tut mir leid«, setzte ich unter Tränen erneut an, »… dass ich dich verletzt habe, indem ich dich die ganze Zeit angelogen habe. Aber ich muss dir noch etwas sagen.«

»Ich kann mir schon denken, was es ist. Du hast wieder mit ihm geschlafen, oder? Deshalb stehst du doch jetzt vor mir. Weil du dein Gewissen erleichtern möchtest!«

Im ersten Moment war ich geschockt von ihren harschen Worten, doch ich fasste mich schnell wieder und sammelte meine letzte verbliebene Kraft zusammen. »So ist das nicht. Leon … Dein Vater und ich … Wir haben uns …«

»… verliebt«, beendete Leon meinen Satz. Er stand in der nun geöffneten Küchentür und kam auf mich zu.

»Was?« Lesley schaute entsetzt zwischen uns beiden hin und her.

»Wir wollten eigentlich bis nach der Hochzeit warten, um es dir in Ruhe zu erklären«, kam Leon mir zu Hilfe. Er legte einen Arm um meine Schultern und gab mir Halt. »Aber Claudia hat den Braten gerochen und uns ins Gewissen geredet, dass wir es dir nicht bis dahin verheimlichen können.«

»Ist das euer Ernst?«, schrie Lesley.

Ich klammerte mich an Leon und war froh, dass er das Reden nun übernahm.

»Ja. Glaub mir, wir haben beide versucht, gegen unsere Gefühle anzukämpfen, doch es ist, wie es ist«, erklärte Leon mit ruhiger Stimme.

»Raus hier!« Lesley funkelte mich wütend an und deutete auf die Küchentür.

»Lesley, bitte lass es mich erklären«, flehte ich sie zwischen zwei Schluchzern an.

»Nein, ich will nichts mehr hören. Du denkst immer nur an dich, Rose. Aber damit ist Schluss. Ich möchte dich nicht mehr sehen. Weder hier noch auf meiner Hochzeit«, spuckte sie mir die Worte förmlich entgegen.

»Lesley, das meinst du nicht ernst«, sagte Leon sichtlich verunsichert.

»O doch!«

Eine Flut aus Tränen vernebelte mir die Sicht. Ich riss mich von Leons Arm los und rannte aus der Küche in Richtung Haustür. Als ich sie schon fast erreicht hatte, holte mich Leon ein.

»Rose, warte.«

»Lass mich, ich möchte jetzt allein sein.«

»Bist du dir sicher?«, fragte er verunsichert.

»Ja, ich muss nachdenken. Über Lesley und auch über uns.«

Leon schaute mich mit großen Augen an. »Was meinst du damit?«

»Du hast mir nicht erzählt, dass Lesley längst von unserem One-Night-Stand wusste. Du hast mich angelogen«, erklärte ich ihm das Gedankenchaos in meinem Kopf.

Er wollte nach meiner Hand greifen, doch ich entzog mich seiner Berührung.

»Rose, es tut mir leid. Du hast nie direkt danach gefragt, und irgendwann kam es mir seltsam vor, es dir zu erzählen.«

»Das macht es nicht besser, Leon.«

»Ich weiß.«

Er lief schweigend hinter mir her, während ich aus

der Haustür ging. Wir waren bereits einige Meter vom Haus entfernt, da blieb ich abrupt stehen und drehte mich zu ihm um. Ich konnte jetzt nicht auch noch ihn verlieren. Also atmete ich tief durch.

»Es tut mir leid, ich bin nicht in der Position, dir Vorwürfe deswegen zu machen. Ich muss jetzt aber erst einmal nach Hause ... allein. Und über Lesley und mich nachdenken. Ich muss das wiedergutmachen.«

Langsam, als hätte er Angst, dass ich ihn erneut abweisen könnte, führte er seine rechte Hand an meine Wange. Diesmal ließ ich seine Berührung zu. »Okay, melde dich, wenn du etwas brauchst.«

Ich nahm seine Hand und küsste sie. Dann drehte ich mich um und machte mich schluchzend auf den Weg nach Hause.

Kapitel 31

»Wow, das ist krass«, war das Einzige, was Nancy sagte, als ich ihr zu Hause von Lesleys und meinem Gespräch erzählte.

»Ja. Das Schlimmste daran: Ich hätte wahrscheinlich genauso reagiert, wäre ich an ihrer Stelle.«

»Du ja, aber es ist Lesley. Sie ist so ein herzensguter Mensch. Ich hätte niemals gedacht, dass sie so reagieren würde.«

»Das hat wohl auch für sie das Fass zum Überlaufen gebracht. Ich hasse mich dafür, dass ich so ein Feigling war«, schluchzte ich in das Sofakissen.

»Bist du sauer auf Leon, weil er es ihr erzählt hat?«, fragte Nancy, während sie meinen Rücken streichelte.

»Anfangs war ich das, doch ehrlich gesagt bin ich erleichtert, dass sie es schon wusste. Für sie ist die Lüge viel schlimmer als die Beziehung an sich«, antwortete ich wahrheitsgemäß.

»Das hört sich schon eher nach unserer Lesley an.«

Ich schaute vom Kissen auf und nickte zur Bestätigung. Die Balkontür reflektierte das Licht der Nachmittagssonne und blendete mich.

»Ich möchte Lesley beweisen, dass ich das nicht aus bösem Willen getan habe«, keuchte ich.

»Aber wie willst du das anstellen?«

»Ich weiß es noch nicht. Doch damit werde ich mich

wohl erst morgen beschäftigen können. Ich muss gleich los zur Arbeit«, verkündete ich.

Nancy, die sich die Woche der Hochzeit extra freigenommen hatte, runzelte die Stirn. »Heute noch?«

»Ja, ich weiß auch nicht, was ich mir dabei gedacht habe.«

Als ich eine Stunde später hinter dem Tresen stand und die Bestellungen der Menschen aufnahm, hatte ich gar keine Zeit, viel über das Gespräch nachzudenken.

»Das macht sechs Pfund und zwanzig Pence. Ich bringe Ihnen das Hot Toast gleich an den Tisch.«

Die Frau in dem hellen Trenchcoat hielt ihre Bankkarte in die Luft, und ich aktivierte die Kartenzahlung in der Kasse. Als diese aufsprang und das Lesegerät ein Piepen von sich gab, nahm sie ihren Latte macchiato und ging auf einen kleinen Tisch in der Ecke des Cafés zu.

Bevor ich den nächsten Kunden begrüßen konnte, trat mein Kollege Michael an meine Seite. »Kannst du dich um das Abräumen und Abwischen der Tische kümmern? Ich mach' dann hier weiter.«

»Klar«, antwortete ich.

Ich war froh über diese ›stumpfe‹ Arbeit. Klar, ein bisschen freundlich musste man zu den Menschen, die an den Tischen saßen, auch sein, aber ich musste nicht allzu sehr auf meine Mimik achten.

Ich brachte meiner Kundin ihr heißes Sandwich und begann damit, den Nebentisch abzuwischen. Es war gerade nicht sehr voll. Die meisten Leute holten sich ein Getränk für unterwegs und setzten sich bei dem Wetter lieber nach draußen.

Kein Wunder, das Wetter war auch jetzt gegen Abend noch super. Hoffentlich würde es am Samstag auf der Hochzeit genauso mild sein. Der Gedanke versetzte mir einen Stich. Ich war ja nicht länger ein Teil dieser Hochzeit.

Als ich einen Kaffeebecher, auf dem der Name Lea stand, von einem verlassenen Tisch räumte, musste ich an Nancy denken. Sie hatte mir gesagt, dass es in letzter Zeit sehr viel um mich gegangen war. Und sie hatte recht. Vielleicht war das der Fehler: Ich dachte viel zu oft daran, wie ich mich bei etwas fühlte, anstatt zu überlegen, was mein Handeln für andere Menschen bedeutete.

Ich balancierte noch mehr Geschirr in den Händen und brachte es in die Küche. Hastig räumte ich es in die Spülmaschine und startete einen Waschdurchgang. Dann trat ich hinter den Tresen und fragte Michael, der gerade dabei war, einen Espresso zuzubereiten, ob ich Pause machen könne. Er nickte.

»Danke. Schreib mir, falls es voller werden sollte.«

Ich schnappte mir einen Muffin aus dem Lager und stieß die Hintertür des Cafés auf. Dann zog ich mein Handy aus der Schürzentasche und öffnete Whats-App.

Hey, du hast gesagt, dass du mich nie wiedersehen willst, und ich verstehe das. Wahrscheinlich hätte ich nicht anders reagiert. Dennoch will ich dir noch schreiben, was ich vorhin nicht sagen konnte. Ich bereue es zutiefst, dass ich nicht ehrlich zu dir war, und hasse mich dafür, dass ich unsere Freundschaft zerstört habe. Wenn du irgendwann doch einmal meinen Rat brauchst, bin ich für dich da. Ich wünsche euch eine wundervolle Hochzeit!

Eine dicke Träne tropfte auf das Handydisplay, denn diese Nachricht war ein Abschied. Ich erwartete keine Antwort von Lesley.

Während ich den kleinen Schleichweg durch einen Busch hinter dem Café nahm, hielt ich mich an meinem Muffin fest. Auf der anderen Seite angekommen, lief ich über die Wiese aufs Wasser zu. Die Themse machte hier einen kleinen Knick und war sehr eng. Dadurch fühlte man sich ein bisschen wie in einer Kleinstadt. Die Gebäude waren nicht so hoch, und der Lärm der Großstadt wurde von den Bäumen und dem Wasser verschluckt.

Ich setzte mich auf eine der Bänke, die am Ufer aufgestellt worden waren. Marc hatte mich ein paarmal von der Arbeit abgeholt, und wir hatten auf dem Rasen ein Picknick gemacht. Die Zeit mit ihm kam mir in diesem Moment vor wie aus einem anderen Leben. Dabei war es erst zwei Jahre her, seit wir uns das letzte Mal gesehen hatten.

Es war in einem Café gewesen. Nicht in dem, wo ich arbeitete, sondern im *Hartley's*, das näher bei seiner Arbeitsstelle in Canary Wharf lag. Wir hatten uns dort in seiner Mittagspause getroffen. Effizienz war eine Stärke von ihm, das musste ich zugeben.

Letztendlich hatte er sich bei mir entschuldigt, mir aber im nächsten Zug erklärt, dass er mich nur betrogen hätte, weil ich ihn in der Beziehung vernachlässigt hatte. Das hatte geschmerzt, doch ich hatte es einfach hingenommen. Ich hatte nicht streiten wollen, zudem hatte ich ihn kurz zuvor mit Leon betrogen. So hatten wir uns darauf geeinigt, die Beziehung zu beenden. Er war froh gewesen, sein Gewissen erleichtert zu haben, und ich, dass ich ihn nicht mehr sehen musste.

Natürlich war ich heute noch traurig darüber, dass es auf diese Art und Weise auseinandergegangen war. Schließlich waren Marc und ich vor unserer Beziehung ein paar Jahre nur Freunde gewesen. Aber in diesem Moment, da ich allein auf der Bank am Ufer der Themse saß, merkte ich, dass ich Marc die letzten Monate nicht vermisst hatte. Weder als Partner noch als Freund. Ich war mir nicht sicher, ob das gegen ihn oder für mich sprach.

Einen Augenblick später gab ich mir selbst das Versprechen, dass ich mit Leon immer ehrlich über seine und meine Wünsche in der Beziehung sprechen würde. Ich wollte keine Wiederholung meiner letzten Beziehung, sondern wünschte mir eine Partnerschaft, in der wir uns gegenseitig unterstützten, ohne dass der eine große Kompromisse eingehen musste.

So verzwickt die Situation mit Lesley auch war, ich stand am Beginn einer Beziehung und war glücklich, wenn ich an den Mann mit dem wunderschönen Lächeln dachte.

Ich biss frustriert in meinen Muffin, weil ich gleich ins Café zurückmusste. Noch drei Stunden, dann hätte ich Feierabend. Am liebsten wäre ich zu Leon gefahren. Doch wahrscheinlich war es besser, etwas auf Abstand zu gehen. Leon sollte ganz für seine Tochter da sein. Daher tippte ich nur eine schnelle Nachricht an ihn.

Bin auf der Arbeit und mache gerade Pause. Ich musste an dich denken. Es tut mir leid, wie das vorhin gelaufen ist.

Ich schickte noch ein Bild von der untergehenden Sonne hinterher. Seine Antwort kam prompt.

> Nicht der schlechteste Platz, um Pause zu machen. Morgen habe ich tatsächlich frei von meinen Verpflichtungen. Thomas und Lesley haben ihren Tanzkurs, und für die Feier ist ansonsten alles geregelt. Und Lesley ist auch nicht wirklich gut auf mich zu sprechen.

Ich zog eine Grimasse und hoffte, damit zu verhindern, wieder loszuweinen.

> Es tut mir so leid! Können wir uns morgen sehen?

> Rose, das war unser beider Entscheidung! Mir tut es leid, dass ich dir nicht früher erzählt habe, dass Lesley es weiß.

> Ja, was stellst du dir vor?

> Du hast das getan, was ich nicht konnte. Ich dachte, wir könnten endlich auf ein ›richtiges‹ Date gehen und um die Häuser ziehen.

> Um die Häuser ziehen? Ist das so ein Ausdruck wie ›Netflix & Chill‹, der was ganz anderes bedeutet?

Ich musste laut auflachen, was das Pärchen, das an mir vorbeiging, mit einem verwirrten Blick quittierte.

> Nein, ich meine damit wirklich, um die Häuser zu ziehen. Ich kenne eine tolle Salsa-Bar.

Ich war schon ewig nicht mehr dort gewesen, weil Marc der Einzige gewesen war, der Lust auf einen solchen Club gehabt hatte.

Als Leon schrieb, dass er dabei wäre, hoffte ich inständig, dass wir meinem Ex nicht begegnen würden. Das wäre die Kirsche auf der Sahnetorte.

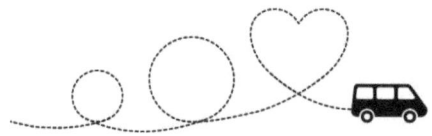

Am nächsten Abend stand ich vor dem Spiegel im Flur und betrachtete mein geschminktes Gesicht und das eng anliegende Kleid. Ich hatte es vor ein paar Monaten gekauft, aber mich nie getraut, es zu tragen. Aus Angst, man könne mich auslachen oder irgendeinen dummen Spruch über meine Figur machen. Es wäre jedenfalls nicht das erste Mal in meinem Leben, dass andere Menschen mir vorschreiben wollten, was ein dicker Mensch tragen durfte oder eben nicht.

Als könnte Nancy meine Gedanken lesen, sagte sie im Vorbeigehen: »Du siehst toll aus.«

Sie war mit einer Packung Popcorn und einer Colaflasche bewaffnet auf dem Weg ins Wohnzimmer. Zwar hatte sie gefragt, ob ich bei ihrem Filmabend mitmachen wollte, war aber jetzt froh darüber, dass ich ausging und sie bei der Filmauswahl keinen Kompromiss eingehen musste.

»Danke. Ich fühle mich jedoch irgendwie unwohl«, sprach ich meine Gedanken aus.

Sie blieb im Türrahmen des Wohnzimmers stehen. »Aber im Laden warst du doch noch ganz begeistert von dem Teil.«

»Es ist eher mein Gemütszustand als das Kleid, glaube ich.«

»Lass mich raten: Du hast ein schlechtes Gewissen, dich zu amüsieren, obwohl du dich eigentlich selbst geißeln solltest, weil du Lesley wehgetan hast?«

Mit offenem Mund sah ich sie an. »Wie machst du das nur immer?«

»Viel zu ehrlich zu sein und andere damit zu verletzen?«, fragte sie sarkastisch.

»Nein, ich meine, die Menschen so gut zu lesen und Situationen zu analysieren. Und meistens das Richtige zu sagen.«

»Das ist Fluch und Segen zugleich. Manchmal ist mein Mund einfach schneller als mein Feingefühl«, erklärte sie.

»Ich weiß – und ich würde lügen, wenn ich behaupten würde, dass ich deswegen nicht schon ein paarmal sauer auf dich war. Aber nur ganz kurz, denn du hast es schon drauf, eine gute Freundin zu sein«, lobte ich sie.

»Danke.«

Wir nahmen uns umständlich in den Arm, weil Nancy immer noch das Popcorn, die Glasflasche und ihr Handy in der Hand hielt. Als es klingelte, lösten wir uns aus der Umarmung und meine Freundin verzog sich auf die Couch.

Jetzt muss ich wohl mit diesem Outfit leben.

Ich öffnete die Haustür, schnappte mir meine Jeansjacke und meine kleine Handtasche und lief Leon im Treppenhaus entgegen.

Kapitel 32

Die Bar war gut gefüllt, als wir ankamen. Aufgrund der sommerlichen Temperaturen waren Stühle und Tische nach draußen gestellt worden, und durch die Lautsprecher dröhnte dieselbe Musik wie im Inneren. Leon und ich wollten erst einmal etwas trinken, bevor wir uns auf die Tanzfläche wagten.

Wir saßen uns an einem winzigen Tisch gegenüber, den ich uns beiden reserviert hatte, während er Getränke besorgt hatte. Ich genoss es, seit Langem mal wieder irgendwo zu sein, ohne selbst arbeiten zu müssen.

»Du wirkst etwas angespannt«, kommentierte Leon und schaute mich mit zusammengezogenen Augenbrauen an.

»So schlimm?«

»Quatsch ...« Er lachte unsicher. »Ich frage mich nur, ob es am Offensichtlichen liegt oder ob es noch etwas gibt, das dich beschäftigt.«

Ich schluckte, warf meine Zweifel aber über Bord. Schließlich saß Leon vor mir. Ich konnte ihm alles erzählen. So nahm ich einen Schluck von meinem Gin Tonic und teilte meine Gedanken mit ihm.

»Ich bin so glücklich wie lange nicht mehr. Doch ich habe das Gefühl, dass ich das nicht verdient habe, weil ich Lesley so hintergangen habe.«

»Rose ...« Er ergriff meine Hand und hielt sie eine Weile, ohne etwas zu sagen. Dann seufzte er. »Ich habe das Gefühl, dass es euch guttun würde, wenn ihr noch einmal miteinander redet. Denn ich glaube, dass weder Lesley noch du alles gesagt habt.«

»Ich hatte schon das Gefühl, dass Lesley das getan hat«, erwiderte ich trotzig.

»Sie hat etwas gesagt, du hast etwas gesagt, aber miteinander geredet habt ihr nicht.«

»Was meinst du damit?«

»Sie hat dir Vorwürfe gemacht—«

»Die ja auch gerechtfertigt sind«, unterbrach ich ihn.

»Bis zu einem gewissen Grad, sicher. Ich meine ja nur, dass da mehr zwischen euch steht als unsere Beziehung. Doch ich will mich in dieser Gelegenheit auf keine Seite schlagen.«

Dieser Satz versetzte mir einen Stich. Ich wollte, dass er zu mir stand. Gleichzeitig verstand ich auch, dass er in dieser Sache neutral bleiben wollte. Aber konnte er das als Lesleys Vater *wirklich?*

»Ihr solltet euch noch einmal treffen und darüber sprechen. Das ist alles, was ich sage«, schloss Leon.

»Das würde ich gern. Ich habe Lesley gestern eine Nachricht geschrieben. Allerdings hat sie bisher nicht auf sie reagiert – was ich ehrlicherweise auch nicht erwartet habe.«

»Gib ihr ein bisschen Zeit«, ermutigte er mich.

Ich spielte mit dem Strohhalm in meinem Glas und beobachtete die Leute um uns herum. Es fühlte sich an, als hätte ich mit diesem Thema den Abend ruiniert, da jetzt eine komische Stimmung zwischen uns herrschte.

»Doch das Wichtigste«, riss mich Leon aus meinen Gedanken, »ist, dass du diesen Abend mit mir jetzt genießt.«

Ich ließ mich von seinem Lächeln anstecken. »Du hast recht.«

Er nahm den letzten Schluck seines alkoholfreien Bieres und hielt mir die Hand hin. »Wollen wir tanzen?«

Ich nickte eifrig, leerte mein Glas ebenfalls und ließ mir dann von ihm aufhelfen.

Während Leon ein begnadeter Tänzer im Jive war, gehörte Salsa nicht zu seinen Stärken. Aber es machte trotzdem Spaß, mit ihm über die Tanzfläche zu fegen. Ab und zu davon unterbrochen, dass er mir auf die Füße trat.

»Das hast du dir sicher schöner vorgestellt. Sorry«, entschuldigte er sich kleinlaut.

Ich zog ihn in einen leidenschaftlichen Kuss. »Der Abend ist perfekt so, wie er ist.«

Wir tanzten, bis mir die Puste ausging und ich Leon signalisierte, dass ich eine Pause brauchte. Anschließend schlängelten wir uns durch die Menge nach draußen und setzten uns auf die Stufen eines nebenstehenden Hauses.

Eine Weile beobachteten wir schweigend die Tanzpaare, die vor der Bar zu der Musik tanzten.

Irgendwann flüsterte Leon mir ins Ohr: »Danke, dass du mich in dein Herz gelassen hast.«

Als Antwort griff ich seine Hand und küsste sie.

»Ich bin glücklich darüber, dass ich diesen Moment mit dir erlebe. Du hast mich aus einem Loch herausgeholt«, fuhr er fort.

»Wie meinst du das?«, fragte ich.

»Ich hatte Angst davor, wieder zu arbeiten. Bei mir gab es früher immer nur komplettes faulenzen oder arbeiten bis zum Limit. Deine Tour hat mir gezeigt, dass es auch etwas dazwischen gibt. Dass man Spaß an seiner Arbeit haben kann«, klärte er mich auf.

»Dabei warst du es, der mir gesagt hat, dass ich Unfälle lockerer nehmen soll«, erinnerte ich ihn an den Zwischenfall auf der ersten Hochzeit.

»Weil ich weiß, wie hart man zu sich selbst sein kann.«

»Es ist schon ziemlich unfair, wie perfekt du bist«, erwiderte ich gespielt beleidigt.

Er lachte laut auf. »Ich bin alles andere als perfekt. Das wollen dir nur die rosarote Brille und dein zweiter Gin Tonic einreden. Das Chaos in meinem Hotelzimmer, das du mit eigenen Augen gesehen hast, ist der beste Beweis.«

»Da war doch kein Alkohol drin«, gab ich zurück und hob mein halb leeres Glas. »Aber ja, über deine Unordnung müssen wir spätestens sprechen, wenn wir zusammenziehen.«

»Zusammenziehen?«, fragte er überrascht.

Mir wurde ganz heiß. Ich hatte das nur so dahingesagt – ohne Hintergedanken.

»Ähm, ich meine, irgendwann in der Zukunft … vielleicht?«

Leon merkte, wie unsicher ich wurde, und küsste lächelnd meinen Schopf. »Ja, irgendwann vielleicht.«

Ich drehte mich zu ihm um und versuchte, in seinem Blick zu lesen. »Das war ein Scherz. Ich bin froh, mein eigenes Reich zu haben … also, fast. Das letzte Mal, dass ich mit meinem Freund zusammengezogen bin, ging es schief.«

»Und das lag nur an der gemeinsamen Wohnung?«, fragte er ernst.

»Nein, so meine ich das nicht.«

Ich seufzte. Leon grinste mich an, als genösse er es, mich in die Pfanne zu hauen.

»Ich mag meine Freiheit und möchte das in nächster Zeit nicht ändern. Doch ich kann mir durchaus vorstellen, irgendwann mit dir zusammenzuwohnen«, stellte ich klar und hoffte, dass er nicht dachte, dass es nur eine Ausrede war.

»Alles gut, Rose. Mir geht es genauso. Ich habe seit zehn Jahren nicht mehr mit jemandem zusammengewohnt. Abgesehen davon glaube ich nicht, dass der Erfolg oder das Scheitern einer Beziehung etwas damit zu tun hat. Ich habe Freunde, die zwei Kinder haben, aber nicht zusammenwohnen.«

»Echt? Das ist ja cool.«

»Ja, dafür gibt es auch den *fancy* Modebegriff ›*living together apart*‹«, erklärte er mir.

»Gefällt mir.«

Er lachte und gab mir einen Kuss, diesmal auf den Mund. Wieder einmal war ich froh darüber, wie offen ich mit Leon kommunizieren konnte.

Wir beobachteten weiter die tanzenden Paare und kommentierten, wenn wir eine Schrittfolge besonders toll fanden. Irgendwann schaute ich auf die Uhr und stellte fest, dass es schon später war, als ich gedacht hatte.

Zwei Uhr.

»Hast du noch etwas vor?«, fragte Leon scherzhaft.

»Ich hab' morgen die Frühschicht, das heißt, entweder mache ich durch oder ich muss bald ins Bett«, erklärte ich.

»Was heißt Frühschicht?«

»Dass ich um sechs Uhr da sein muss, damit ich um sieben Uhr das Café aufschließen kann.«

»Das sind nur noch vier Stunden. Machst du das öfter so?«, fragte Leon überrascht.

»Nicht öfter als einmal im Monat«, erwiderte ich grinsend.

Er sah aus, als ob er mir eine Standpauke halten wollte. Dann schien er es sich jedoch anders zu überlegen, denn er grinste ebenfalls. »Und wie läuft das ab, wenn du die Nacht durchmachst?«

Mein Grinsen wurde noch breiter.

»Als du mich so angegrinst hast, habe ich bei ›die Nacht durchmachen‹ an andere Dinge gedacht«, beichtete Leon, als wir durch die Tür traten.

Ich schrieb Nancy eine kurze Nachricht, dass ich nicht nach Hause kommen würde. Dann wandte ich mich wieder Leon zu und schlang meine Arme um seinen Hals. »Woran denn zum Beispiel?«

»Eine Pille schmeißen und durchtanzen, in ein Schwimmbad einbrechen, Sex ...«, zählte er auf.

»Das klingt alles viel aufregender als das hier«, gab ich kleinlaut zurück. Ich drehte mich enttäuscht im Kreis und deutete auf die Tische und Stühle des kleinen Cafés.

»Das klingt vor allem alles viel illegaler – also, bis auf den Sex.«

»Na ja, nachts meine Arbeitsstelle zu betreten und heimlich die Vorräte plündern, ist auch nicht gerade legal«, versuchte ich, meine Idee spannender zu verkaufen.

»Doch es ist tausendmal entspannter und sinnvoller, als eine Pille zu schmeißen.«

»Da hast du recht.«

»Und das mit dem Sex können wir ja trotzdem umsetzen.« Leon griff mit beiden Händen meinen Po und hob mich auf einen der kleinen Tische.

Ich lachte laut auf. »Aber nicht hier. Uns darf hier vorn im Laden niemand sehen.«

Ich schob sanft seine Hand weg, die bereits unter mein Kleid gewandert war, ergriff sie und führte ihn durch die Küche in eine Vorratskammer, die man von draußen nicht sehen konnte. Dort schaltete ich die kleine Lampe an, griff eine Schachtel aus einem der Regale und hielt sie Leon vor die Nase.

»Muffin?«

»Ich sterbe vor Hunger«, stöhnte Leon mit gierigem Blick auf das Gebäck.

»Was ein Vorteil, dass ich in einem Café arbeite, oder?«

Wir verschlungen jeweils einen Muffin, als hätten wir seit Tagen nichts gegessen. Der Zucker in dem Gebäck kratzte uns noch mehr auf und brachte Leon auf die glorreiche Idee, dass ich ihm doch mal vorführen sollte, wie man einen guten Kaffee machte.

»Das kann ich dir morgen früh zeigen. Bis dahin müssen wir hier hinten bleiben und so tun, als wären wir nicht da«, erinnerte ich ihn.

»Schade, ist doch langweiliger, als ins Schwimmbad einzubrechen«, versuchte er, mich aus der Reserve zu locken.

»Was?«, erwiderte ich entrüstet. »Ich habe mit Nancy und Lesley hier die besten Nächte meines Lebens verbracht. Es war wie ein geheimer Club.«

»Ach, ist das etwa so eine Masche von dir, um Männer abzuschleppen?«, fragte Leon mit einem schelmischen Grinsen im Gesicht.

»Nein, du bist der Erste«, flüsterte ich ihm ins Ohr.

Und das war nicht gelogen. Marc war nie hierher mitgekommen. Als angehender Jurist hatte er immer Angst davor gehabt, erwischt zu werden.

»Soll ich mich jetzt also geehrt fühlen?« Er kam mir mit dem Gesicht ganz nahe, während er das sagte.

Ich sah ihm tief in die Augen. »Ja, das solltest du.«

Als er mich schließlich küsste, explodierte etwas in meinem Inneren. Denn mein Körper kam mit all dem Glück auf einmal nicht klar.

Kapitel 33

Am nächsten Morgen bereute ich, dass wir nicht wenigstens eine Stunde geschlafen hatten. Aber nachdem wir bis um fünf Uhr geredet und rumgemacht hatten, hatte es sich auch nicht mehr gelohnt, die Augen zuzumachen.

Um sechs machte ich uns einen besonders starken Kaffee und bereitete den Tag vor. Kurz vor Schichtbeginn verabschiedete ich Leon mit einem Kuss am Hintereingang, und er stellte sich in die Schlange der Menschen, die darauf warteten, dass ich den Laden öffnete. Er hatte heute nichts vor und daher beschlossen, den Tag mit mir im Café zu verbringen.

Nach der Arbeit wollte ich mich einfach nur hinlegen. Leon holte Lesleys Auto, das er an der Salsa-Bar stehen gelassen hatte, um mich nach Hause zu bringen. Während ich an einem Tisch am Fenster auf Leon wartete, kam Michael zu mir.

»War das dein neuer Freund?«, fragte er ganz direkt.

»Ja, wieso?«

»Nur so. Du sahst echt verliebt aus, auch wenn du versucht hast, es zu verbergen.«

Ich schaute lächelnd zu ihm auf. »Was hat mich verraten?«

»Du warst weniger gestresst als sonst. Und ich habe bemerkt, dass du immer wieder zu ihm geschaut hast.«

»Ups.«

Er blieb vor mir stehen, als wolle er noch etwas sagen.

»Ja?«

»Na ja, findest du nicht, dass er ein bisschen zu alt für dich ist?«, platzte es aus ihm heraus.

Mir wurde von einem Moment auf den anderen schlecht. Diese Frage hatte ich nun wirklich nicht erwartet. Nicht von ihm.

»Nein, das finde ich nicht«, antwortete ich bestimmt.

Michael hob abwehrend die Hände. »Sorry, ich wollte dir nicht zu nahetreten.«

»Bist du aber. Was geht es dich denn an, wie alt mein Freund ist? Wir sind beide volljährig. Was hat das Alter mit Gefühlen zu tun?«

»Nichts, aber …«, begann Michael, doch brach ab.

»Aber?«

»Du hast recht, es geht mich nichts an. Schönen Feierabend«, verabschiedete er sich und kehrte zum Tresen zurück, wo sich eine kleine Schlange gebildet hatte.

Was hat er denn für eine Antwort auf seine Frage erwartet? Wieso kümmert es ihn überhaupt, mit wem ich meine Zeit verbringe?, schimpfte ich innerlich.

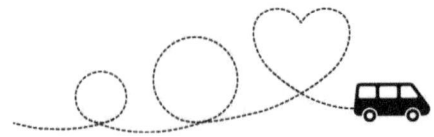

»Alles in Ordnung?«, fragte Leon, als ich wenig später mit nachdenklicher Miene zu ihm ins Auto stieg.

»Ja, ich will einfach nur ins Bett«, murmelte ich, während er losfuhr.

Nach dem schönen Abend gestern hatte ich keine Lust, mit ihm über Michaels Kommentar zu sprechen. Es spielte sowieso keine Rolle. Leon und ich waren glücklich miteinander, daran würde auch die Meinung meines Arbeitskollegen nichts ändern.

»Das glaube ich dir.«

Er streckte die Hand aus und strich über meine Wange. Ich schloss die Augen, schluckte den Zorn über Michaels Bemerkung hinunter und genoss Leons Berührung. Als er seine zweite Hand wieder ans Steuer legte, öffnete ich die Lider und schaute aus dem Autofenster. Wir wurden immer langsamer, je näher wir in die Stadt hineinfuhren, weil der Verkehr dichter wurde.

»Ich muss noch etwas mit dir besprechen«, sagte Leon plötzlich.

»Was ist los?«, fragte ich ein wenig gereizt, da eine solche Einleitung nie etwas Gutes verhieß.

»In drei Tagen ist ja die Hochzeit, und obwohl alles so weit geregelt ist, dreht Lesley bereits total am Sender. Ich will für sie da sein und mich nicht ständig wie ein Teenager bei ihr rausschleichen müssen«, erklärte Leon, und ich entspannte mich wieder.

»Das verstehe ich.«

Ja, ich verstand es. Blöd fand ich es trotzdem.

»Ich habe sowieso überlegt, morgen meine Eltern für ein verlängertes Wochenende zu besuchen, da ich sie schon ewig nicht gesehen habe. Sie wohnen in Luton, aber ich fahre selten hin«, erzählte ich ihm von meinen Plänen.

»Das klingt doch super.« Er klang erleichtert über meine Reaktion.

Tut es das wirklich?

Er griff nach meiner Hand. »Am liebsten würde ich natürlich die Hochzeit mit dir an meiner Seite verbringen. Doch ich bin mir nicht sicher, ob ich Lesley dazu überreden kann, dich wieder einzuladen.«

»Ich glaube, das wäre auch keine gute Idee. Nicht, dass es beim Anschneiden der Torte noch zwischen uns eskaliert«, versuchte ich, meine Bitterkeit mit einem Scherz zu überspielen.

Leon lachte, es klang aber etwas unsicher. Als hielte er diese Szene für durchaus möglich. Dabei war Lesley die letzte meiner Freundinnen, der ich so etwas zutrauen würde. Wobei, so sauer wie bei unserem letzten Gespräch hatte ich sie noch nie erlebt.

»Du kannst mich auch hier rauslassen, dann musst du nicht durch das Einbahnstraßen-Labyrinth«, schlug ich vor, als wir fast da waren.

Er nickte und bog in die nächste Parklücke ein. Ich drehte mich zu Leon um, um mir einen Abschiedskuss von ihm abzuholen. Stattdessen nahm er mein Gesicht zwischen seine Hände.

»Es tut mir leid, dass das alles so ein Schlamassel ist. Ich hoffe sehr, dass Lesley und du das wieder hinbekommt. Nicht nur, weil das bei zukünftigen Familientreffen angenehmer wäre«, er grinste mich an, bevor er wieder ernst wurde, »sondern auch, weil eure Freundschaft nicht einfach so enden sollte. Ich liebe euch beide, und es tut mir weh, euch so zu sehen.«

»Ich weiß.«

Mehr konnte ich nicht dazu sagen, ohne zu weinen, daher küsste ich ihn lange genug, um meine Tränen hinunterzuschlucken. Es würden drei lange Tage werden, die wir uns nicht sehen würden.

»Ich wünsche dir ganz viel Spaß auf der Hochzeit.

Ich liebe dich«, sagte ich und gab ihm noch einen letzten Kuss.

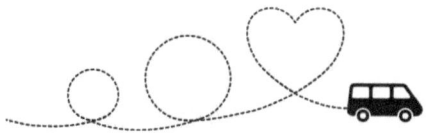

Vollkommen ausgelaugt ließ ich mich auf mein Bett sinken und freute mich darauf, endlich den verlorenen Schlaf von letzter Nacht nachzuholen. Bevor ich mich jedoch schlafen legte, schrieb ich meiner Mutter, dass ich sie morgen gern besuchen kommen würde. Schon fünf Minuten später kam ihre Antwort: Sie freute sich auf mich und wollte wissen, ob sie Sekt oder Eis besorgen sollte. Dabei stand das Eis für eine Krise und Sekt für einen Erfolg. Wir hatten diese Tradition, seit ich mit achtzehn meine Fahrprüfung verpatzt hatte.

Ich antwortete ›Beides‹, und sie schickte nur ein Daumen-Emoji als Antwort.

Daraufhin sank ich in einen tiefen, traumlosen Schlaf.

Am nächsten Tag weckte mich ein Geräusch im Wohnungsflur. Für einen Moment musste ich überlegen, ob ich träumte oder schon wach war.

Nancy steckte ihren Kopf durch die Tür und machte ein besorgtes Gesicht. »Sorry, ich wollte dich nicht wecken.«

»Alles gut. Wie viel Uhr ist es?«, fragte ich verwirrt.

»Schon nach zwölf.«

Überrascht riss ich die Augen auf. Ich hatte so lange geschlafen?

»Was machst du da draußen?«

»Ich habe einen wunderschönen Badschrank gefunden, den jemand auf den Sperrmüll gestellt hat. Lea hat mir geholfen, ihn hierherzuschleppen. Es kann aber sein, dass wir dabei den Kleiderständer umgehauen haben«, erklärte sie ihren kleinen Unfall.

»Hi, ich bin Lea.«

Ein zweites Gesicht erschien in der Zimmertür. Lea war blass und der Rest an ihr dafür umso schwärzer. Ihre Haare glänzten in einem dunklen Ton, und ihre Lippen und Augen waren schwarz geschminkt. Das betonte umso mehr ihre leuchtend blauen Augen.

»Hi, schön, dich kennenzulernen. Ich komme gleich raus und helfe euch«, sagte ich immer noch etwas verschlafen.

»Ach, Quatsch, wir kriegen das schon hin. Wolltest du nicht heute zu deinen Eltern fahren?«

»Ja, daran hat sich nichts geändert. Ich musste nur dringend Schlaf nachholen. Dann packe ich mal. «

»Mach das, wir machen mal hier weiter.«

Lea lächelte mich noch einmal an, bevor sie die Zimmertür wieder schloss. Ich kannte Lea bisher nur aus Nancys Erzählungen, aber auch in Person wirkte sie sehr sympathisch.

Ich sammelte kurz Kraft und rollte mich dann aus meinem Bett, um zu duschen. Zu meinen Eltern nach Luton brauchte ich nur fünfzig Minuten mit dem Zug. Früher hatte ich geflunkert und oft erzählt, dass ich aus London kam, obwohl ich in Wahrheit nur in einem Vorort aufgewachsen war. Heute war ich froh, nicht in dieser riesigen Stadt groß geworden zu sein.

Nach dem Duschen schmiss ich einfach alles in meinen kleinen Koffer, das mir sinnvoll erschien. Ich stockte, als ich meinen Schrank öffnete und dort das

Kleid entdeckte, das ich auf Lesleys Hochzeit hatte tragen wollen. Jetzt hatte ich keine Verwendung mehr dafür und hängte es wieder zwischen meine anderen Sachen.

Es war, als realisierte ich erst jetzt wirklich, was es bedeutete, an Lesleys großem Tag nicht bei ihr sein zu können. Ich blinzelte ein paar Tränen weg und schloss meinen Koffer. Mein Laptop und meine Kopfhörer waren natürlich das Wichtigste. Diese verstaute ich als Letztes in meiner Umhängetasche, ehe ich mein Zimmer verließ.

Lea und Nancy saßen am Küchentisch und tranken Tee. Sie kicherten, als ich den Raum betrat.

»Gute Fahrt, Rose. Viel Spaß bei deinen Eltern.«

»Danke. Und euch viel Spaß auf Lesleys Hochzeit. Macht ein paar Bilder für mich«, versuchte ich, in einem möglichst neutralen Ton zu sagen.

Nancy stand auf und nahm mich fest in den Arm. »Das mach' ich. Es tut mir so leid.«

Anstatt etwas zu erwidern, schüttelte ich nur den Kopf und verließ die Küche Richtung Wohnungstür. Ich konnte jetzt nicht in Tränen ausbrechen. Zum einen wollte ich meinen Zug nicht verpassen, zum anderen wollte ich Leas und Nancys Date nicht verderben.

Kapitel 34

»Komm her, meine Süße.«
Ich ließ mich in die Arme meiner Mutter fallen. Sie roch wie immer nach Wasserlilie und strömte eine Wärme aus, die ich nicht beschreiben konnte.

»Schön, hier zu sein«, brummte ich an ihrer Brust.

»Das finde ich auch. Wir haben schon gegessen. Hast du Hunger? Dann mache ich dir noch mal etwas warm.«

Ich nickte, als wir uns aus der Umarmung lösten.

»Hallo, Rosie«, begrüßte mich mein Vater mit meinem Spitznamen und zog mich ebenfalls in eine Umarmung.

Ich räumte schon mal meinen Koffer in mein Zimmer und gesellte mich anschließend wieder zu meinen Eltern. Als ich gemeinsam mit ihnen am Tisch saß und sie mich beim Essen beobachteten, fühlte ich mich wie bei einem Verhör.

»Dann wirst du aber nur bis morgen Abend bleiben oder fährst du am Samstag direkt von hier zu Lesleys Hochzeit?«, fragte meine Mutter.

Mist, ich dachte, ich könnte das Thema noch ein bisschen länger umgehen.

Ich kaute besonders gründlich und ließ mir Zeit, bevor ich antwortete. »Lesley hat mich ausgeladen.«

Ich wollte eigentlich nicht weinen, aber als mich meine Eltern mit diesem mitleidigen Blick anschauten, begannen die Tränen von ganz allein zu rollen.

»Warum denn das? Haben sie doch nicht genug Platz für alle Gäste?«, fragte meine Mutter entsetzt.

Süß, wie sie versucht, einen anderen Grund als einen offensichtlichen Streit zu finden.

»Nein, Lesley und ich haben uns gestritten. Daraufhin hat sie mich ausgeladen«, erklärte ich die Situation.

»Das ist aber ein bisschen übertrieben. So schlimm war euer Streit sicher nicht, dass man so krass reagieren muss«, klinkte sich mein Vater ins Gespräch ein.

Habe ich ihn jemals zuvor das Wort ›krass‹ sagen hören?

»Doch«, widersprach ich.

Mehr brachte ich nicht hervor, bevor ich in den Armen meines Vaters zusammenklappte. Ich hatte das Gefühl, dass nun die Geschehnisse der letzten Tage so richtig auf mich einkrachten. Als könnte ich mich bei meinen Eltern endgültig fallen lassen. Hier musste ich nicht stark sein.

»Muss ich das jetzt erzählen?«, fragte ich zwischen zwei Schluchzern.

»Ach, Rose, natürlich nicht. Erzähl es, wenn oder falls du möchtest.«

Ich nickte, während ich mich aus den Armen meines Vaters grub, um das Taschentuch entgegenzunehmen, das meine Mutter mir reichte. Ich schnäuzte mich einmal laut. Dann hörte ich plötzlich ein Geräusch im Flur.

»Wenn das nicht meine kleine Schwester ist, die da so laut wie ein Elefant weint«, stellte meine Schwester fest und kam ins Zimmer gerauscht.

»Poppy, was machst du denn schon hier?«, fragte meine Mutter überrascht.

Jap, wir sind beide nach Blumen benannt worden.

»Sie haben mir für den Abend freigegeben, weil kaum etwas los war im Restaurant«, antwortete meine Schwester. Poppy umarmte mich von hinten und gab mir einen Kuss auf den Schopf. »Na, du berühmter DJ. Ich habe mir den Stream vom *Mercury* angeschaut, und die Leute dort waren auf jeden Fall begeistert. Hast du schon etwas von irgendwelchen Agenten gehört?«

»Leider nein.«

»Wird schon.«

Das liebte ich an Poppy. Sie interessierte sich für mich, aber zerkaute das Thema nicht unnötig. Sie wusste genau, wie es war, einem Traum hinterherzujagen. Mit zweiunddreißig Jahren hatte sie ihren Job als Lehrerin gekündigt und eine Ausbildung zur Köchin begonnen. Um das wenige Geld, was sie damit verdiente, zu sparen, war sie wieder bei unseren Eltern eingezogen. Nicht immer einfach, doch das Logischste in ihrer Situation.

»Lust auf einen Spaziergang?«, fragte sie mich und wischte mir die Tränen von den Wangen.

»Ja.«

Poppy und ich gingen schweigend nebeneinanderher.

»Du musst nichts erzählen, aber wenn du möchtest, bin ich da«, wiederholte sie das Angebot meiner Mutter.

»Danke.«

Wieder schwiegen wir. Die Stille wurde nur unterbrochen von der knackenden, flackernden Straßenlaterne über uns. Sie war schon kaputt gewesen, als ich ein Kind gewesen war.

»Wie läuft es in der Küche?«, fragte ich Poppy.

»Ach, an sich macht es Spaß, wären da nicht so misogyne Arschlöcher, die finden, dass Frauen nur an den heimischen Herd gehören und für den Stress in einer Großküche nicht gemacht sind.« Sie verdrehte die Augen und schien nicht weiter darauf eingehen zu wollen.

»O Gott, wie hältst du das aus?«

»Indem ich mir vorstelle, wie es sein wird, wenn ich so gut werde, dass ich sie irgendwann herumkommandieren kann«, erklärte sie und drehte sich grinsend zu mir.

»Guter Plan!«

»Finde ich auch.«

Wie von einer unsichtbaren Schnur angezogen, betraten wir den kleinen Spielplatz, auf dem wir früher viele Nachmittage verbracht hatten. Am Abend waren keine Kinder mehr da, und es war noch zu früh für die Jugendlichen, die hier heimlich rauchten. Wir setzten uns beide auf eine Schaukel und ließen uns ein wenig hin- und herwiegen.

»Ich finde es toll, dass du das durchziehst, Poppy. Ich bin stolz auf dich!«

»Danke, Rosie.«

Wir blickten beide schweigend zum Himmel, der an Zuckerwatte erinnerte und an dem bereits die ersten Sterne zu sehen waren. Ohne meine Schwester anzuschauen, fing ich an zu erzählen.

»Ich habe einen neuen Freund und bin sehr glücklich mit ihm. Wäre da nicht seine Tochter ...«

»Wow, Rose, das erzählst du erst jetzt?! Aber ich kann mir vorstellen, dass das für seine Tochter nicht leicht ist. Wie alt ist sie denn?«

»Siebenundzwanzig«, antwortete ich tonlos.

Jetzt schaute mich Poppy verwirrt an. »Warte mal, wie alt ist dein Freund?«

»Leon ist dreiundvierzig.«

»Okay, das ergibt Sinn. Auch dass das mit seiner Tochter schwierig ist.«

Ich freute mich darüber, dass mich meine Schwester nicht gleich verurteilte und in Ruhe zuhörte. »Ja, denn das ist noch nicht das Ende der Geschichte …«

»Okay …«

»Es ist Lesley … Also, ich bin mit Lesleys Vater zusammen.«

»Wow«, war das Einzige, was Poppy zunächst herausbrachte.

Ich nickte schuldbewusst.

»Das ist sicherlich *weird* für Lesley. Aber was ist das Problem? Ihr seid doch alle erwachsen.«

Es erleichterte mich, dass Poppy nicht so abweisend reagierte wie Michael. Also atmete ich einmal tief durch und erzählte ihr die Geschichte von Anfang an. Inklusive meines seltsamen Gesprächs mit meinem Kollegen.

»Wie bitte?! Was für veraltete Vorstellung hat der denn?«, empörte sich Poppy.

»Na ja, er wird da sicher nicht der Einzige sein«, sprach ich meine Ängste aus und deutete in Richtung unseres Hauses.

»Denkst du, Mum und Dad werden das nicht verstehen?«

»Ich werde ihnen sicher nicht alle Details erzählen. Ich habe echt Sorge, dass sie Lesley recht geben und mich verurteilen werden.«

»Rose, das sind unsere Eltern. Vielleicht halten sie es zuerst für seltsam, dennoch werden sie für dich da sein«, sagte Poppy überzeugt.

»Du hast wahrscheinlich recht. Aus dem Haus können sie mich ja auch nicht mehr werfen«, scherzte ich.

Poppy lachte, und ich stimmte ein. Schließlich war ich als Kind einmal mit dem Vorhaben abgehauen, allein zu leben. Als der Hunger dann gekommen war, war ich allerdings mit meiner kleinen Reisetasche und meinem riesigen Teddy wieder nach Hause gekommen.

»Willst du es gleich hinter dich bringen?«, fragte meine Schwester vorsichtig.

»Ich glaube schon.«

Kapitel 35

»Na, hat die frische Luft gutgetan?«, fragte meine Mutter, kaum dass wir das Haus betreten hatten.

Ich nickte, als ich meinen Kopf ins Wohnzimmer steckte. Meine Eltern saßen auf ihrem Sofa und schauten irgendeine Quizshow. Am liebsten hätte ich mich einfach dazugesetzt und schweigend mitgeschaut. Ich hatte keine Lust auf dieses Geständnis, da ich das Gefühl hatte, dass ich selbst daraus eine viel zu große Sache machte.

Was ist schon dabei, dass ich einen Partner habe, der älter ist als ich?

»Soll ich uns einen Eisbecher machen?«, fragte mein Vater, nachdem er den Ton des Fernsehers auf stumm geschaltet hatte.

»Ach, gegen ein Glas Sekt spricht eigentlich auch nichts«, verkündete meine Schwester, die noch dabei war, ihre Schuhe auszuziehen.

Vielen Dank, Poppy.

»Was Poppy damit sagen will: Ich muss euch etwas erzählen. Ich habe jemanden kennengelernt, und wir sind seit ein paar Tagen zusammen«, fiel ich mit der Tür ins Haus.

Mein Vater, der gerade aufstehen wollte, sank wieder in die Kissen und legte den Arm um meine Mutter. »Das freut mich für dich. Ich hoffe, er ist treuer als Marc.«

»Henry!« Meine Mutter gab ihm einen Klaps gegen die Schulter.

Ich lachte. »Das hoffe ich auch, Dad.«

Meine Mutter stand auf, umarmte mich kurz und nahm dann wieder auf der Armlehne des Sofas Platz. Poppy und ich fläzten uns in die Sessel, die gegenüber der Couch standen.

»Ich hab mir so meine Gedanken gemacht. Ist es vielleicht einer von Lesleys Brüdern? Ist sie deshalb sauer auf dich?«, vermutete meine Mutter.

»Nein, Mum, die sind Teenager«, erwiderte ich genervt.

»Ach so, also hat euer Streit gar nichts damit zu tun?«

»Doch, aber es ist etwas anders, als du denkst«, antwortete ich zerknirscht.

Meine Eltern schauten mich fragend an. Jetzt musste ich es durchziehen.

Ich fummelte an dem Stoff des Sessels herum. »Mein neuer Freund heißt Leon und ist Lesleys Vater.«

Eine seltsame Stille füllte den Raum. Meine Eltern sahen aus, als ob sie die Information nicht so schnell verarbeiten konnten. Ich blickte hilfesuchend zu meiner Schwester.

»Glückwunsch. Alles Gute euch!«, rief sie übertrieben glücklich.

»Ja, Glückwunsch«, stimmte meine Mutter ein und trank einen Schluck aus dem Wasserglas vor ihr. Dann schaute sie ihren Mann an. Ob auffordernd oder verwirrt, konnte ich nicht sagen. Als mein Vater immer noch nichts sagte, bekam er den Ellbogen meiner Mutter zu spüren. »Henry, freust du dich denn nicht für deine Tochter?«

»Wie alt ist dieser Mann?«, war das Erste, was er

mit scharfem Ton sagte.

»Dieser Mann heißt Leon, Dad«, erwiderte Poppy an meiner Stelle.

Er ignorierte sie und starrte mich an.

»Er ist dreiundvierzig«, antwortete ich mit zittriger Stimme. Es war genau das eingetroffen, was ich befürchtet hatte.

»Nur zehn Jahre jünger als ich«, murmelte er vor sich hin.

»Und nur sechzehn Jahre älter als Rose. Was ist das Problem?«, fragte meine Schwester.

Danke, Schwesterherz.

»Er könnte dein Vater sein«, brummte er an mich gewandt.

In mir stieg Wut auf. Leons Alter war das Einzige, was ihn interessierte.

Will er denn nicht mehr über den Mann wissen, den ich liebe?

»Könnte er, ist er aber nicht. *Du* bist mein Vater, und ich wünschte, du würdest dich für mich freuen«, gab ich frostig zurück.

Tränen sammelten sich in meinen Augen. Ich konnte nicht sagen, ob aus Zorn oder Trauer – wahrscheinlich war es eine Mischung aus beidem.

»Ich freue mich für dich, mein Schatz. Viele Stars, so wie Madonna, haben Partner oder Partnerinnen mit Altersunterschied«, mischte sich meine Mutter ein. Sie schien den ersten Schock überstanden zu haben, denn sie kam nun auf mich zu und nahm mich wieder in den Arm.

»Und wo ist dieser Leon jetzt? Ich würde mich gern mal mit ihm unterhalten«, ignorierte mein Vater meine Einwände.

»Henry, was ist denn los mit dir? Rose ist doch keine sechzehn mehr«, schalt meine Mutter ihn.

»Nein, das bin ich nicht, aber das scheint Dad nicht akzeptieren zu wollen. Leon ist bei seiner Tochter, weil sie übermorgen heiratet, falls du dich erinnerst«, zischte ich in seine Richtung.

»Und wieso wurdest nur du ausgeschlossen? Es gehören schließlich zwei zu so einer Beziehung«, bohrte er nach.

»Weil ich Lesley belogen habe, da ich Angst hatte, dass sie genauso reagieren würde wie du«, fuhr ich ihn an.

Nun brach ich vollends in Tränen aus und stürmte aus dem Raum die Treppe hinauf in mein altes Kinderzimmer. Dort schmiss ich mich aufs Bett und heulte in die Kissen.

Wieso fühle ich mich plötzlich doch wie ein Teenager?

Von unten hörte ich die Stimmen meines Vaters und meiner Schwester. Dann knallte die Wohnzimmertür und nach ein paar Sekunden wurde auch die Haustür zugeworfen.

Plötzlich klopfte es leise an meiner Tür. Ohne dass ich etwas erwiderte, betrat meine Mutter das kleine Zimmer mit den Dachschrägen. Ich hatte meine Augen geschlossen und schnaufte immer noch in mein Kissen. Dennoch fühlte ich ihre warme Hand auf meinem Rücken.

»Rose, es tut mir leid, dass dein Vater so reagiert hat«, flüsterte sie und setzte sich neben mich aufs Bett.

»Mir tut es auch leid. Ich dachte, dass ich wenigstens von meiner Familie unterstützt werde«, schluchzte ich.

»Das wirst du auch. Er will einfach nur, dass du glücklich bist.«

»So klang das aber nicht. Abgesehen von der Sache mit Lesley war ich lange nicht mehr so glücklich – bis eben.«

»Und das sollst du auch sein. Ich glaube, dein Vater hat einfach Angst, dass du dich in etwas verrennst. Was ist zum Beispiel, wenn Leon keine Kinder kriegen möchte? Schließlich hat er schon eine erwachsene Tochter«, versuchte sie, sein Verhalten zu rechtfertigen.

Mit einem Mal versiegten meine Tränen. Ich stützte mich auf meine Ellbogen und schaute meine Mutter entsetzt an. »Darum geht es ihm? Mum, Leon und ich haben nicht einmal darüber gesprochen. Wir sind erst seit ein paar Tagen wirklich zusammen. So weit sind wir noch nicht. Und selbst wenn Leon keine Kinder mehr bekommen möchte, wäre das nicht schlimm für mich. Ich bin mir ja noch nicht einmal sicher, ob ich Mutter werden will.«

»Okay«, sagte sie schlicht und strich mir liebevoll übers Haar. Wenigstens war sie auf meiner Seite.

»Ich verstehe einfach nicht, wieso das alles so kompliziert gemacht wird. Was spielt es für eine Rolle, wie viel Altersunterschied wir haben, solange wir beide erwachsen sind?«, redete ich mich in Rage.

»Weil Menschen gern Drama sehen. So können sie ihrem eigenen langweiligen Leben für einige Momente entfliehen, ohne direkt involviert zu sein. Ist jedenfalls meine Erfahrung«, analysierte meine Mum die Situation. »Mit Ausnahme deines Vaters. Ich glaube, er hat einfach realisiert, dass du erwachsen geworden bist und er dafür immer älter wird. Das nagt ein bisschen an ihm.«

»Aber warum muss er es an mir auslassen?«, fragte ich gefrustet und legte meinen Kopf wieder auf dem Kissen ab.

»Lass ihn eine Nacht darüber schlafen. Morgen sieht die Welt schon besser aus«, beruhigte sie mich.

»Ja, vielleicht. Doch so langsam habe ich die Heulerei satt. Ich will einfach nur glücklich sein.«

»Das verstehe ich. Aber bis dahin sind wir für dich da. Auch dein Vater, obwohl er sich heute nicht von seiner besten Seite gezeigt hat.« Sie gab mir einen Kuss auf meinen Scheitel und verließ das Zimmer.

Ich atmete tief ein und aus und fischte dann mein Handy aus meiner Tasche, die ich vorhin nur achtlos ins Zimmer geworfen hatte. Auf dem Display blinkten ein entgangener Anruf von vor einer Stunde und eine Nachricht von Leon.

> Ich wollte einfach nur quatschen. Habe gerade ein bisschen Luft. Ich hoffe, du hast Spaß bei deiner Familie?

Ich lachte ein bitteres Lachen und antwortete ihm.

> Wenn du mit Spaß meinst, dass dich mein Vater fast zu einem Duell herausgefordert hätte, weil er dich für zu alt für mich hält? Ja, dann habe ich ganz viel Spaß.

Es dauerte ein bisschen, bis eine Antwort kam. In der Zeit machte ich mich in dem kleinen Gästebad bettfertig und legte mich unter die weiche Decke. Ich hatte keine Lust, im unteren Stockwerk noch einmal meinem Vater zu begegnen.

> O Shit, das tut mir leid. Soll ich vorbeikommen und mit ihm reden?

Schon okay, ich gehe jetzt schlafen und rede morgen noch einmal mit ihm. Aber irgendwann will ich schon, dass du meine Eltern und meine Schwester kennenlernst. 😊

Das würde ich liebend gern. Aber dann bringe ich wohl lieber einen Säbel mit.

So schlimm ist mein Vater eigentlich gar nicht ... normalerweise. Na ja, ich melde mich morgen. Ich liebe dich.

Als ich schon im Dunkeln lag und versuchte einzuschlafen, klopfte es noch einmal an meiner Tür. Ich hörte meine Schwester meinen Namen sagen. Doch ich hatte keine Kraft mehr zu reden. Also tat ich so, als schliefe ich schon.

Kapitel 36

Als ich am nächsten Morgen aufwachte, roch ich das Frühstück, das unten zubereitet wurde. Zwar aß ich keinen Speck mehr, aber ich liebte den Geruch von einem klassischen English Breakfast immer noch.

Ich checkte mein Handy, hatte allerdings bis auf ein paar Instagram-Benachrichtigungen keine Nachrichten. Also scrollte ich in der App ein bisschen umher, weil ich noch nicht bereit, war, mich meinem Vater ein zweites Mal zu stellen, und schrieb Leon anschließend eine ›Guten Morgen‹-Nachricht.

> Ich hab' gestern zum Einschlafen dieses Lied gehört. Vielleicht ist das auch was für deine Playlist.

Ich schickte den Link hinterher und warf mein Handy neben mich aufs Bett. Dann öffnete ich meinen Koffer und suchte mir ein Outfit für den Tag raus. Ich entschied mich für ein kurzes Kleid, denn es sollten wieder über dreißig Grad werden. Mit dem Kleid und frischer Unterwäsche bewaffnet, machte ich mich auf den weg ins Gästebadezimmer. Nur um festzustellen, dass Poppy es blockierte.

»Morgen, dauert noch ein bisschen«, kam es aus dem Inneren.

Na toll, also muss ich schon vor dem Duschen an meinen Eltern vorbei.

»Morgen, mein Schatz.«

Meine Mutter saß auf der Couch und las in einem Buch. Ich konnte nicht erkennen, welches es war. Das dunkle Cover mit dem einsamen Haus im Schnee ließ aber auf einen skandinavischen Krimi schließen. Mein Vater hob nur seine Hand, wandte sich jedoch nicht vom Herd ab.

Ich war froh über diese knappe Begrüßung und schlüpfte schnell ins Badezimmer, das etwas weiter runter den Flur lag. Es war viel geräumiger als das Gästebad im ersten Stock. Hier gab es eine Badewanne und Dusche. Es war etwas altmodisch für meinen Geschmack, aber als meine Eltern hier eingezogen waren, war es sicher sehr schick gewesen, das gesamte Bad mit den bunten Fliesen zu kacheln.

Ich zögerte die Zeit unter der Dusche besonders lange hinaus. Als ich in den großen, runden Spiegel über dem Waschbecken sah, blickte mir eine aufgequollene Rose entgegen. Die Haut unter meinen Augen war geschwollen und gerötet. Ich würde mir später eine Gesichtsmaske kaufen und etwas entspannen.

Als würde das meine Probleme lösen.

Meine Familie saß schon am Esstisch in der Küche und wartete auf mich, als ich aus dem Bad kam.

»Sorry, ihr hättet doch schon anfangen können«, entschuldigte ich mich und zog den Stuhl zwischen Poppy und meiner Mutter zurück.

»Quatsch, du bist unser Ehrengast«, neckte mich meine Schwester.

»Hast du gut geschlafen?«, fragte mein Vater zaghaft.

»Es geht so«, gab ich so neutral wie möglich zurück. Er sollte ruhig ein schlechtes Gewissen bekommen.

Ich betrachtete die Auswahl, nahm mir dann einen

Pancake und goss Ahornsirup darüber. Mein Vater griff nach einer Scheibe Toast und knallte sich ordentlich Speck darauf.

»Es tut mir leid, dass ich gestern so harsch reagiert habe«, murmelte er mit finsterem Blick. »Ich weiß immer noch nicht, was ich davon halten soll. Zumal er der Vater einer Freundin ist. Ist das nicht komisch?«

Ich stopfte mir ein großes Stück Pancake in den Mund, um nicht direkt antworten zu müssen. »Natürlich ist das komisch. Hat ja niemand etwas anderes behauptet. Das ist aber eine andere Sache. Ich will doch nur, dass ihr euch für mich freut und Leon erst einmal kennenlernt, bevor ihr euch ein Urteil über ihn bildet.«

»In Ordnung. Lasst uns bald ein Treffen arrangieren«, ging er auf meinen Einwand ein.

»Danke, Dad«, erwiderte ich genauso kurz angebunden.

Das klingt nicht gerade begeistert, aber immerhin besser als gestern.

Einige Minuten aßen wir schweigend vor uns hin. Ich war froh, dass die Sache mit meinem Vater geklärt war – irgendwie jedenfalls. Trotzdem würde ich unseren Streit nicht so schnell vergessen können.

»Und was willst du jetzt wegen Lesley machen?«, fragte meine Schwester.

»Ich habe ihr nach unserem Streit ein Gespräch angeboten. Jetzt muss ich abwarten, ob sie auf mich zukommt.«

»Das wird sie sicher, mein Schatz«, beschwichtigte meine Mutter und tätschelte meinen Arm.

Ich seufzte. »Können wir vielleicht für ein paar Minuten aufhören, über meine Probleme zu reden?«

»Jaja, lasst uns über ein anderes Thema sprechen. Hat Poppy dir schon erzählt, dass sie im Herbst nach Skandinavien möchte?«, eilte meine Mutter mir zu Hilfe.

»Nein, wie cool!«, rief ich und drehte mich begeistert zu ihr um.

»Mum, Skandinavien ist kein Land«, tadelte Poppy sie, ehe sie sich zu mir umwandte. »Ich will in Dänemark einen Sprachkurs machen. Letztens habe ich so einen lustigen dänischen Film gesehen. Der Film war nicht wirklich gut, aber die Landschaft war der Hammer.«

»Und um dir die Landschaft anzugucken, musst du extra Dänisch lernen?« Mein Vater war wohl immer noch etwas grummelig drauf, anders konnte ich mir seine kritische Nachfrage nicht erklären.

»Nein, Dad. Aber irgendwie dachte ich, eine neue Sprache zu lernen, wäre doch cool«, wiegelte Poppy ab.

»Und da suchst du dir eine der nuscheligsten Sprachen aus, die es gibt?«, fragte ich amüsiert.

»Sonst würde es doch nur halb so viel Spaß machen.«

»Ich hoffe, dass du dir da nicht zu viel auf einmal aufbürdest. Eine neue Ausbildung und dann noch eine neue Sprache«, sagte meine Mutter besorgt.

»Du hast doch nur Angst, dass ich dortbleiben möchte, Mum«, neckte Poppy sie.

»Das auch«, entgegnete sie trocken, aber kurz darauf grinste sie uns beide an.

Ich bewunderte meine Schwester. Sie war schon immer mutiger gewesen als ich. Es war nicht so, dass sie sich kopfüber in Dinge stürzte. Sie dachte schon darüber nach, wenn sie jedoch überzeugt von etwas war, dann machte sie es einfach. Vor allem ließ sie sich nicht reinreden, auch wenn unsere Eltern noch so kritisch waren. Ihr Motto war: ›Wenn es doch nicht klappt, dann mache ich eben etwas Neues.‹

»Pass nur auf, dass du dich nicht in die hübschen Däninnen verliebst«, warnte ich sie und ließ dabei meine Augenbrauen wippen.

»Die Schwedinnen sollen die hübschesten Frauen sein, Rose. Aber Schweden ist ja nicht weit weg«, verbesserte sie mich und grinste.

Jetzt mussten wir alle lachen – sogar mein Vater taute etwas auf.

»Was wollen wir heute machen? Euer Vater muss ja leider gleich los, aber ich habe heute Spätdienst«, fragte meine Mutter in die Runde.

»Ich muss heute auch erst um fünfzehn Uhr los. Das Wetter schreit doch nach Schwimmbad, oder nicht?«, schlug Poppy vor.

»Gute Idee – ich muss nur mal schauen, ob ich Badesachen eingepackt habe.«

»Gut, dann lasst uns mal los. Wird sicher voll«, stimm-te meine Mutter zu.

Ich räumte meinen Teller vom Tisch und ging dann nach oben in mein altes Kinderzimmer. Mehr aus Gewohnheit entsperrte ich den Bildschirm meines Handys. Ich erstarrte, als ich Lesleys Namen aufleuchten sah. Benommen ging ich wieder nach unten. Poppy und meine Mutter räumten die Küche auf, als ich hereinkam.

»Hast du einen Bikini dabei?«, fragte Poppy mit dem Rücken zu mir gewandt.

»Ich weiß nicht. Aber ich kann eh nicht mitkommen. Lesley hat mir geschrieben. Sie will sich mit mir treffen«, erklärte ich.

»Oh«, sagten beide wie aus einem Mund.

»Soll ich dich irgendwohin mitnehmen?«, fragte mein Vater, der sich im Flur gerade seine Schuhe anzog.

»Nein, schon in Ordnung. Danke, Dad.«

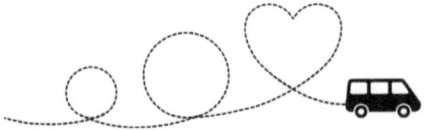

Eine Stunde später saß ich im Bus. Ich hatte mich mit Lesley in einem Café auf halber Strecke verabredet. So musste keine von uns ewig fahren. Ich wusste nicht, was mich bei unserem Treffen erwarten würde. Lesley war nicht auf meine vorherige Nachricht eingegangen, sie hatte nur gefragt, ob wir uns heute treffen könnten.

Dementsprechend aufgeregt betrat ich wenig später unseren Treffpunkt – eine Filiale eines Pret A Manger. Lesley saß bereits an einem der Tische in einer Ecke. Es war viel los, die meisten Leute holten sich aber nur einen Kaffee to go.

»Hi«, hauchte ich, als ich mich Lesley gegenübersetzte.

Ich traute mich nicht, sie zu umarmen. Sie lächelte nicht, sah allerdings auch nicht besonders böse aus. Innerlich atmete ich auf.

»Ich hab' dir schon einen Eiskaffee mitbestellt. Das war hoffentlich in Ordnung?«, fragte sie freundlich, aber distanziert.

Oder bilde ich mir das nur ein?

»Klar, danke dir.«

Sie sagte nichts. Anscheinend wartete sie darauf, dass ich den Anfang machte.

»Du wolltest mich sehen?«, brach ich das Schweigen.

Bevor sie antworten konnte, rief die Kellnerin unsere Getränke auf. Ich sprang auf und holte sie am Tresen ab. Als ich mich wieder ihr gegenüber niederließ, schaute Lesley auf ihre Hände und schien ihre Worte zu ordnen.

»Zuerst einmal wollte ich mich dafür entschuldigen, dass ich dich so aus dem Haus gejagt habe.«

»Du hattest ja auch gute Gründe dafür«, erwiderte ich.

»Das stimmt. Aber trotzdem …«

Stille. Das Gespräch wollte nicht so richtig anspringen. Also ergriff ich das Wort.

»Lesley, du brauchst dich nicht zu entschuldigen. Ich habe dich angelogen – mehrfach. Du hast jeden Grund, sauer auf mich zu sein.«

»Das bin ich auch immer noch«, entgegnete sie. »Doch ich wollte dir sagen, dass das nichts mit der Beziehung zu meinem Dad zu tun hat. Ich habe mit ihm geredet, und er hat mir erklärt, dass das zwischen euch etwas Ernstes ist. Und das respektiere ich.«

»Danke«, entwich es mir leise.

»Es hat mich nur einfach so traurig gemacht, weil ich gemerkt habe, wie wir uns immer weiter entfremdet haben, und ich nicht wusste, wieso. Es hat mich verletzt, da ich das Gefühl hatte, dass du kein Teil meines Lebens mehr sein wolltest und mich auch von deinem ausgeschlossen hast«, schüttete sie ihr Herz aus.

»So ist das nicht. Ich wollte dich als Freundin nicht verlieren, doch ich konnte dir einfach nicht mehr unter die Augen treten. So oft habe ich an dich gedacht, wollte dich anrufen, wieder stundenlang quatschen.

Aber ich dachte, dass ich die Lüge besser aufrechterhalten kann, wenn ich mich von dir fernhalte«, legte ich meine Beweggründe dar.

»Verstehe. Doch damit hast du mir und dir keinen Gefallen getan«, sagte sie traurig.

»Ich weiß. Beim Probeessen habe ich erst gemerkt, wie viel ich in den letzten zwei Jahren in deinem Leben verpasst habe.«

»Und andersherum.«

»Es tut mir leid.«

»Ich weiß.«

Sie nahm einen Schluck von ihrem Kaffee und schaute sich in dem kleinen Café um. Wir waren früher öfters hier gewesen, als ich noch bei meinen Eltern gewohnt hatte.

»Ich vermisse die Zeit von früher«, sagte sie und seufzte.

»Ich auch«, stimmte ich zu.

»Wieso muss sich immer alles verändern?«

»Veränderung ist nicht immer etwas Schlechtes.«

»Ich weiß, aber warum können einige Dinge nicht einfach so bleiben, wie sie sind?«

Ich hatte keine Antwort auf diese Frage. Doch ich war mir auch sicher, dass Lesley keine erwartete.

»Ich will, dass wir unsere Freundschaft wieder hinkriegen« keuchte Lesley, und ganz plötzlich kamen ihr die Tränen.

Unsicher, ob ich sie umarmen sollte, ergriff ich ihre Hand und drückte sie. »Das will ich auch. Ich weiß, dass ich dir keine gute Freundin war. Aber das werde ich in Zukunft besser machen.«

»Danke! Und ich muss dir auch etwas beichten. Ich hab' dich nämlich ebenfalls angelogen«, sagte sie, während immer noch Kullertränen ihre Wangen herunterliefen.

Verwirrt schaute ich sie an.

»Ich will dich bei meiner Hochzeit dabeihaben. Ich möchte nicht, dass du diesen Tag in meinem Leben verpasst«, gestand sie, und das Schluchzen vermischte sich mit einem leichten Lachen.

Ich fiel in das Lachen ein, stand auf und nahm sie nun doch in den Arm. »Bist du dir sicher? Ich könnte verstehen, wenn dir das zu viel ist.«

»Ja, ich bin mir sicher.«

»Danke, Lesley. Ich hab' dich lieb.«

»Ich dich auch.«

In diesem Moment wusste ich, dass wir unsere Freundschaft retten konnten. Es würde Zeit brauchen, aber wir würden es schaffen.

»Ach, eine Sache ist da noch.« Lesley löste sich wieder aus der Umarmung, hielt mich jedoch nun an den Händen fest.

»Ja?«

»Ich will dich nicht ›Mum‹ nennen.«

Und zum zweiten Mal während dieses Gesprächs hatte sie mich aufs Glatteis geführt und gleichzeitig zum Lachen gebracht.

Kapitel 37

»Sie will mich doch bei der Hochzeit dabeihaben!«, kreischte ich ins Telefon und hüpfte auf dem Weg von der Bushaltestelle zum Haus meiner Eltern ein paarmal auf und ab.

»Ich weiß«, erwiderte Leon mit einem hörbaren Lächeln in der Stimme.

Meine Euphorie flachte bei seinen Worten ab. Ich hatte ihn mit dieser Nachricht überraschen wollen und war jetzt ein bisschen enttäuscht.

Aber was mache ich mir vor? Er ist ihr Vater.

»Hast du vorher mit ihr darüber gesprochen?«, fragte ich nach dem Offensichtlichen.

»Ja, doch da war sie sich noch nicht sicher. Sie wollte euer Gespräch abwarten«, erklärte er.

»Verständlich. Du glaubst gar nicht, wie froh ich darüber bin!«

»Ich war mir ziemlich sicher, dass ihr euch wieder vertragen würdet.«

»Ist gut, weiser, alter Mann«, neckte ich ihn.

»Ey, nicht frech werden«, gab er zurück.

»Sonst was?«, fragte ich provokant.

»Werde ich dich morgen den ganzen Abend auf der Tanzfläche festhalten.«

»Und das nennst du Bestrafung?«

»Ja, ich werde nämlich Salsa tanzen und dir auf die Füße treten«, drohte er.

»Okay, okay, ich bin schon ruhig. Sehen wir uns morgen direkt bei der Kirche?«, fragte ich nach seinem Plan. Ich konnte es nicht erwarten, ihn wiederzusehen.

»Genau, ich werde Lesley zum Altar führen.«

»Ich werde sicher heulen, wenn ihr reinkommt«, prognostizierte ich.

»Frag mich mal. Meine einzige Tochter heiratet.«

Ich musste wieder an das Gespräch mit meiner Mutter denken und fragte mich unwillkürlich, was wäre, wenn einer von uns irgendwann Kinder haben wollte und der andere nicht.

Rose, beruhig dich. Für dieses Gespräch ist nach der Hochzeit noch genug Zeit. Wieso boykottiere ich mich selbst, indem ich mir jetzt diese Gedanken mache? Jetzt, da alles in die richtigen Bahnen zu gleiten schien.

»Apropos: Mein Vater möchte dich kennenlernen«, eröffnete ich ihm.

»Okay.« Er zog die letzte Silbe des Wortes in die Länge. Das war also einer dieser Augenblicke, in denen auch Leon mal verunsichert war.

»Hast du Angst?«, neckte ich ihn.

»Keine Angst, aber Respekt«, antwortete er.

Ich musste kichern. Mein Vater war zwar nicht begeistert von Leons und meiner Beziehung, doch er war fair und würde Leon eine Chance geben. Das war mir heute Morgen klar geworden.

»Keine Sorge, das hat ja noch ein bisschen Zeit. Dann kann ich dich auch auf meine Schwester Poppy vorbereiten.«

Ich war mittlerweile bei meinen Eltern angekommen und kickte mir gerade die Schuhe von den Füßen.

»Was muss ich denn alles über deine Familie wissen?«, fragte Leon belustigt.

»Ach, eigentlich sind wir ziemlich durchschnittlich. Aber Poppy ist ein Wirbelwind und sehr direkt.«

»Ey, das habe ich gehört«, rief Poppy durch die offene Wohnzimmertür. Dann schrie sie noch lauter: »Hallo, Leon, ich freue mich schon, dich bald zu treffen. Viel Spaß morgen auf der Hochzeit.«

»Du merkst, was ich meine?«, fragte ich Leon.

Er lachte nur und grüßte Poppy zurück, als ich das Handy in ihre Richtung hielt.

»So, ihr zwei Turteltäubchen, ich muss euch leider unterbrechen. Ich muss gleich los und sollte dir doch vorher Zöpfe flechten, Rose.«

Poppy war die Erste gewesen, die ich nach dem Gespräch mit Lesley angerufen hatte. Sie hatte sich nicht lange damit aufgehalten, über das Treffen zu sprechen, sondern hatte angefangen, mein Styling für die Hochzeit zu planen. Es würde mich nicht wundern, wenn sie als Nächstes Stylistin werden würde, wenn das mit dem Kochen doch nicht klappte.

»O ja, klar. Leon, ich melde mich später bei dir.«

»Na klar, hier sind auch alle schon furchtbar aufgeregt und huschen herum. Ich sollte mich mal nützlich machen.«

Wir verabschiedeten uns, und ich folgte Poppy ins untere Badezimmer. Dort hatte sie allerhand Haargummis und eine Bürste bereitgelegt.

Wo hat sie das in der kurzen Zeit aufgetrieben?

Früher war ich immer das Versuchskaninchen meiner Schwester gewesen, wenn es um Frisuren ging. Heute war ich ihr dankbar, dass sie mir meine Haare flechten konnte. Ich war nämlich nicht wirklich begabt, was so etwas anging. Es hatte seine Gründe, warum ich schon jahrelang einen einfach zu pflegenden Bob trug.

»Wie klein sollen die Zöpfe werden?«, fragte sie und schaute mich im Spiegel an.

»Ich will morgen ein paar schöne Wellen haben, also nicht ganz so klein«, erklärte ich.

Sie nickte. »Du kannst auch meinen Lockenstab nehmen, um etwas nachzuhelfen. Ich schlafe morgen früh sicher noch, wenn du losmusst.«

»Ah, perfekt, danke.«

Während sie meine Haare flocht, quatschten wir über alles Mögliche. Obwohl ich nur dasaß und sie an meinen Haaren herumspielte, war ich unendlich glücklich. Ich hatte das Gefühl, endlich durchatmen zu können.

Poppy erzählte mir die neuesten Geschichten aus ihrer Küche, und wir lästerten gemeinsam über Kollegen, die sie nicht ausstehen konnte. Ich versprach ihr, demnächst einmal mit Leon vorbeizukommen, wenn sie Schicht hatte. Sie lockte mich damit, dass sie mir an diesem Abend das leckerste vegane Gericht zaubern würde, das ich je gegessen hatte.

So ist meine Schwester – ja nicht zu tief stapeln.

»Fertig.«

Ich betrachtete mich im Spiegel. »Wow, danke. Eigentlich könnte ich auch so hingehen, oder?«

»Ob du das auch noch sagen wirst, wenn du morgen völlig verstrubbelt aufwachst? So, ich muss jetzt los. Ich hab' dich lieb.« Sie gab mir einen Kuss auf die Wange und ging dann hoch in ihr Zimmer, um ihre Sachen zu holen.

Den restlichen Abend verbrachte ich damit, noch einmal Lesleys und Thomas' Playlist durchzugehen. Denn mit meiner erneuten Einladung hatte ich auch wieder meine Pflicht als DJ angenommen. Lesley hatte mir schon vor ein paar Wochen ihre Wünsche geschickt, aber ich wollte die Übergänge noch etwas schöner machen.

Ich würde früh schlafen gehen, denn am nächsten Morgen würde Nancy vorbeikommen und mir mein Kleid vorbeibringen. Anschließend würden wir gemeinsam zur Kirche fahren.

Beim Einschlafen malte ich mir den morgigen Tag aus. Ich war gespannt, wie es sein würde, wenn die beiden Familien und Freunde der beiden aufeinandertrafen. Aber vor allem war ich gespannt, wie es sein würde, wenn Leon und ich das erste Mal offiziell als Paar auftraten. Lesleys und Claudias Segen hatten wir ja immerhin schon einmal.

Mit einem Lächeln auf den Lippen schlief ich ein.

Kapitel 38

Als ich Nancy die Tür öffnete, sprang sie aufgeregt auf und ab. »Ich bin so froh, dass ihr euch wieder vertragen habt!«
Von ihrer Energie angesteckt, hüpfte ich mit.

»Auch von mir ›Hallo‹«, begrüßte mich Lea. Mit ihrer ruhigen Art war sie in diesem Moment ein perfekter Gegenpol zu Nancy.

Ich ließ die beiden rein und führte sie ins Wohnzimmer.

»Poppy schläft oben, deswegen habe ich all meine Sachen schon mal hier runtergeräumt, damit wir sie nicht stören«, erklärte ich das Chaos im Raum.

»Perfekt, hier ist dein Kleid.« Nancy überreichte es mir feierlich.

»Dankeschön. Ihr seht beide übrigens wunderschön aus. Habt ihr euch abgestimmt?«, fragte ich mit Blick auf die beiden.

»Ja, ein bisschen«, gab meine beste Freundin schüchtern zu.

Die beiden trugen zwar nicht das gleiche Kleid, aber beide waren aus einem dunklen Weinrot. Nancys Kleid war trägerlos, während Leas schmale Träger aus Tüll hatte. Sie trug ihre schwarzen Haare offen und hatte ihre typischen *smokey eyes* geschminkt. Nancy hingegen hatte einen hellen Lidschatten aufgetragen, der ihre blauen Augen besonders hervorhob.

»Na, dann wollen wir dich auch mal vorzeigbar machen«, sagte meine Mitbewohnerin und klatschte dabei in die Hände.

Ich wusste, dass Nancy das nicht so meinte, wie es sich anhörte. Und recht hatte sie ja. Es sei denn, ich wollte nur im Bademantel meiner Mutter in die Kirche stolzieren. Also nahm ich Nancy das Kleid ab und machte mich auf den Weg ins Badezimmer.

»Ich ziehe mich mal um. Tee steht auf dem Tisch in der Küche. Bedient euch.«

»Ich komme mit.«

Nancy schlüpfte mit mir ins Badezimmer und setzte sich auf den Rand der Badewanne. Ich hatte kein Problem damit, mich vor ihr umzuziehen. Wir wohnten schließlich schon länger zusammen.

»Willst du mir einfach nur helfen oder etwas besprechen?«, äußerte ich meinen Verdacht.

»Erwischt. Ich weiß nicht genau, wie ich damit umgehen soll, wenn mich jemand auf der Hochzeit fragt, ob Lea meine Freundin ist. Ehrlich gesagt habe ich keine Lust, zu erklären, was zwischen uns ist«, gestand sie, während sie sich das Etikett eines Badezusatzes ein bisschen zu genau anschaute.

»Am besten sagst du einfach, dass ihr gute Freundinnen seid. Dann fragt auch keiner nach«, schlug ich vor.

»Aber ich will ihr nicht das Gefühl geben, dass ich sie verleugne.«

»Sie war doch diejenige, die keine feste Beziehung wollte«, erinnerte ich Nancy.

»Ja, schon – und das ist okay so.«

»Na, dann kann sie auch nicht erwarten, dass du sie als feste Freundin vorstellst.«

»Stimmt schon«, erwiderte sie, schien aber noch nicht zufrieden mit dieser Antwort zu sein.

»Strumpfhose ja oder nein?« Ich hob eine beige Variante in die Höhe.

»Rose, es werden heute fünfunddreißig Grad. Jedes Kleidungsstück weniger wird dich vor dem Hitzetod retten«, warnte sie mich.

»Ich dachte nur, falls es später kalt werden sollte.«

»Dann kannst du immer noch reingehen. Vertrau mir und zieh die Strumpfhose nicht an. Auf die Radlerhose würde ich aber nicht verzichten, sonst sind deine Beine schon nach zwei Minuten in der Hitze da draußen wund«, sagte sie mit Blick auf die helle Hose, die ich unter das lange Kleid anziehen wollte.

»Also bist du doch da, um zu helfen«, gab ich zurück und zwinkerte ihr zu.

»Stets zu Diensten. Aber ich glaube, ich sollte mal wieder zu Lea gehen. Komm raus, wenn du fertig bist, dann helfen wir dir mit dem Make-up und den Haaren.«

»Okay, bis gleich.« Als sie die Tür hinter sich schließen wollte, flüsterte ich: »Nancy, entspann dich. Frag sie einfach, wie sie vorgestellt werden will, und mach dir nicht solche Gedanken.«

Sie lächelte und ging.

Ich fragte mich, ob Nancy mehr von Lea wollte als eine lockere Affäre. Schließlich hatte sie mir gebeichtet, dass sie in Lea verknallt war. Aber darüber würde ich nach der Hochzeit mit ihr reden. Jetzt musste ich mich erst mal beeilen.

Nachdem ich in das Kleid geschlüpft war, öffnete ich die geflochtenen Zöpfe und betrachtete mich im Spiegel. Mein Kleid hatte eine dunkelgrüne Farbe und war wie ein Petticoat geschnitten. Es endete knapp unter meinen Knien, sodass es mich nicht störte, aber auch nicht zu kurz für den Anlass war. Dazu würde ich schwarze Sandalen mit einem kleinen Absatz tragen. Diese würde ich auch bis zum letzten Moment in ihrem Karton lassen – schließlich würde ich noch den ganzen Abend darin überleben müssen. Als ich meine Haare so gewellt im Spiegel betrachtete, beschloss ich, sie in Zukunft öfter so zu stylen.

Lea und Nancy hingen beide am Handy und unterhielten sich nebenbei. Als ich hereinkam, blickten sie auf und machten mir Komplimente zum Outfit.

»Wie hast du dir dein Make-up vorgestellt?«, fragte mich Lea sofort und kam auf mich zu.

»Keine Ahnung, nichts zu Auffälliges. Hast du eine Idee?«, gab ich die Frage zurück.

»Also, ich hatte an einen leichten Grünton gedacht, um die Farbe deines Kleides aufzugreifen.«

»Klingt gut. Ist dein Element, oder?«

»Ja, ich hab' schon das eine oder andere Cosplay gemacht«, antwortete sie, und ich bildete mir ein, sie ein wenig erröten zu sehen.

»Das ist eine Untertreibung. Sie fährt regelmäßig zu Conventions«, mischte sich Nancy ein.

»Wie cool. Nähst du deine Kleidung auch selbst?«, fragte ich begeistert und lauschte Leas Ausführungen, während sie mich schminkte und meine Haare mit einem schwarzen Band bändigte.

»Wollen wir die Bahn in zehn oder zwanzig Minuten nehmen?«, fragte Nancy gerade, als es plötzlich an der Tür klingelte.

Wir schauten uns alle drei an, bis mir auffiel, dass

es ja das Haus meiner Eltern und ich daher irgendwie dafür verantwortlich war. Als ich durch den Spion schaute, um zu schauen, wer vor der Tür stand, stockte mir der Atem. Dann machte mein Herz einen Satz und ich riss die Tür auf.

»Was machst du denn hier?«, schrie ich meinen Freund an.

Leon hatte sein unverwechselbares Grinsen auf den Lippen und hielt mir einen kleinen Blumenstrauß entgegen. Er trug einen marineblauen Anzug, der mit einem gelben Faden durchzogen war, der so ein Karomuster erschuf. Seine Haare hatte er mit Gel zu einer Art Tolle gestylt. Obwohl wir uns nicht abgesprochen hatten, ergänzten sich unsere Outfits.

»Möchtest du mich zur Hochzeit begleiten?«, überging er meine Frage. Ohne auf meine Antwort zu warten, nahm er meine Hand und zog mir das Blumengesteck über das Handgelenk.

»Du hast es dir gemerkt?«, fragte ich atemlos und versuchte, nicht schon jetzt in Tränen auszubrechen.

»Natürlich. Und ich bin heute hier, um es besser zu machen als diese Idioten aus deiner Schule damals am Tag deines Abschlussballs.«

Ich bemerkte, wie sich nun doch eine Träne ihren Weg über meine Wange bahnte, und wischte sie schnell weg. Dann küsste ich Leon auf den Mund. In diesem Moment hätte ich nicht glücklicher sein können.

Die Kirche war schon voller Menschen, als wir ankamen. Thomas begrüßte uns mit einem nervösen

Lächeln am Eingang. Wir verabschiedeten uns von Leon, der seinem Schwiegersohn in spe Gesellschaft leisten und ihm gut zureden wollte. Lea, Nancy und ich suchten uns einen Platz auf der rechten Seite, die für die Angehörigen und Freunde der Braut vorgesehen war. Die Bänke der Kirche waren mit zartlila Blumen und weißem Tüll geschmückt.

Ich hob die Packung Taschentücher, die bereitgelegt war, von der Bank auf und setzte mich neben einen sehr feierlich aussehenden, alten Mann. Sicherheitshalber öffnete ich die Packung schon einmal, denn ich war mir sicher, dass ich sie brauchen würde.

»Hallo, ich bin Ernest. Ein Onkel von Claudia«, stellte sich der Herr neben mir vor.

»Schön, Sie kennenzulernen. Wir sind Freundinnen von Lesley«, erwiderte ich, und die anderen beiden grinsten Ernest freundlich an.

Ernest erzählte uns einige Anekdoten aus Lesleys Kindheit, in der so viele Leute vorkamen, die wir nicht kannten. Trotzdem war es niedlich, wie er in Erinnerungen schwelgte, sodass wir an den passenden Stellen lachten.

Als Thomas an uns vorbeieilte und auf den Altar zusteuerte, wussten wir, dass es bald losgehen würde.

»Dem Jungen wird jetzt ordentlich die Pumpe gehen«, kommentierte Ernest das Geschehen.

Bevor wir etwas dazu sagen konnten, fing die Orgel an zu spielen. Ich drehte mich um und schaute zum Eingang der Kirche. Dort stand Leon und an seiner Seite Lesley. Sie wurden beide von dem hellen Sonnenlicht erhellt, das hinter ihnen in den Kirchenraum strahlte und sie wie göttliche Erscheinungen aussehen ließ.

Langsam und im Takt des Hochzeitsmarschs gingen sie den Gang entlang. Sie strahlten beide um die Wette und begrüßten abwechselnd mit einem Nicken die Leute, die sie auf den Kirchenbänken erkannten. Lesley trug ein pompöses weißes Kleid, das an der Hüfte tailliert war und nach unten hin immer weiter wurde. Es passte gar nicht zu ihrem sonst eher minimalistischen Kleidungsstil, dennoch stand es ihr fantastisch.

Als sie an unserer Reihe vorbeischritten, konnte ich silberne Fäden erkennen, die als ein Muster in den Stoff gewebt waren, das aussah wie Blüten oder Eiskristalle. Ihre schwarzen Haare trug sie offen und glatt. Jedoch hatte sie einen Schleier auf dem Kopf, der von einem Haarband gehalten wurde, das aus demselben Stoff wie das Kleid gefertigt war.

Als Leon und Lesley vorn angekommen waren, übergab Leon die Braut an seinen baldigen Schwiegersohn. Lesley und Thomas lächelten sich an und atmeten dann beide sichtlich einmal tief ein.

Ich ging nicht oft in die Kirche, aber mir gefiel der Gottesdienst und die Predigt des Priesters. Nach der Trauung verließen erst alle Gäste die Kirche und standen dann Spalier für das frisch gebackene Brautpaar. Einige warfen Blüten oder Reis. Dann stürmten nach und nach alle auf Lesley und Thomas zu, um den beiden zu gratulieren.

Ich beobachtete Leon, wie er die beiden lange in den Arm nahm und ihnen etwas zuflüsterte. Dann kämpfte er sich durch die Menge zu mir und gab mir einen leichten Kuss auf die Wange.

»Was hast du den beiden denn gesagt?«, fragte ich neugierig.

»Ich habe ihnen einen elterlichen Rat gegeben und Tipps für ihre Ehe. Sie sollen das Gegenteil von dem tun, was ich in meiner Ehe gemacht habe«, erzählte er lachend.

»Hey, so schlecht warst du als Ehemann sicher nicht.«

»Frag mal Claudia«, scherzte er.

Ich stimmte in sein Lachen ein, da ich mir nicht vorstellen konnte, dass Claudia schlecht über Leon reden würde. Ähnlich wie Leon hatte ich sie sehr herzlich und besonnen kennengelernt.

Als ich sah, dass sich Nancy und Lea der Schlange der Gratulierenden anschlossen, wollte ich es ihnen gleichtun.

»Ich sollte auch mal. Danach muss ich schnell zur Location, um einen Soundcheck zu machen.«

Leon nickte und schloss sich breit grinsend einer Gruppe rund um Claudia an.

Als ich nach einer gefühlten Ewigkeit bei Thomas und Lesley ankam, drückte ich Lesley fest an mich. Wir wussten beide, dass so viel mehr in dieser Umarmung steckte, als Außenstehende erahnen konnten.

»Danke, dass ich dabei sein darf. Ich wünsche dir nur das Beste«, flüsterte ich ihr ins Ohr.

»Danke, dass du gekommen bist, Stiefmama«, erwiderte sie.

Ich brachte etwas Abstand zwischen uns und schaute sie gespielt geschockt an.

Sie lachte laut auf. »Sorry, aber das musste heute einfach sein.«

Ich stimmte ein. »Hab' ich irgendwie auch verdient.«

Als Antwort gab Lesley mir einen Schmatzer auf die Wange.

»Wir sehen uns später«, verabschiedete ich mich von ihr und umarmte anschließend Thomas. »Ich wünsche euch alles Gute. Ihr seht beide so toll aus.«

»Danke, Rose, ich bin schon gespannt auf die Musik.«

No pressure, Rose.

Kapitel 39

»Wow«, war alles, was ich sagen konnte, als Leon und ich aus dem Fahrstuhl traten. Ich kannte die Hochzeitslocation zwar schon vom Probeessen, aber die Deko hob das Restaurant noch einmal auf eine neue Stufe. Auch hier fanden sich die Farben aus der Kirche wieder. Die blasslila Blumen bildeten mit langen Stoffbahnen in derselben Farbe und in Weiß die vorherrschende Dekoration.

Leon hatte darauf bestanden, den Sektempfang vor der Kirche schon früher zu verlassen und mich zum Soundcheck zu begleiten. Und irgendwie war ich sehr froh darüber. Es fühlte sich ein bisschen so an, als könnten wir die Zeit meiner Tour noch einmal erleben. Nur ohne die verwirrenden Gefühle zwischen uns. Denn in diesem Augenblick war ich mir ganz sicher, dass dieser Mann das war, was ich wollte.

Wir hatten gerade die Technik eingestellt, als die ersten Gäste eintrafen. Ich ließ eine entspannte Jazz-Playlist im Hintergrund laufen. Später würden dann die ganzen Partyknaller kommen, sobald die Tanzfläche eröffnet war.

Während des Empfangs und des Essens ging ich immer wieder hinter den Tresen, der meinen Laptop verbarg, und checkte, ob alles rundlief. Das Schlimmste wäre, wenn plötzliche Stille entstehen würde. Denn auch während die traditionellen Reden gehalten wurden, lief begleitend Musik im Hintergrund. So hatte ich es mit Thomas und Lesley abgesprochen. Und wie unangenehm das werden könnte, hatte ich ja auf der Tour schon erleben dürfen.

Nach dem letzten Gang ging ich nach draußen, um ein bisschen frische Luft zu schnappen. Die Sonne war schon fast untergegangen und spiegelte sich in den Fenstern der umliegenden Wolkenkratzer. Ich trat ganz nahe an das gläserne Geländer und schaute nach unten. Von hier aus sahen die Autos und Menschen winzig klein aus. Und so fühlten sich auch meine Gedanken gerade an. Klein und unwichtig und vor allem: nicht mehr so negativ wie noch vor ein paar Tagen.

Als ich mich auf der Dachterrasse umblickte, entdeckte ich Nancy und Lea. Sie standen ineinandergeschlungen am Geländer und flüsterten miteinander. Ihre Gesichter wurden von den Lampions über ihnen in ein pinkes Licht getaucht. Sie sahen glücklich zusammen aus, und ich freute mich für meine Freundin.

Einige Schritte entfernt waren gemütliche Liegen mit allerhand Kissen aufgestellt. Ich ging darauf zu und ließ mich darauf sinken. Mit geschlossenen Augen lauschte ich einen Moment dem Treiben um mich herum. Die entspannte Musik war bis hier draußen zu hören, begleitet von dem Gelächter der Gäste.

»Hier steckst du.«

Ich musste die Augen nicht öffnen, um zu wissen, wer es war. Sofort rückte ich ein wenig zur Seite, damit sich Leon neben mich legen konnte.

Als er mir einen Kuss auf den Scheitel gab, öffnete ich doch die Lider. Er hatte sein Jackett ausgezogen und sah mit dem blauen Hemd lockerer, aber nicht minder attraktiv aus. Ich biss mir auf die Unterlippe, weil ich mir vorstellte, wie ich ihm das Kleidungsstück später vom Körper reißen würde.

»Alles gut bei dir?«, fragte er mich und musterte mich mit einem intensiven Blick.

»Ja, ich kann nur gerade mein Glück nicht fassen«, sprach ich meine Gedanken aus.

Er lächelte mich an und gab mir einen langen Kuss. »Geht mir genauso.«

Leon schlang seinen Arm um mich, sodass ich mich in die nun entstandene Kuhle kuscheln konnte. Wir lagen ein paar Minuten schweigend da und beobachteten den immer dunkler werdenden Himmel.

»Du hast fast dafür gesorgt, dass ich zu spät zur Trauung komme«, unterbrach Leon die Stille.

Ich richtete mich etwas auf. »Warum denn das?«

Er nahm mein Gesicht in seine rechte Hand und streichelte mit seinem Daumen über meine Wange. »Als du vorhin die Tür aufgemacht hast, wollte ich dich am liebsten gleich dort lieben. Ist dir überhaupt klar, wie wunderschön du bist, Rose?«

Ich musste wegen des altmodischen Ausdrucks kichern. Gleichzeitig meldete sich ein Kribbeln in meinem Bauch, und ich wusste nicht, wohin mit diesem Gefühl. Also küsste ich Leon. Das hatte aber nur zur Folge, dass das Gefühl immer stärker wurde.

Kann dieser Mann aufhören, so verdammt süß zu sein?!

Ich hätte ewig so daliegen und den Geräuschen des Abends lauschen können, wäre da nicht noch meine Pflicht als DJ gewesen. Thomas kam nach einer Weile nach draußen und erinnerte mich daran.

»Sorry, Rose, aber Lesley und ich würden jetzt gern die Tanzfläche eröffnen«, bat er mich herein.

»O ja, klar, ich bin schon da«, erwiderte ich hastig und sprang auf.

Na ja, ich versuchte es jedenfalls. Von der Liege hochzukommen, war schwerer als gedacht, weil mein Kleid doch mehr Einblick verschaffte.

Als ich es mit Leons Hilfe geschafft hatte, folgte ich Thomas nach drinnen. Dort wartete auch schon Lesley mit einem Mikrofon in der Hand. Nach Lesleys Aufforderung kamen die Gäste näher, die überall verstreut waren.

So wie auch die Dekoration und Lesleys Kleid war der Hochzeitstanz wunderschön und elegant. Die beiden hatten sicher geübt. Ich musste weitere Tränen wegblinzeln, während die beiden an mir vorbeitanzten. Wie geplant ging der Walzer in einen weiteren über, um andere Paare auf die Tanzfläche zu locken. Ich beobachtete, wie Lesley Steven aufforderte und Thomas Claudia die Hand hinhielt. Leon schnappte sich Thomas' Mutter, und andere Paare folgten.

Erst als der zweite Walzer vorbei war und poppigere Lieder liefen, füllte sich die Tanzfläche auch mit jüngeren Gästen. Ich war gerade dabei, ein paar Wünsche in die Warteliste meiner Playlist einzufügen, da flog eine Benachrichtigung über den Bildschirm meines Laptops. Ich hatte vergessen, mein Mailprogramm zu schließen – etwas, das ich sonst immer tat, wenn ich bei der Arbeit in einem fremden WLAN eingeloggt war.

Eine neue Mail eines unbekannten Absenders war angekommen. Ich wollte sie erst wegklicken, aber aus einem Impuls heraus öffnete ich sie doch. Es sollte die richtige Entscheidung sein. Ich überflog die Zeilen einmal und dann ein zweites Mal.

»Rose, ist etwas passiert?«, riss mich Leon aus meinen Gedanken.

Ich antwortete nicht, sondern zeigte nur auf das Display. Er trat etwas näher an mich heran und las mit ernster Miene.

»Ein Angebot einer Musikagentin?«, fragte er, als hätte er die Nachricht eben nicht selbst gelesen.

»Es ist noch nichts Festes, doch sie wollen mich näher kennenlernen.«

»Das ist großartig!«, rief Leon über die Musik hinweg.

Dann ergriff er meine Hand und zog mich auf die Tanzfläche. Während ich mich gemeinsam mit ihm im Takt der Musik wiegte, flossen Tränen über meine Wangen. Mein Make-up war mir in diesem Moment völlig egal, denn es waren Freudentränen. Ich wusste, dass dieser Abend der Anfang von etwas ganz Großem war. Und das Beste daran: Ich durfte das alles mit tollen Menschen in meinem Leben teilen.

Epilog

Gegen vier Uhr endete die Hochzeitsfeier, weil Thomas und Lesley zum Flughafen aufbrechen mussten. Der Plan war, dass Leon sie mit dem Auto dorthin brachte und dann nach Hause fuhr. Ich entschied spontan, mitzufahren und bei ihm zu übernachten. Einerseits, weil ich nicht allein schlafen wollte, andererseits, weil ich neugierig darauf war, wie mein Freund wohnte.

Mein Freund.

Weder Leon noch ich hatten Alkohol getrunken, aber der fehlende Schlaf und der abfallende Stress der letzten Wochen holten uns sofort ein, kaum dass wir bei ihm waren. Wir schafften es nur noch ins Schlafzimmer, wo wir beide sofort ins Land der Träume drifteten.

Nachdem ich nicht mehr schlafen konnte, tigerte ich am nächsten Morgen durch die Wohnung. Ich hatte erwartet, dass es wesentlich unordentlicher sein würde.

Hat Leon etwa geplant, dass ich mit ihm komme, und extra aufgeräumt?

Neben dem Schlafzimmer lag ein kleines, hübsch eingerichtetes Bad mit Dusche. Alles war in Blautönen gehalten und in einem rustikalen Stil eingerichtet. Leon hatte mir gestern Abend erzählt, dass er viele seiner Einrichtungsstücke selbst gebaut hatte, um sich während seiner Auszeit zu beschäftigen.

Die kleine Abstellkammer, die im Flur lag, der in die Küche führte, schloss ich gleich wieder. Daraus kam mir nur Chaos entgegen, und ohnehin war das der am wenigsten spannende Ort der Wohnung. Das Wohnzimmer war riesig und verfügte über eine offene Küche.

Während viele Leute keine Essensgerüche in ihrer Wohnung mochten, liebte ich den Fakt, dass man am Tresen der Küche sitzen konnte und sah und vor allem roch, was gekocht wurde. Jedenfalls stellte ich mir vor, wie es sein würde, wenn Leon wieder seine leckeren Pasta für mich zubereitete.

Mit einem Glas Wasser lief ich durch das Wohnzimmer und auf ein Bücherregal zu. Dort standen Krimis neben Klassikern wie *Die Zwerge* und *Der Herr der Ringe*. Auf einem Lowboard daneben stand ein geschlossener Plattenspieler.

Ich ging in die Knie, um mir Leons Plattensammlung anzusehen. Auch hier fand ich Rockklassiker und … einen Longplayer von Selena Gomez.

»An den Anblick am Morgen könnte ich mich gewöhnen.«

Leon stand oberkörperfrei und mit verwuschelten Haaren im Türrahmen des Flurs. Er spielte mit seiner Begrüßung auf sein T-Shirt an, das ich zum Schlafen getragen hatte und das mir gerade so über den Po ging.

»Geht mir genauso«, gab ich zurück. Ohne noch etwas zu sagen, erhob ich mich wieder und drehte das Plattencover in seine Richtung.

»Das kann ich erklären«, erwiderte Leon verlegen und kratzte sich im Nacken.

»Musst du gar nicht. Ich verurteile niemanden für

seinen Musikgeschmack«, beruhigte ich ihn und überbrückte den Abstand zwischen uns.

Mein Freund nahm mir die Platte ab und drehte sie ein paarmal in den Händen. »Ehrlich gesagt habe ich sie mir nur deinetwegen gekauft.«

»Meinetwegen?«, fragte ich überrascht.

»Ja, die Musik erinnert mich an unsere Tour. Das Stadtfest in Southbourne …«, erklärte er, ohne mir in die Augen zu sehen.

Ich musste ein Quieken unterdrücken, weil ich das so süß fand. »Ist dir das etwa peinlich, Leon?«

Jetzt schaute er mich mit einem leichten Lächeln direkt an. »Vielleicht ein bisschen.«

»Ich finde es ziemlich *sweet*. Auch ich denke ständig an dich. Selbst wenn ich nur ein Stück Pizza sehe«, beichtete ich und grinste.

»Dann sind wir wohl beide peinlich.«

Er gab mir einen langen Kuss auf die Stirn und zog mich dann mit sich auf die Couch. Eine Weile lag ich in Leons Armen, und wir kuschelten miteinander. Irgendwann holte er zwei Schüsseln Cornflakes aus der Küche, und wir begannen, *trash tv* zu schauen.

Poppy schrieb mir eine Nachricht, in der sie fragte, ob wir zum Kater-Lunch ins Restaurant kommen wollten. Als ich die Nachricht vorlas, zögerte Leon.

»Hast du keine Lust?«, fragte ich geknickt.

»Doch, doch, ich würde deine Schwester echt gern kennenlernen. Aber ich bin echt fertig und habe gedacht, dass wir den Tag hier verbringen. Einfach nur zu zweit«, erklärte er mit einem gequälten Lächeln auf den Lippen.

Bei diesen Worten klopfte mein Herz schneller.

Kann dieser Mann noch perfekter werden?

»Aber wenn du gern möchtest, können wir das machen«, schob er hinterher.

Ich drehte mich und kletterte wieder auf seine Seite der Couch, wo ich meine Beine neben Leons Hüfte ablegte. Ohne ein weiteres Wort küsste ich ihn und flüsterte ihm dann ins Ohr: »Du hast recht, ich will auch meine Ruhe haben und dich heute mit niemandem teilen.«

Ich lehnte mich etwas zurück und schaute in Leons funkelnde Augen.

Mein Gott, dieser Mann ist jetzt wirklich ein Teil meines Lebens.

ENDE

Danksagung

Liebe Leserin, lieber Leser,
juhu, du hast es bis zum Happy End geschafft. Ich
hoffe, Leons und Roses Geschichte konnte dir ein
paar schöne Lesestunden bescheren. Noch immer
kann ich nicht glauben, dass mit ›Roadtrip To Your
Heart‹ nun meine zweite Liebesgeschichte
erschienen ist. Ohne ein paar tolle Menschen in
meinem Leben wäre dies allerdings nicht möglich
gewesen.

Zuallererst gebührt dir, Sören, mein größter Dank.
Ich kann mir keinen tolleren Supporter, Kritiker und
Freund vorstellen. Ich liebe dich!
Juna und Mel, ihr habt mein Buchbaby von außen
und innen eingekleidet, und ich bin so was von
verliebt! Meli, du hast meine manchmal zu
verkopften Sätze entwirrt und mir geholfen, die
Geschichte der beiden verständlicher zu erzählen. ;)
Mit Kritik und Rat haben mich auch dieses Mal
wieder Isabell und Sammy unterstützt – ich bin so
dankbar, dass ihr viele meiner Ideen von Anfang an
begleitet!

Zuletzt möchte ich dir als Leserin und Leser noch einmal danken. Wenn du mir Feedback geben möchtest, kannst du das gern mit einer Rezension auf Amazon, Goodreads und Co. tun. Oder du schreibst mir direkt eine Mail oder DM auf Instagram.

Alles Liebe!
M.J. Langer

Content Warnung

In der Geschichte werden folgende Themen
explizit beschrieben oder angedeutet:
Alkoholkonsum
Fettfeindlichkeit
(einvernehmlicher) Sex

die Kunst, zu lieben

M.J. LANGER

Dir hat diese Liebesgeschichte gefallen? Dann ist mein Debütroman ›Die Kunst, zu lieben‹ vielleicht auch etwas für dich.

Ein Wohlfühlroman, der vor der Kulisse Liverpools eine Geschichte über Selbstliebe und mentale Gesundheit erzählt.

Klappentext

Die Austauschstudentin Marie lebt in England ihren Traum und teilt sich eine WG mit ihren besten Freunden George und Will. Für einen von ihnen empfindet sie jedoch mehr als nur Freundschaft. Schon lange ist sie in George verliebt – den ruhigen Kunsthändler, der von seiner eigenen Ausstellung träumt. Doch George ist mit Katie zusammen … Als sich diese von ihm trennt, sollte Marie eigentlich glücklich sein, aber das Gegenteil ist der Fall. Es schmerzt sie, ihn leiden zu sehen. In einem schwachen Moment auf einer Party gesteht sie George ihre Gefühle, der sie daraufhin ohne Erklärung sitzen lässt. Während sie versucht, über ihren Liebeskummer hinwegzukommen, flüchtet sie sich nach Deutschland. Dabei ahnt Marie nichts von Georges wahren Gefühlen für sie …

Leserinnenstimme

»Berührend, tiefgründig und emotional. Die mitreißende Geschichte rund um Marie und George trifft mitten ins Herz. Die Autorin geht besonders und einfühlend mit ihren Worten um und greift dabei wichtige Themen auf. Hier geht es nicht einfach nur um eine Lovestory. Hier geht es um so viel mehr und es ist vor allem einfach nur echt. Eine absolut Leseempfehlung von mir.« @readwithnalisa

Über die Autorin

M.J. Langer arbeitet als Online-Redakteurin in Berlin. Sie wuchs im schönen Taunus auf und studierte Geschichte und Germanistik. Schon in ihrer Kindheit schrieb sie gern Geschichten und erweckte sie beim Spielen mit Freund*innen zum Leben. Romane sind für sie eine Möglichkeit, zu unterhalten und gleichzeitig Themen wie Feminismus oder soziale Ungerechtigkeit zu thematisieren. ›Roadtrip To Your Heart‹ ist ihr zweiter Liebesroman.

Instagram: @mimi_schreibt
TikTok: @mimi.schreibt
E-Mail-Adresse: judit.langer.autorin@gmail.com
Webseite: https://mimischreibt.de/